Benito Pérez Galdós

Episodios nacionales II
Un voluntario realista

Barcelona **2024**
Linkgua-ediciones.com

Créditos

Título original: Episodios nacionales II. Un voluntario realista.

© 2024, Red ediciones S.L.

e-mail: info@Linkgua-ediciones.com

Diseño de cubierta: Michel Mallard.

ISBN tapa dura: 978-84-1126-395-5.
ISBN rústica: 978-84-9007-294-3.
ISBN ebook: 978-84-9007-210-3.

Sumario

Brevísima presentación

La obra

Un voluntario realista es la octava novela de la segunda serie de los *Episodios Nacionales* de Benito Pérez Galdós.

El autor abandona en esta novela la ciudad de Madrid para acercarnos a la localidad leridana de Solsona y más concretamente al convento de San Salomó. Dentro de sus muros y junto a las monjas, vamos a conocer a Pep Armengol, también conocido como Tilín, protagonista de este episodio. El joven, criado entre las religiosas y destinado a ser su sacristán, con ansias de heroísmo atizadas involuntariamente por una joven monja del convento, se embarcará en la rebelión catalana tradicionalista y partidaria del infante Carlos. En medio de lo que se conoció como la Década Ominosa, época de represiones de todo lo liberal y protagonizada por el poderoso ministro fernandino Francisco Tadeo Calomarde, muchos pensaban que la represión a los liberales no era suficiente y que el rey estaba rodeado de compañías poco recomendables.

La trágica aventura de Tilín acabará con su muerte a manos de las tropas reales. Como personajes secundarios veremos aparecer de nuevo a los dos protagonistas centrales de esta segunda serie: el liberal Salvador Monsalud, vuelto a escondidas desde Inglaterra con nombre falso, y el tradicionalista Carlos Navarro, su rival político y hermanastro. En esta novela, Galdós abre el camino para presentarnos los orígenes del carlismo.

I

La ciudad de Solsona, que ya no es obispado, ni plaza fuerte ni cosa que tal valga y hasta se ha olvidado de su escudo, consistente en cruz de oro, castillo y cardo de los mismos esmaltes sobre campo de gules, gozaba allá por los turbulentos principios de nuestro siglo la preeminencia de ser una de las más feas y tristes poblaciones de la cristiandad, a pesar de sus formidables muros, de sus nueve esbeltos torreones, de su castillo romano, indicador de gloriosísimo abolengo, y a pesar también de su catedral a que daban lustre cuatro dignidades, dos canonjías, doce raciones y veinticuatro beneficios. La que Ptolomeo llamó *Setelsis*, se ensoberbecía con la fábrica suntuosa de cuatro conventos que eran regocijo de las almas pías y un motivo de constante edificación para el vecindario. Este se elevaba a la babilónica cifra de 2.056 habitantes.

Estos 2.056 habitantes *setelsinos* ocupaban ¿a qué negarlo? lugar muy excelso en el mundo industrial con sus ocho fábricas de navajas, tres de candiles y otras de menor importancia. También se dedicaban a criar mulas lechales que traían del cercano Pirineo; cultivaban con esmero las delicadas frutas catalanas y eran maestros en cebar aves domésticas así como en cazar la muchedumbre de codornices, palomas silvestres, ánades y becadas que tanto abundan en aquellos espesos montes y placenteros ríos. No podían ser tales industrias de las menos lucrativas en tierra tan poblada de canónigos, racioneros y regulares.

En 19 de septiembre de 1810 los franceses que nada respetaban, entraron en Solsona con estrépito, y después de cometer mil desmanes se entretuvieron en quemar la catedral, con cuyo siniestro desplomáronse las torres y vinieron al suelo las campanas. También pusieron mano en los conventos, encariñándose demasiado con los de religiosas, donde cometieron desafueros que mejor están callados que referidos. El convento de monjas dominicas llamado San Salomó por ser fundación del marqués de este nombre (1573) padeció diversos tormentos de los que no pocas memorias guardaron las espantadas vírgenes del Señor. Tan horribles desmanes no eximían a las santas casas de sufrir expoliaciones y derribos, y San Salomó, que perdiera en aquel horrendo día tantos tesoros, se quedó también sin copón, sin candeleros y sin las arracadas de la Virgen. Desaparecieron cuadros y estatuas, y un trozo del ala de Poniente fue derribado a cañonazos, quedando reducidas a escombros seis celdas del piso alto y el refectorio que estaba en el bajo.

Este convento de San Salomó exige de nosotros la mayor atención. Era edificio de muy diversas partes compuesto, que semejaba una vieja capa de riquísima y descolorida tela, remendada con innobles trapos. Allí había algo del hermosos género ojival que domina en el Principado, restos de bóvedas románicas, puertas churriguerescas, trozos pertenecientes a la insulsa arquitectura del siglo pasado, paredes de ladrillo enyesado, tapias de adobes, muros hendidos, techos que se habían chafado cual sombrero; tragaluces bizcos, rodeados de una especie de marco palpebral hecho con blanco yeso; rejas comidas de moho, tras de las cuales estaban las podridas celosías, por cuyos huecos solo cabía el dedo meñique de las monjas; vigas que servían de puntales; tapiales modernos que se empeñaban en cubrir huecos ocasionados por el desplome o abiertos por la bala de artillería; una torrecilla cuya espadaña solo tenía un esquilón; en suma, era un adalid valeroso combatido por los formidables enemigos que se llaman tiempo y guerra; pero que se defendía bien tapándose sus heridas y remendándose sus desgarrones como Dios le daba a entender, y desafiaba orgulloso a lluvias y vientos, prometiéndose llegar con sus jorobas, infartos, bizmas y muletas a las más remotas edades venideras.

Estaba San Salomó en un extremo de la ciudad, y en el punto más desierto de ella, por donde partía el camino de Guardiola y Peracamps, que a corto trecho se trocaba en intransitable cuesta escarpada cuyas ramificaciones se perdían en las montañas. La calle de los Codos, llamada así porque formaba dos ángulos en opuesto sentido quebrándose como un biombo, limitaba el convento por Poniente. Dicha calle no era otra cosa que un hueco, foso o pasadizo que quedaba entre San Salomó y el lienzo occidental de la muralla de la ciudad, y los codos que daban nombre a tal vía eran ocasionados por los ángulos estratégicos de la fortificación. Al fin de la calle se veía un torreón y un poco más allá la puerta del Travesat.

Por Oriente con vuelta al Mediodía estaba la iglesia, en la calle de la Sombra, y no lejos de la puerta de aquella la del torno y locutorio, que era un arco románico picado y bruñido por la barbarie académica del siglo anterior y pintorreado de azul por orden de la madre abadesa. Hacia el Norte extendíase la gran tapia de la huerta, sin más huecos que las hendiduras producidas por el resentimiento de la fábrica. Las rejas y celosías en la parte más alta miraban al campo por encima de la muralla. Su estructura no permitía a los curiosos ojos monjiles ver la calle, en lo que verdaderamente perdían muy poco, pues rara vez pasaba por las calles de los Codos o de la Sombra alguna cosa digna de ser vista.

A pesar de su aspecto caduco, no reinaba la miseria en el interior de aquel silencioso retiro, como acontece en los conventos del día, que casi casi no son otra cosa que asilos de mendicidad. Por el contrario, al decir de algunos curiosos solsoneses, imperaban allí dentro el bienestar y la abundancia. Siempre fueron las dominicas poco inclinadas a la pobreza absoluta: su orden ha sido, por lo general aristocrática, compartiendo con la del Cister la prerrogativa de acoger a las señoritas nobles a quienes vocación sincera, desgraciados amores o la imposibilidad de ocupar una alta posición arrojaban del mundo. San Salomó albergaba en la época de nuestra historia, veintidós señoras que habían llegado a sus tristes puertas impulsadas respectivamente por alguna de aquellas tres causas.

Todas eran nobles, pues no podía convenir al decoro del reino de Dios que mancomunadamente con las hijas de marqueses y condes vivieran mujeres de baja estofa. Además de las rentas de la casa que a todas por igual beneficiaban, algunas monjas, contraviniendo las reglas más elementales de la orden, gozaban de rentillas y señalamientos privados que les otorgaran el padre, el tío o el abuelo, y esto se lo comían en la sagrada paz de su celda sin dar participación a las demás. Es probable que no reinara dentro de San Salomó la paz más perfecta como acontece en los claustros donde se han relajado todas las reglas y sobre la fraternidad impera el egoísmo; pero también es probable que los solsoneses no supiesen nada de esto, porque entonces los conventos, si habían olvidado muchas cosas, aún sabían guardar a maravilla sus secretos.

Y sus secretos eran que se permitían hacer vida separada, comiendo algunas en sus celdas y teniendo criadas para el servicio particular; que hasta diez hermanas no se hablaban ni aun para saludarse, porque era evidente que si cambiaran dos palabras, de estas dos palabras había de nacer una docena de disputas, y finalmente que había algunas (afortunadamente eran las menos) que se odiaban de todo corazón.

Por diversas cosas y motivos era célebre San Salomó; pero aquello en que su fama se elevaba hasta tocar el mismo cuerno de la Luna era el arte culinario. Váyanse noramala cuantas confituras han podido labrar manos de monja en todas las órdenes habidas y por haber; váyanse con mil demonios los platos suculentos e ingeniosos de la cocina extranjera; que nada hay comparable a lo que salió en tiempos felicísimos de los hornos, de las sartenes y de los peroles de San Salomó. No hace muchos años vivía aún uno de los testimonios más entusiastas de aquella superioridad incontestable, el padre Mercader, arcipreste de Ager *vere nullius* que fue en su edad de oro capellán de aquellas benditas mujeres. Viejo y enfermo parece que se rejuvenecía al referir los sabrosos regalos que le enviaban en días solemnes, con la particularidad de que las señoras de San Salomó hacían platos nunca ideados por cocinera alguna y que unían a la novedad más asombrosa el gusto más excitante y delicado. Ellas tenían las trazas más habilidosas del mundo para preparar una colación en la cual se saborearan bocados muy exquisitos sin faltar al ayuno. Ellas aderezaban una comida de vigilia con tal arte que sin faltar a las reglas literales de la penitencia experimentase el paladar regaladas delicias. Hacían entre otras cosas un compuesto de abadejo que en la Semana Santa de cierto año produjo grandísimo zipizape en el cabildo catedral por los celos que de los felices gustadores de aquella ambrosía piscatoria tuvieron los que no lograron catarla. El deán y el chantre estuvieron siete años sin hablarse.

Basta de cocina.

II

Durante cuarenta años fue sacristán de San Salomó un buen hombre verdaderamente sencillo y piadoso que tenía por nombre José Armengol. Como sintiera que la muerte venía por él, pensó que era lamentable no dejar sucesor en la sacristía para que recayese en su linaje la recompensa de tantos años de servicios prestados a la religión con piedad y desinterés. No tenía hijos el señor Armengol, pues el único que Dios le concediera había muerto de un lanzazo en la guerra del Rosellón; pero tenía un nieto que si bien de corta edad, podía servir para desempeñar el cargo, mayormente si las benévolas monjas le enderezaban a la virtud haciéndole hombre devoto o instruyéndole en todos los oficios de la sacristanía. El señor Armengol se murió tranquilo y satisfecho cuando la madre abadesa le prometió que el pequeñuelo sería sacristán de San Salomó.

Trajeron a Pepet de las montañas de la Cerdaña en que se criaba libre y salvaje como los pájaros, familiarizado con las altas cimas piníferas, con las soledades abruptas y rumorosas, con el estrépito de los torrentes y la sombría majestad de la cordillera de Cadí, país propicio a las leyendas y al bandolerismo. Doce años tenía cuando se vio en poder de la madre abadesa, la cual, poniendo sobre la cabeza del rapaz su mano protectora le dijo con grave y bondadoso acento:

—*Noy*, el Señor te ha favorecido desde tu tierna edad destinándote, aunque indigno, a servir en esta casa. Grande honra te cabe en esto y no todos tropiezan a tu edad con tales prebendas. Pruébanos ahora que mereces el favor de Dios y que eres capaz de sostener el buen nombre de tu abuelo.

Pepet miró a la madre abadesa con espanto. No comprendía lo que aquello significaba, aunque su instinto le dio a entender que se hallaba bajo el dominio de las señoras pálidas y de fantástico aspecto, cubiertas de blancos paños y de negras tocas. Quiso protestar; pero no tuvo voz ni valor para ello.

La primera noche que pasó en el convento tuvo calentura y pesadillas horribles, en las cuales giraron dentro de su cerebro las pálidas caras de ojos mortecinos, desabrido sonreír y glacial aspecto. Aquel andar suave y vagoroso por los claustros y coro sin que se sintieran los pasos infundíale más pavor que respeto. El susurro de sus apagadas voces, semejante al gotear de una fuente lejana, le hacía temblar. Pero los días pasaron y aquella primera impresión penosa se calmó, llegando el inocente niño a ver sin miedo a las religiosas y a considerarlas como unas señoras muy buenas, infinitamente mejores que cuantas hembras de una y otra clase había visto en su corta vida.

Pepet se adiestraba en su oficio bajo la dirección de un sacristán suplente traído para aquel objeto de Nuestra Señora del Claustro, hombre sesudo y riguroso, a quien llamaban por apodo fray Tinieblas. De seguro habría tratado mal al neófito por envidia de sus altos destinos sacristaniles, si las monjas no lo impidiesen, manifestando al chico la protección más decidida.

Los conocimientos y la práctica de Pepet adelantaron rápidamente, y la madre abadesa, que desde el coro atisbaba los primeros trabajos del predestinado niño, decía para sí con gozo:

—Este tierno arbolito será digno sucesor de aquel tronco robusto que se llamaba José Armengol.

A los dos meses de hallarse en San Salomó, presenció Pepet un espectáculo que produjo en su alma sensaciones muy hondas y patéticas. Era un día de gran solemnidad. La iglesia resplandecía como un ascua de oro, siendo tantas las luces, que él solo recordaba haber encendido más de doscientas. Debía correr la estación primaveral, porque los altares estaban llenos de frescas y olorosas flores que embriagaban el sentido. Llenábase la estrecha nave de fieles, que pugnaban por hallar un hueco y se estrujaban unos contra otros. El señor obispo, acompañado de un mediano ejército de canónigos y racioneros, había subido al altar mayor y entrado en la sacristía. Deslumbradoras ropas llenas de encajes, oro, pedrerías, cubrieron los encorvados hombros, y sonaron melodiosos cantos de órgano combinados con la dulcísima voz de las monjas. Pepet miraba y oía con embeleso sintiendo su alma en estado de arrobamiento y exaltación, porque su fantasía simpatizaba de un modo extraordinario con las cosas solemnes, ruidosas y misteriosamente bellas.

Pero el estupor del sacristán en ciernes llegó a su colmo al ver que entre la fila de monjas arrodilladas en la delantera del coro apareció una joven de sorprendente hermosura. Vestía las fastuosas ropas mundanas que jamás había visto él en tan lóbregos sitios. Lujosas pedrerías adornaban su garganta y orejas, y sobre sus hombros caían con admirable majestad y gracia los más hermosos cabellos negros que se podían ver en el mundo. Su divino rostro estaba tan pálido como la cera de la encendida vela que en la mano sustentaba. No alzaba del suelo los ojos, no movía ni las cejas ni los descoloridos labios, ni las negras pestañas que velaban sus miradas como vela el pudor a la hermosura, ni parte alguna de su cuerpo. Parecía una estatua, una mujer muerta; pero que acabada de morir en aquel mismo instante y se conservara derecha y de rodillas por milagroso don.

El obispo echó muchos latines, y todos echaron latines, incluso Pepet que también había aprendido sus latines sin saber lo que querían decir; y el órgano seguía cantando como una endecha tierna y dulce, semejante a canción de amores o al acordado ritmo de flautas pastoriles en las soñadas praderas de la égloga. El pueblo gemía lleno de admiración o quizás de lástima. Estaban todos en lo más serio de los latines, de la música y de los gemidos, cuando Pepet vio que rodearon a la hermosa doncella que parecía muerta; quitáronle sus joyas; arrancaron de su seno las flores que lo adornaban y que ni aun en el mismo tallo natal habrían estado más bien puestas, y después... Pepet sintió que la sangre ardía en sus venas... Oyó el rechinar de unas tijeras. ¡Horrible, feroz atentado! ¡Le cortaban los cabellos!... Los tijeretazos que arrancaban una tras otra guedeja, destrozaron el corazón del pobre rapaz... Sintió que su alma minúscula se llenaba de una cólera sofocante, irresistible, volcánica, sintió una angustia mortal, y sin saber cómo, dio un salto y lanzó un terrible grito, diciendo:

—¡Brutos!... ¡pillos!

Hubo pequeña alarma, y le recogieron del suelo, porque había perdido el conocimiento. El obispo se echó a reír, y los demás también. Repuesto de su desmayo, Pepet salió de la sacristía donde le había metido Tinieblas. Desde aquel momento sintió que en su espíritu entraban de rondón ideas nuevas, y que su conciencia empezaba a sacudirse y a resquebrajarse como un gran témpano que se deshiela. Oyó con indiferencia las palabras huecas de un canónigo que subiera al púlpito para suplicar a todas las jóvenes solsonesas allí presentes que imitaran el ejemplo de la gentil y noble doncella, que había dejado el regalo de su casa y el cariño de sus padres para desposarse con Jesús, aceptando la vida de humildad y de penitencia que estos celestiales desposorios traen consigo. La hermosa doncella que había tomado el velo era doña Teodora de Aransis y Peñafort, sobrina del conde de Miralcamp.

Poco después de este suceso Pepet cayó gravemente enfermo de pertinaces calenturas; véase cómo. Las madres de San Salomó, que comprendían cuán necesitada de esparcimiento y de solaz es la niñez, permitían a su acólito que fuese todos los días a jugar con los demás chicos del pueblo, los cuales tenían costumbre de congregarse al filo del Mediodía en la ribera del río Negro, por ser este el sitio donde con más libertad se entregaban al goce de sus diabluras y al juego de tropa que era su mayor delicia. Allí organizaban ejércitos con espadas de caña y sombreros de papel; allí asaltaban formidables plazas, defendían castillos, se destrozaban a cañonazos (entiéndase pedradas) conquistando lauros inmortales y ganando gloriosísimas contusiones, tras de las cuales venía la zurribamba que en sus casas les administraban los enojados padres o el maestro de escuela.

Al poco tiempo de darse a conocer Pepet en aquella sociedad militar, donde se estimaban en su justo valer las prendas del soldado, empezó a desplegar las más eminentes dotes. Tenía el condenado muchacho ese singular don de prestigio que aparece frecuentemente en la niñez como anuncio de una superioridad futura. Algunas veces desaparece, y los que de chicos fueron leones al crecer se vuelven pollinos. Pepet era atrevido, daba grandes porrazos, no perdonaba las faltas de disciplina, sacaba de su cabeza las más admirables invenciones en cuanto a plan de batallas y pedreas, y resolvía gallardamente todas las disputas ya fuesen personales o de antagonismo entre los distintos cuerpos de ejército. A todo atendía con prudencia suma, por todo velaba; era astuto en las exploraciones, heroico en los encuentros, prudente en las retiradas, previsor en todos los casos. Si se trataba del aprovisionamiento de las plazas, nada se hacía sin Pepet, que al ver a sus bravos soldados faltos de vituallas, dirigía admirablemente el merodeo de fruta en las huertas del río o el saqueo de una cabaña cuando estaban ausentes los dueños. Muchos palos y tirones de orejas ganaban todos a veces en estas guerreras trapisondas; pero las más veían recompensadas sus fatigas con el abundante esquilmo de las parras llenas de racimos, de los perales y de los melocotoneros.

Pepet no ascendió a general; lo fue desde el primer momento, porque su natural intrepidez y la energía de su carácter púsole desde luego en aquel elevado puesto, donde se habría conservado con asombro y orgullo de ambas riberas si no atajaran sus pasos gloriosos las calenturas. El río Negro, con sus verdosos charcos, era un foco de miasmas palúdicos. Muchos días pasó el chico entre la vida y la muerte; pero Dios y los cuidados de las buenas madres le salvaron.

Vivía el pobrecito general en compañía de Tinieblas en la habitación sacristanesca, pieza espaciosa y abovedada que estaba debajo del altar mayor. Había una puerta que comunicaba esta pieza con el claustro del convento, y aunque la regla mandaba que esta puerta estuviera siempre condenada, y bien lo decían sus gruesos barrotes y candados, las madres la tenían abierta durante el día y por ella entraban en la vivienda de Pepet con ánimo de asistirle. Merecía disculpa y aun perdón esta falta cometida con fines tan caritativos. La madre abadesa y sor Teodora hacían la buena obra con solicitud y piedad.

La convalecencia de Pepet fue muy larga y penosa. Estaba pálido y delgado como un cirio; sus ojos se habían agrandado tanto que parecía que ellos solos ocupaban la cara. Apenas podía andar, y la buena Teodora de Aransis y la excelente sor Ángela de San Francisco le sostenían cada cual por un brazo para que paseara un poco por el claustro y la huerta en las horas de Sol. Sentábanle en un banco y allí pasaba largos ratos con la mirada fija en el suelo, las manos cruzadas. Fortalecido al fin, buscaban las madres algo que le entretuviese, pues nada es tan necesario a los muchachos enfermos y decaídos como un juguete o pasatiempo cualquiera que les distraiga y alegre los espíritus. La madre Teodora, que en lo compasiva y generosa ganaba a todas las habitantes de San Salomó, lo mismo que les superaba en gracia y belleza, le dijo un día hallándose con él en el claustro:

—Pobre Pepet, siento mucho que no tengamos en la casa un mal juguete con que puedas vencer tu tristeza.

Pepet sonrió, mirándose en los hermosos ojos de la monja, que cual espejos negros le fascinaban:

—¿Qué deseas tú? Dímelo y veré si puedo proporciónartelo —añadió la religiosa con dulce bondad—. Tú estás muy triste... ¿qué deseas?

Pepet callaba, sin dejar de mirarla con una fijeza parecida al éxtasis. Interrogado de nuevo, murmuró...

—Yo deseo... Sí, señora; yo deseo...

—¿Qué?

—Un tambor —repuso el chico con firmeza.

La monja se echó a reír.

—Ya sé que eres muy guerrero —dijo— pero en esta casa no tenemos nada de eso. Sería bueno que se oyera aquí ruido de tambores... Que se te quite eso de la cabeza, pobre Pepet... ¿Quieres que te haga un sombrero de papel y una espada de caña para que te pasees por la huerta como un general?

Sin esperar contestación, la de Aransis corrió a su celda con andar vivaracho, y al poco rato regresó, trayendo un sombrero hecho de papel que usaban para poner pastas al horno, y una espada de caña. Dando ambas prendas a Pepet, le dijo con orgullo:

—En un momento lo he hecho... ¿No es verdad que está bien?

Pepet no hizo movimiento alguno para constituirse en propietario de aquellos enseres marciales. Permitió que sor Teodora le pusiera el gorro; pero sus ojos relampaguearon, y rechazó la espada diciendo:

—La espada que yo deseo no es de caña, sino de hierro.

III

Pepet se curó por completo. Pasaron años y el muchacho crecía, y en el convento se desarrollaba placentera y sosegada la vida de las monjas. Con los años fue desplegando Armengol tan buenas aptitudes para aquel edificante servicio, que al fin quedose solo y despidieron como inútil a su maestro fray Tinieblas, de Nuestra Señora del Claustro.

Fiel a sus deberes, respetuoso con las madres, puntual en las ocasiones, riguroso con los fieles, fanático por la religión, Pepet era un modelo de sacristanes. Su carácter adusto y reconcentrado, su trato más bien taciturno que amable, la aspereza de sus palabras no eran realmente defectos en aquel difícil puesto. Su formalidad era objeto de grandes alabanzas, y había olvidado los ruidosos juegos de su infancia. Jamás se le vio en tabernas ni en sitios malos, ni gastó palabras en disputas, ni dinero en francachelas, ni el tiempo en cosas frívolas, ajenas al cuidado y custodia de su querida iglesia. De esta manera llegó a los dieciocho años, siendo su salud perfecta, su vida triste y metódica, su castidad absoluta.

Era Pepet de cuerpo más bien pequeño que mediano, de enjutas carnes, complexión acerada y movimientos fáciles. Su rostro no tenía gracia alguna, a no ser la fijeza y vivacidad de la mirada, la cual, dotada de gran potencia, distinguía los objetos más lejanos con tanta seguridad que antes parecía adivinarlos que verlos. Sus cejas eran corridas y juntas, formando un ceño poco apacible y que a veces infundía miedo. Tenía la tez terrosa, los labios gruesos, buenos dientes, la barba rayada por una cicatriz que ganó en río Negro, la frente ancha y rodeada de cabellos negros y duros como crines. Su cuerpo de una agilidad pasmosa no conocía dificultades para subir, encaramarse, deslizarse, saltar, escabullirse, doblarse y hacer los más estupendos equilibrios, como no sin susto podían observar todos los años las señoras monjas cuando se armaba monumento.

A los dieciocho años ganó Armengol el nombre que puso en olvido el que le dieran en el bautismo. Fue este culminante suceso del modo siguiente. Ya se sabe que desde aquella feroz acometida que dieron los franceses de Napoleón al convento en 1810, perdió este muchas cosas preciosísimas que en diversos órdenes atesoraba: en este número de joyas perdidas y jamás recobradas estaban las campanas. No tenía, pues, San Salomó en tiempo de Pepet Armengol más que un menguado esquilón que servía para dar los toques canónicos, llamar a misa y echar de tiempo en tiempo algún repiqueteo que era objeto de punzantes bromas en todo Solsona. «Ya suena el almirez de las madres», decían, o bien: «Hoy tienen fiesta las monjas cascabeleras.» Un día que pasaba Pepet por la plaza, una mujer le dijo: «Adiós, señor *Tilín*.»

Y desde aquel día cuando el joven iba solo y meditabundo como de costumbre por la calle de la Sombra, los chicos, escondiéndose detrás de una esquina y asomando la carilla burlona, gritaban: ¡*Tilín, Tilín*!, y apretaban a correr enseguida para librar sus nalgas de la venganza del ofendido.

No se sabe cuál es la misteriosa ley que divulga los nombres postizos y los fija y los esculpe y les da una perpetuidad que en vano pretenden las sentencias más graves de los filósofos. No se sabe cómo fue; pero ello es cierto que desde entonces Pepet Armengol no tuvo otro nombre que Tilín, y Tilín se llamó toda su vida.

No se sabe tampoco cómo penetran en los conventos las noticias, las novedades y aun las hablillas y picardihuelas del mundo; pero es lo cierto que penetran, sí, en aquellos santuarios de recogimiento y ascetismo, porque para la atmósfera moral como para la física no se conocen puertas.

19

Una tarde detuvo a Pepet en el claustro la madre Teodora de Aransis, a quien él tributaba desde su enfermedad culto ardentísimo de gratitud y admiración. Sonriendo le dijo la buena religiosa:

—Tilín, dame un poco de cera para pegar unas flores. ¿Qué haces, Tilín?... ¿No oyes lo que te digo?... Anda pronto, Tilín.

Desde este momento Pepet se resignó con su nuevo bautismo.

El capellán de San Salomó, hombre instruido y amigo de las letras, había puesto particular cariño a su acólito y quiso enderezarle por el camino de la iglesia docente. La tentativa no tuvo resultado y Pepet mostrose tan rebelde al latín, que Mosén Crispí de Tortellá diputó a su protegido como el más torpe y zafio de los hombres. No obstante Tilín cobró grandísima afición a los libros del capellán, y se pasaba largas horas en la excelente biblioteca de este leyendo obras de historia, que eran las que sobre todo lo escrito le enamoraban. Reprendíale Mosén Crispí por su antipatía a los poetas y a los teólogos; pero Tilín, firme en sus gustos como todo aquel que los tiene de veras y desconoce el capricho, estrechaba más y más su exaltado consorcio con Plutarco, Solís, Tito Livio, Masdeu, Mariana y todos aquellos que hablaran mucho de guerras, trapisondas, matanzas, heroicidades, asaltos y acometidas.

Durante aquel tiempo hízose su carácter más sombrío y taciturno y empezó a padecer tan lamentables distracciones que las madres le dieron quejas acerca de ciertos detalles en el servicio de la iglesia. Durante tres, cuatro o quizás cinco años (pues no hay gran exactitud en las fechas anteriores a la presente historia) prosiguieron las horas taciturnas de Tilín, así como los quejumbrosos murmurios de la madre abadesa y los fruncimientos de cejas de sor Teodora de Aransis a causa del mal servicio. Esta solía amonestarle suavemente en tono de madre a hijo, aunque la diferencia de edad entre ambos no pasaba de diez años que debía cargarse en la cuenta de la siempre hermosísima monja; y un día que estalló coyuntura para decirle cosas que ha tiempo meditaba, le habló en la huerta de esta manera:

—Tilín, tu conducta no es la de un buen sacristán; no es tampoco la de un hombre agradecido. La madre abadesa ha dicho que si sigues descuidándote en el servicio de la iglesia se verá precisada a ponerte en la calle.

Tilín se estremeció y con muestras de espanto repuso:

—¡Me echará la señora!

—No lo sé... quizás no. Yo espero que te portarás bien.

—¡Portarme bien! —exclamó Tilín con sarcasmo— ¿y qué llaman portarme bien?

—Hacer todas las cosas al derecho y no equivocarse en la misa, y tener bien limpio todo el metal, y no dejar la mitad de las luces sin encender, y hacer todo como lo hacía el buen Tilín de otros tiempos, que era como un oro, cuidadoso y puntual.

—El otro Tilín... —murmuró Pepet como si estuviera lelo—. ¡Ay! aquel era un niño y yo soy un hombre.

—¡Un hombre! ¡Ah! ¿por qué no completas la idea? ¿Por qué no dices «un ambicioso»?

—Señora —afirmó Tilín con súbita energía que asustó a la hermosa monja—. Yo sacristán es lo mismo que el demonio con casulla... Se acabó, se acabó...

—¡Ah, tunante! —replicó Teodora de Aransis con emoción—. ¿De ese modo tratas a las pobres monjitas que te han criado? ¡Qué ingratitud!...

—Señora, yo no sé lo que digo —manifestó Pepet pasando la mano por su ancha frente, semejante a una convexa placa de bronce rodeada de crines—. Hace tiempo que me siento como loco, tonto, maniático o no sé qué... Yo no puedo olvidar lo que debo a las buenas madres... yo no quiero dejar esta casa; pero yo quiero... yo deseo probar que Tilín sirve para algo más que para sacristán de monjas.

—Tilín, tú eres un ambicioso, un alucinado, un pecador que está sediento, sí, con la abrasadora sed del mundo —dijo la madre tomando tanto interés en aquel tema que sus mejillas se tiñeron de ligero rosicler—. Tú estás dominado por Satanás que te quiere arrastrar al mundo, al pecado. Tu alma se pierde, Tilín; que se pierde tu alma... Cuidado, detente; cuidadito, hijo mío... Por ser ambicioso como tú, un hermano mío a quien quise y quiero con toda mi alma, ha sido muy desgraciado. Abandonó la casa de mis padres, metiose en las bullangas del mundo y hoy le tienes emigrado, pervertido por el jacobinismo. Es al mismo tiempo el amparo y el tormento de mi anciana madre.

Cruzó las manos como si suplicara y parecía que de sus enrojecidos ojos iban a salir lágrimas.

—¿Qué deseas tú, qué quieres? —añadió—. ¿Cuál es tu ambición? ¿Quieres ser rico?

—No.

—¿Quieres ser poderoso?

—No.

—Si no estuvieras en esta santa casa ¿qué posición, qué oficio elegirías tú?

Tilín irguió su cabeza, y echando lumbre por los ojos exclamó prontamente:

—El de soldado, el de guerrero.

—¡Ah! —exclamó burlonamente sor Teodora de Aransis, arrancando unas hojas de sándalo y oliéndolas—. ¿Con que lo que te gusta es matar gente?... ¡Bonito oficio! ¡Oh! se puede ser guerrero y santo al mismo tiempo. Ahí tienes a San Fernando, a San Jorge, a San Luis. En el mismo cielo hay milicias angélicas de que es capitán el gloriosísimo San Miguel.

La expresión profundamente desconsolada del rostro de Pepet indicaba que no era su deseo figurar en las milicias del cielo, sino en las de la tierra.

—Yo soy un desgraciado que delira despierto —murmuró con desaliento—. Si usted me promete no reírse, yo le contaré todo lo que pienso y siento, cosas que ciertamente la maravillarán, haciéndole sentir por mí... No sé si diga interés o lástima.

—Quizás las dos cosas. Ya te escucho.

La monja se sentó en un banco de piedra. Pepet en una carretilla de transportar tierra.

IV

—Yo, señora —dijo Tilín— no tengo vocación para la Iglesia ni para estar metido entre monjas. Desde muy niño, y cuando andaba solo por los montes de Cadí saltando de peña en peña y descolgándome por los precipicios y trepando a los picachos y metiéndome en las cuevas donde se esconden las bestias feroces y vadeando torrentes y rompiendo jaras y malezas como el jabalí que se abre paso con los dientes; desde entonces, señora madre, yo no tenía más que un pensamiento... ¿cuál? pues meter ruido en el mundo. Me parecía que yo estaba destinado a hacer trastornos, a luchar... y vencer se entiende; todas mis trapisondas habían de concluir con vencer, poniendo bajo mis pies a los pillos que no habían querido reconocer mi grandeza.

La monja sonreía.

—Ya sé que la señora se reirá de mí. Es natural; ¡cosas de chiquillos! Dicen que todos los chiquillos sueñan como yo soñaba, aunque cada cual según sus gustos: aquel sueña con verse obispo echando bendiciones, el otro con verse en un teatro representando comedias. A mí nunca me dio por tales simplezas, sino por arremeter espada en mano contra mucha gente y destrozarla y poner mi ley sobre todas las leyes... Después he ido conociendo el mundo, y a veces me he reído un poquillo, como la señora se está riendo ahora... Pero ¡qué triste es reírse uno mismo de sus propias cosas, de todo aquello que ha soñado y visto en la niñez!... Muchas cosas que eran grandes se han vuelto chicas delante de mis ojos... Yo he crecido, yo he llegado a hombre y todavía sueño. No, no nací yo para estar metido entre monjas. Yo vivo con dos vidas, la del sacristán y la del guerrero; con la primera enciendo velas, ayudo a misa, fregoteo plata, toco la campana; con la segunda mando ejércitos, conquisto plazas, allano ciudades, destruyo pueblos, aplasto tronos, conduzco a los hombres como rebaños de carneros, quito y pongo fronteras, todo esto sin dejar de ser el mismo Tilín de siempre, sin enfatuarme en mi persona, ni gastar lujo, ni probar más alimento que el de los campos de batalla, un pedazo de carne y un vaso de vino, durmiendo sobre el suelo con una cureña por almohada, escribiendo mis órdenes sobre un tambor; siempre valiente, señora, y siempre sencillo, que es la manera de ser siempre grande.

Sor Teodora de Aransis miró a Pepet de un modo que revelaba tanta curiosidad como admiración. Después, expresándose maquinalmente como el corista que repite una fórmula litúrgica, dijo:

—Vanidad de vanidades.

—A veces he creído que estas vidas, señora, venían la una de Dios nuestro padre y, la otra del Demonio malo que inventa tantas picardías para perdernos. Pero no; Satanás no tiene nada que ver en esto. Dios es el que ha puesto este fuego dentro de mí. Hay cosas que no pueden venir más que de Dios: eso se conoce, sí, lo conozco en que cuando pienso en las guerras, todo mi afán de revolver y de alborotar en el mundo lleva el objeto de hacer justicia y castigar a los bribones, y poner sobre todas las cosas la religión, y sobre todos los hombres al mismo Dios.

La madre se quedó meditabunda con la mejilla sostenida en la palma de la mano y balanceando el cuerpo hacia adelante. Ya no decía «vanidad de vanidades» sino:

—Vaya con Tilín... vaya con Tilín.

—Dios —añadió este— fue quien me llevó a la biblioteca del señor capellán, donde los libros de historia acabaron de enloquecerme, presentándome escrito lo que yo había supuesto, y ofreciéndome vivo lo que yo había visto soñado. De tanto gozar, yo padecía leyendo, señora. Figurábame que era yo mismo el autor de tantas proezas y que las había realizado en otra época remota y olvidada. Yo decía: «Lo que fue podrá volver a ser, y tan hombre soy yo como César.» Pero al decir esto miraba mi sotana y caía como un pájaro a quien una bala parte el corazón cuando va volando por el cielo... ¡Mi sotana! Aquí tiene usted el Demonio, señora; el verdadero Demonio mío es mi sotana.

Tilín dio un puñetazo en el banco de piedra, con tanta fuerza cual si sus manos tuvieran la culpa de su desgracia.

—Sí, señora —añadió— yo llamo el Demonio a este perro destino mío que me ha puesto en situación de no poder ser nunca nada. ¡Un sacristán de monjas! No; en todo lo que he leído no he visto que ninguno de los grandes guerreros fuera en su juventud lo que yo soy. O nacieron en el trono o entre la nobleza, y los que nacieron en el pueblo fueron soldados desde su niñez y jamás conocieron otro oficio. Algunos han dado saltos muy grandes pasando de una posición a otra; pero ninguno vio delante de sí distancias como las que yo veo... ¡Sacristán de monjas!... No, no se concibe que se empiece la vida en una sacristía y se continúe en el Capitolio, o en el campo de Mantinea o en el de Cerinola, o en Narwa, donde Carlos XII de Suecia con ocho mil suecos derrotó a ochenta mil rusos. Todos esos hombres han demostrado desde su primera edad el destino que Dios les había dado, y hasta sus nombres parece que son los más propios para la inmortalidad. Epaminondas, Hernán Cortés, el gran Federico no habrían sido nada si hubieran estado donde yo estoy y se hubieran llamado como yo me llamo. ¡Ay! este nombre mío es mi muerte, mi esclavitud. Paréceme que tener este nombre es lo mismo que estar encerrado dentro de un arca de hierro o debajo de una losa enorme. Dígame usted, señora madre, con toda franqueza si no es así. ¡Ay! ¿cree usted que Hernán Cortés habría conquistado a México si en vez de llamarse Hernán Cortés se hubiese llamado Tilín?... No, yo no concibo un libro de historia que se titule: «De la conquista de tal o cual reino por Tilín I», o «Relación de la batalla que ganó Tilín al Emperador Fulano.»

Las quejas amargas del pobre Pepet revelaban juntamente con la energía de una vocación entusiasta, el candor más extraordinario. Aquel cachorro de león que mostraba la garra, tenía aún la boca teñida con la leche de la leona madre. La monja le miraba atentamente y mirándole revolvía en su cabeza atrevidos y desusados pensamientos que rara vez, como no sea en España, ocupan el amodorrado cerebro de una religiosa. No decía nada por temor de decir demasiado con una sola palabra.

—Y yo —continuó Tilín con acento de desesperación— no solo veo en mí grandes estorbos para el cumplimiento de mi destino, sino que los veo también fuera. Ya en el mundo no hay guerras. Todo está quieto. España quiere paz y más paz. Después que echamos a los franceses y quitamos a los liberales, no queda nada que hacer. Ni siquiera tenemos un rey intruso a quien combatir: no tenemos más que el legítimo, el verdadero, aquel en quien no se puede poner la mano. Nada, señora, paz y más paz es lo que se ve a derecha e izquierda.

—¿Paz? —preguntó sor Teodora de Aransis, con graciosa ironía.

—Sí, señora, paz.

—Pues yo no la veo.

La monja irguió su hermoso cuello, moviendo la cabeza y arqueando las cejas con expresión enteramente mundana.

—Yo no veo sino guerra —dijo después de una pausa, durante la cual miraba delante de sí, como se mira a un espejo.

—¿En dónde está esa guerra?

—En España.

—¿En España? No hay guerra por ahora.

—Pero la habrá —afirmó sor Teodora con aplomo.

—¿Por qué motivo? ¿No tenemos rey? ¿Acaso podrán levantarse otra vez los liberales?

—No se levantarán. Pero los masones tienen minado el trono.

—¡El trono! —exclamó Pepet lleno de confusión—. Es el más seguro del mundo.

—Tal vez no.

—¿No tenemos gobierno absoluto?

—A medias; gobierno con puntas de masónico, que no se decide a poner la religión por encima de todo... Veo que no entiendes una palabra, Tilín. Nosotras que jamás salimos de esta casa, conocemos lo que pasa en el mundo mejor que tú. En la biblioteca del padre capellán no aprenderás sino cosas muertas y pasadas para siempre. Voy a explicarte lo que ignoras, fiando en tu discreción y en el respeto que me tienes. Has de guardarme el secreto, porque esto no lo saben aún sino pocas personas.

Tilín prometió a la señora ser más reservado que un sepulcro, y con tal declaración, ella cobró ánimos para hablar de este modo:

—Te equivocas grandemente al suponer que tendremos paz. No, hijo mío; guerra, y guerra muy empeñada y tremenda nos aguarda. Todo está por hacer: con la derrota de los liberales no se ha conseguido casi nada; todo está, pues, del mismo modo: la Religión por los suelos, la Inquisición sin restablecer, los conventos sin rentas, los prelados sin autoridad. Ya no tenemos aquellos gloriosísimos días en que los confesores de los reyes gobernaban a las naciones; se publican libros que no son de Religión, o le son contrarios; en pocas materias se consulta al clero, y muchas, muchísimas cosas se hacen sin contar con él para nada. ¡Qué vergüenza! Es verdad que no hay Cortes; pero hay Consejos y ministros que son todos seglares y carecen de la divina luz de Espíritu santo. No gobiernan los liberales, es verdad, pero ello es que, sin saber cómo, gobierna algo de su espíritu, y las sectas, las infames sectas masónicas no han sido destruidas. El ejército, que se compone absolutamente de masones, no ha sido disuelto y desbaratado, y en cambio están sin organizar los voluntarios realistas. Mil novedades execrables han subsistido después de aquella horrorosa tormenta, y en cambio no funcionan ya las comisiones de purificación que habían empezado a limpiar el reino. ¡Cuánta ignominia! Es verdad que se han concedido

mercedes al clero; pero los primeros puestos los han atrapado los janse-
nistas, y están en la oscuridad hombres que pelearon con la lengua y con
la espada, en el púlpito y en los campos de batalla. Andan sueltos muchos,
muchísimos que fueron milicianos nacionales y asesinos de frailes y monjas,
y la masonería se extiende hasta el mismo trono, hasta el mismo trono, Tilín.

Absorto, anonadado estaba el sacristán oyendo aquellas graves razones
que la monja decía con firmeza y devoción, añadiendo a su elocuencia para
hacerla más seductora las gracias de su persona. No desplegaba sus labios
Pepet y oía la voz de la dama cual si esta fuera un ángel de Dios que había
bajado del cielo con un recado para los hombres.

—Ese trono que tanto ha costado —prosiguió la madre con brioso entusiasmo—, que fue preciso defender primero de los franceses y después de
los liberales, no satisface las aspiraciones de nuestro católico reino. La Religión no ha triunfado todavía, y es preciso que la Religión triunfe. Santiago,
nuestro glorioso patrón, no ha de permitir que sus escuadrones estén mano
sobre mano. Lo que se puede hacer, ¿por qué no se hace? Contra la masonería, que es el gobierno de Satanás, se levantará la Religión, que es el
gobierno de Dios. Todo lo que se opone, o si no se opone estorba al triunfo
de la Fe caerá, y si lo que estorba es un trono, caerá también. Veo que te
asombras, Tilín; veo que te espantas.

—No, señora, no; Tilín no se asusta de nada que sea caída de cosas altas
y enormes, hundimientos y choque de unas gentes con otras, sorpresas
terribles, cataclismos y erupciones de la rabia humana... Pero yo no creía,
no sospechaba que los derechos de nuestro Rey, tan deseado y querido,
pudieran ser puestos en duda.

—Culpa será de quien no ha sabido seguir el camino que le trazó la
divina Providencia —replicó vivísimamente la exaltada monja—. ¿Tú no sabes
que hay un príncipe insigne, ferviente católico, amante de su pueblo, fiel
cumplidor de los preceptos de la Iglesia, y que hasta en sus menores actos
demuestra que vive para la Fe y por la Fe? Ese príncipe santo se rodea de los
varones más sabios, de los prelados más virtuosos, de clérigos previsores y
de seglares devotísimos; ama la Religión sobre todas las cosas, y para él la
Religión está sobre todo lo humano, y sobre pueblos y reinos y monarquías;
ese príncipe confiesa y comulga todas las semanas, dando así una lección

a todos los príncipes de la tierra, y no se separa jamás de una imagen de la Inmaculada Concepción, que es su dulcísima patrona y consejera... ¿Quieres saber más?... ¿Necesito decirte más?

—Sí... Sí —exclamó Tilín, que ya no tenía curiosidad, sino fiebre.

—La Religión debe triunfar, y para que triunfe es preciso que haya quien la defienda —dijo la monja asemejándose por su acento y su apostura a la Sibila Cumana—. Tú dices que habrá paz, y yo digo que habrá guerra, guerra cruel y reñida... Nada te digo respecto a tu vocación ni a tu destino. Tú sabrás lo que haces. Únicamente he querido probarte que las circunstancias no son tan impropias como creías... que los tiempos son para cosas grandes, ruidosas y heroicas, que la vocación guerrera no tiene hoy nada de trasnochada, y que un hombre puede llamarse Tilín y sin embargo...

Cambiando bruscamente de tono y levantándose, añadió:

—¡Pero si anochece!... ¡qué tarde! Tilín, corre a tocar el *Angelus*... ¡qué dirá la madre abadesa si me ve aquí charla que charla!... Corre, hombre, corre... Parece que estás lelo.

La monja se alejó apresuradamente. Tilín, inmóvil y con la vista fija en ella la vio desaparecer bajo la arquería del claustro, como una sombra que se difundía en la masa oscura de la noche. Lentamente marchó a la sacristía, y empuñando la soga del esquilón, tocó el *Angelus*. La campana, difundiendo su gangoso tañido por los aires mucho más allá de Solsona, hasta los montes lejanos, parecía proclamar aquel nombre irrisorio que debía ser el nombre de un héroe, y gritaba con insistencia: Tilín, Tilín.

—¡Jesús, María y José! —exclamaba la madre abadesa—. ¡Vaya un modo de tocar el *Angelus*! Tilín se ha vuelto loco. Parece que toca a rebato.

Y los vecinos decían: «Las monjas cascabeleras están tocando a fuego.»

V

Transcurrieron muchos días (eran los de marzo de 1827) sin que sor Teodora de Aransis volviese a departir tan extensa y acaloradamente con el sacristán de San Salomó, y en este se acentuaron más las distracciones y los descuidos, llegando a cometer faltas de servicio que eran escándalo de las madres y desdoro del culto. Pasaba a veces la noche entera en la ciudad, y su trato era por demás adusto y misantrópico.

Una tarde de abril presentáronse dos damas en el locutorio. Era una de ellas hermosa por todo extremo, ricamente ataviada, con ademán un poco altanero y edad que podía sin gran seguridad suponerse entre los 35 y los 40 años. Vestía con lujo y sin remilgos, dando a entender que no la mortificaba ninguna cosa que diera realce a su belleza, tanto más cuanto que esta iba necesitando auxilio para que no se conociera demasiado su occidente. Doña Josefina Comerford, pues tal era el nombre de aquella histórica dama, era una belleza en decadencia; mas no por esto dejaba de ser magnífica, como es magnífica una puesta de Sol. La mujer que la acompañaba parecía servidora.

Después de esperar breve rato, descorriose la cortina que tapaba la reja, y una voz dijo:

—¡Oh! Josefina... No me habían dicho que era usted... Voy a mandar que se le abra la puerta.

—Mande usted abrir y entraré —repuso doña Josefina mirando al través de la reja sin ver nada.

Después dio algunos paseos por el locutorio con impaciente desenvoltura. Miraba al suelo, como miran los hombres cuando tienen un grave proyecto entre ceja y ceja.

Por fin una vieja criada del convento presentose a ella, cerró la puerta del locutorio que daba a la calle, mandó a la servidora que esperase allí, y haciendo señas a doña Josefina para que la siguiese, condújola por un pasadizo oscuro que iba a parar al claustro. Desde allí no necesitó guía la de Comerford para dirigirse a la sala interior del locutorio, donde la aguardaban tres monjas.

Era la sala grande y no muy clara a pesar de la blancura de sus paredes. Zócalo de pintados azulejos cubría hasta la altura de una vara la parte inferior de aquellas, y sencilla y añosa estera de esparto libraba los pies de la frialdad de los ladrillos. Un tríptico de relevante mérito y dos o tres cuadros oscuros y muy borrosos en que apenas se distinguían el cordero de San Juan o el caballo de San Martín o el hábito de San Bernardo, por ser trozos pintados con blanco, compendiaban el interés iconográfico de la sala. En ella reinaba mortecina y difusa claridad roja producida por la transparencia de las dos cortinillas encarnadas que cubrían las ventanas. Media docena de sillones y un gran banco que parecían ser las obras más ingeniosas de la Inquisición, por lo duros, incómodos y rígidos, servían para martirio de los huesos. En uno de ellos se sentó la visitante después de saludar a las tres monjas una tras otra.

La claridad roja daba al rostro de doña Josefina el aspecto de una llamarada en figura humana, con lo cual se avenía perfectamente el inextinguible ardor de sus palabras. Las tres monjas, encendidas también, y asemejadas en cierto modo a sanguinolentos espectros ocupaban sus puestos con correcta simetría, haciendo honor a los sillones de nogal por la tiesura con que se sentaban en ellos. Trabose al punto vivísima conversación en lengua catalana.

—Ayer esperábamos a usted —dijo la madre abadesa.

—No se puede, no se puede, señora —repuso la de Comerford—. Van los negocios muy atrasados. Acabo de llegar de Berga y apenas he tenido tiempo para vestirme... Debo salir esta noche misma para Manresa; el tiempo es corto. Diré en pocas palabras lo que tengo que decir y hasta otro día.

—También nosotras seremos breves —indicó la madre abadesa moviendo un brazo—. Ante todo, díganos usted... ¿Es cierto que han sido ahorcados Planas y Lloret?

—Cierto es que la serpiente nos ha herido a dos de nuestros bravos leones —dijo la de Comerford con vehemencia—. Pero todo no puede ser flores. Ha de haber muchas víctimas y no pocos mártires. Si no los hubiera no sería tan santa nuestra causa... Las partidas que hoy existen no tienen más objeto que ir tanteando a los pueblos en los límites del Principado. Más adelante se verá quién es Cataluña. Ahora lo que nos importa es que la empresa no se malogre por precipitación. De eso nos ocupamos, y si las órdenes se cumplen bien se conseguirá el objeto. Tenemos de nuestra parte muchas autoridades militares que se han vendido en secreto. Algunos sospechan que nos harán traición; yo no lo creo. Además, de Madrid vienen un día y otro las mayores seguridades de que tendremos apoyo en altas esferas. ¡Ay! aquella celosa Junta no se duerme en las pajas. Ha sabido unir todos los deseos en uno solo, y hoy, amigas mías, muchos personajes de aquí y de allá que tenían distintas opiniones piensan ya de la misma manera. El acuerdo es perfecto, puedo asegurarlo a ustedes, entre el arzobispo de Tarragona, el señor Miguel, vicecancelario de Cervera, el padre Barrí de Santo Domingo, el señor don José Corrons, lectoral de Vich, el domero de Manresa, el guardián de Capuchinos de esta ciudad y el valiente entre los valientes nuestro indomable Jep dels Estanys. Las instrucciones que ha recibido de Madrid la Junta son precisas y resuelven todas las dudas que había en puntos muy esenciales; los escrúpulos de algunos se han disipado; el beneplácito de la Santa Sede es ya evidente y aún se tiene por segura la protección de la Rusia y de la Francia. ¿Qué tal? En el palacio de Madrid se sabe todo lo que pasa aquí, y no se dará un paso por estas leales montañas que sea hijo del acaso o del capricho, sino que todos, chicos y grandes nos moveremos con arreglo a un plan admirablemente concertado. ¡Oh! amigas mías, regocijémonos, entusiasmémonos con la idea de que esta tierra de cristianos tendrá al fin el verdadero gobierno cristiano.

—¡Loado sea el Señor! —exclamó la abadesa moviendo por igual los dos brazos—. Este acuerdo entre tales varones nos prueba que no obedecen al capricho ni a la fantasía, sino a una voz divina que en el interior de todos ellos ha sonado. La Virgen Santísima sea con ellos. Ahora bien, amiga querida, puesto que para gloria y salvación nuestra nos corresponde hacer algo en la medida de nuestras escasas fuerzas, en pro de la causa del Señor, aquí estamos aguardando las órdenes de la junta de Manresa, de la cual es usted órgano tan precioso.

—A eso voy, amiga mía —dijo doña Josefina acercando más su inquisitorial sillón al de las madres—. Primeramente, al dinerillo que ustedes tienen en depósito se unirá dentro de poco el que se está recaudando en esta diócesis de Solsona y parte del que vendrá de Madrid. Lo entregará el señor deán de esta Santa Iglesia Catedral y ustedes lo darán a Jep dels Estanys, a Caragol o a Pixola, previa presentación de un vale reservado y en cifra donde se especificará la suma. También podrá usted recibir dinero del alcalde de Solsona o dárselo. Aquí traigo la clave de la cifra y la explicaré para que no hallen dificultades en el momento preciso.

Doña Josefina sacó un papel de su ridículo (porque doña Josefina llevaba ridículo) y acercándose a las madres explicoles durante corto rato los signos y combinaciones que aquellas debían conocer. Después la simetría que se había alterado cuando se inclinaron en una misma dirección las tres señoras volvió a restablecerse.

—He comprendido perfectamente —dijo melífluamente la abadesa—. Se hará todo como lo mandan los señores. Dulcísimo es para nosotras prestar este concurso a obra tan insigne.

Era la madre abadesa señora muy redicha, como se habrá observado. Tenía buen fondo; pero el fanatismo le había sorbido los sesos. Lanzada por las bullidoras eminencias del país a los torbellinos de una odiosa conspiración, había llegado a olvidar el lenguaje sencillo, dulce y místico de las mujeres enclaustradas, adoptando un tonillo presuntuoso con puntas de diplomático, que era como un eco del charlar vehemente de la gran alborotadora catalana doña Josefina Comerford, la cual solía dar a la expresión de su fanatismo algo de la atropellada facundia de los clubs.

—Ahora, amigas de mi alma —manifestó doña Josefina— ahora que todo lo material está preparado, falta tan solo que se esgriman aquellas armas sutiles contra las cuales no pueden nada los más altos torreones ni la artillería más formidable: hablo de las armas de la oración. Yo, como pecadora, poco puedo alcanzar con mis preces; pero ustedes, amantísimas esposas del que da las victorias, del que con sus batallones de ángeles tiene a raya al Malo, pueden conseguir mucho. El auxilio de la devoción y la piedad es de gran precio. El señor lectoral de Vich dijo delante de mí a las clarisas de aquella ciudad: «Las lágrimas suplicantes de los débiles darán a los fuertes la victoria.»

La madre abadesa se inclinó de un lado cruzando las manos, en señal de la magnitud de su emoción, y entonces alterose por completo la simetría del grupo. Al mismo tiempo dejose oír una voz hueca, telarañosa, si es permitido decirlo así, una voz gastada y oscurecida por los años, la cual voz provenía, según todos los indicios, de la carcomida laringe de la señora monja que se sentaba a la derecha de la madre abadesa, y que hasta entonces había sido mudo testigo de la conferencia. Aquella voz dijo con lastimero tono:

—¡Oh! ¡Si pudiera conseguirse tal alto fin con las oraciones!... Todos los lectorales de Vich y todos los prelados de la cristiandad no me convencerán de que la causa del Señor y el triunfo de su Fe hayan de conquistarse con guerras, violencias, brutalidades y matanzas. Doña Josefina nos habla de las oraciones, como aprestos de guerras... Esos, esos solos deben ser los sables, los cañones y los fusiles de los regimientos de Jesucristo.

Alzando sus brazos, a que daban majestad las amplias mangas blancas, la monja se animaba. Era una mujer anciana y cadavérica, cuyas palabras sonaban con no sé qué tono de prestigio y autoridad, como palabras salidas de la tumba.

Antes que la última sílaba de la anciana religiosa acabase de vibrar, oyose en la sala una leve exclamación, una de esas ligeras inflexiones de voz que son como el preludio de una risa de desdén. Provenía este bullicio de la tercera monja, que aún no había dicho nada y estaba sentada a la izquierda de la madre abadesa. Sonó después la risa y luego estas palabras:

—¡Qué cosas tiene la madre Montserrat!

El delicioso y fresco timbre de la voz, la gracia de la entonación y el festivo reír indicaban claramente la persona por demás simpática de sor Teodora de Aransis.

—Es lo que me quedaba que oír —añadió con desenvoltura—. ¡Que las sectas y el imperio de los malos puedan derribarse con oraciones! ¡Que una nación invadida por herejes sea limpia por rezos de monjas!... Decir eso es vivir en el Limbo. Bueno es rezar; pero cuando el mal ha tomado proporciones y domina arriba y abajo, en el trono y en la plebe, ¿de qué valen los rezos?... ¿Por qué tantos ascos a la guerra? La guerra impulsada y sostenida por un fin santo es necesaria, y Dios mismo no la puede condenar. ¿Cómo ha de condenarla, si él mismo ha puesto la espada en la mano de los hombres, cuando ha sido menester? Nos asustamos de la guerra, y la vemos en toda la historia de nuestra Fe, desde que hubo un pueblo elegido. ¿No peleó Josué, no peleó Matatías gran sacerdote, no pelearon los Macabeos y el santo rey David? Bonito papel habría hecho San Fernando si en vez de arremeter espada en mano contra los moros, se hubiera puesto a rezar, esperando vencerlos con rosarios. No es tan mala la guerra, cuando un apóstol de Jesucristo se dignó tomar parte en ella, con su manto de peregrino y caballero en un caballo blanco, repartiendo tajos y pescozones. La guerra contra infieles y herejes es santa y noble. ¡Benditos los que mueren en ella, que es como morir en olor de santidad! En el cielo hay lugar placentero destinado a los valientes que han sucumbido peleando por Dios.

Sor Teodora de Aransis se agitó hablando de este modo, y sus bellas facciones tenían el divino sello de la inspiración. Atendían a sus palabras con muestras de asentimiento Doña Josefina y la madre abadesa; pero la madre Montserrat, dirigiendo una mirada rencillosa a la audaz defensora de la fuerza, rumió estas palabras:

—Hermana Teodora de Aransis, usted es una niña.

—Tengo treinta y dos años —repuso con brío la de Aransis, sin dignarse mirar a su contrincante.

—Y yo tengo sesenta —afirmó esta—, yo he visto guerras, y usted no. Yo he visto las horrorosas calamidades de la guerra; yo he visto este santo asilo profanado, derribadas sus paredes a cañonazos y sus claustros y celdas invadidos por una soldadesca infame. ¡Todo lo envilece, sí, todo lo envilece! Yo vi caer el ala del Poniente y desaparecer hechas escombros tres celdas arriba y el refectorio abajo, quedando solo en pie lo que llamamos la *Isla*, donde usted vive; yo vi a tres hermanas degolladas y a otras injuriadas horriblemente. Los pocos cabellos que tengo se erizan todavía en mi cabeza al recordar aquel día de setiembre de 1810. ¡Vaya un día, Señor Dios sacramentado! ¿Cómo quieren que me entusiasme con la guerra? La aborrezco, le tengo miedo: el ruido de un tambor me hace morir... Esta buena Teodora de Aransis es una niña, piensa mundanamente a pesar de llevar algunos años dentro de esta casa, y tiene los espíritus muy levantiscos.

—No se trata ahora de soldados del infame Napoleón, señora —dijo Teodora burlándose—. Precisamente es todo lo contrario. Los soldados de la Fe no darán sustos a la asustadiza madre Montserrat.

—Todos los soldados son iguales y todas las guerras odiosas... Hay cabezas tan duras que no entenderán nunca.

—Y hay personas que jamás han tenido en su mollera ni pizca de discernimiento —dijo la de Aransis con tono de sofocada ira.

—Y hay jóvenes que se olvidan del hábito que visten, renegando de la humildad y del respeto que se debe a las personas mayores —gruñó la madre Montserrat.

—Y hay espectros tan empingorotados y tan tiesos que hacen oposición a todo, y con su cara de vinagre y su necio orgullo se hacen insoportables.

—Y hay monjillas tan casquivanas que se componen y acicalan dentro de sus celdas, cuando nadie las ve, y no pueden olvidar que en tiempos muy desgraciados han ido a bailoteos y teatros.

—Y hay madrazas de cara verde, del propio color de la envidia, que han vivido setenta años encolerizadas contra todo lo que valía más que ellas, criticando lo que les era superior.

—Y yo sé de quien tiene la lengua muy larga...

—Y yo sé de quien la tiene llena de veneno...

—Y yo...

—Paz, paz... Exclamó la abadesa, extendiendo a un lado y otro sus blancas manos.

—La madre Teodora es demasiado vehemente —dijo Doña Josefina guiñando el ojo a sor Teodora—, y la madre Montserrat muy rigorista. Todo esto ha provenido de una opinión sobre las guerras. Yo creo también que la guerra es a veces necesaria y que Dios mismo la dispone. Hay santos del combatir como hay santos del ayunar. Pero no es esto motivo para que la madre Montserrat se enfade.

—Ni para que se altere la armonía que en estas casas debe reinar —expresó la madre abadesa con afectada unción—. En nombre de Nuestro Señor Jesucristo, que a todos perdonó, yo ruego a las dos hermanas que me oyen... Sí, yo les ruego, como hermana y como superiora, que sofoquen al punto el rencor y se reconcilien dándose el ósculo de paz.

—Mi alma es incapaz de rencor —dijo la madre Montserrat.

—Yo perdono de todo corazón —murmuró sor Teodora.

Se besaron. La vieja imprimió sus labios sobre las hermosas mejillas de la joven, y esta contestó al beso fijando apenas sobre la seca piel ajena sus frescos labios. Aquel besuqueo fue una ventosa contestada por una picadura. Doña Josefina después de repetir sus instrucciones, se retiró.

VI

A pesar de los preparativos, cuya importancia se daba a conocer por la actividad bullidora de Doña Josefina Comerford, pasaron los meses de mayo y junio en aparente paz. Cataluña parecía tranquila y desarmada. Solsona continuaba viviendo con aquella serenidad y monotonía que eran la delicia de sus canónigos. La compañía medio organizada de voluntarios realistas y los pocos artilleros que prestaban el servicio militar dentro de los muros, más parecían figuras decorativas que soldados en la víspera de una batalla.

Cierto día de fines de junio vio Solsona una cosa que dio mucho que hablar. Por la calle mayor adelante iba Tilín vestido con el uniforme de voluntario realista. Su figura no era un tipo acabado de militar gallardía; pero él marchaba por la calle abajo con desenfado, aunque sin fanfarronería, indiferente a las hablillas que sus insólitos arreos suscitaban.

—Mejor le sienta la sotana —decían en los corrillos—. ¿A dónde va ese holgazán con media vara de cartuchera y un quintal de morrión?... Mírenlo... pues no va poco tieso... Todos los bordados del cuello y solapa, así como las charreteras y los cordones del morrión se los han hecho las monjas... Es el uniforme más guapo que hay en toda Solsona... Y diz que entra en el cuerpo con el grado de alférez... Si no hay como ser sacristán de las monjas cascabeleras para llegar pronto a general... No, mujer, no entra de alférez sino de sargento; pero como haya guerra, y dicen que la habrá, verás cómo sube más vivo que un águila, con el favor de las madres... Mírale, mírale, cómo pasa sin saludar a nadie... ¡Condenado Tilín! ¡cómo se reirá de él la tropa! No habrá un solo voluntario que le obedezca.

Y siguieron los comentarios.

Así como la aparición de ciertas aves exóticas anuncia la proximidad de tempestades, aquella desusada vestimenta del sacristán de San Salomó anunció un acontecimiento que puso en grande zozobra y pasmo a la ciudad de Solsona. Era la madrugada, cuando el sueño de los pacíficos moradores fue bruscamente turbado por estrepitoso ruido de tambores. Echáronse los vecinos de las camas, fueron abrieron todas las puertas y acudieron los voluntarios a la plaza, donde había ya un par de compañías, venidas, según después se supo, de Berga al mando del ex-carnicero *Pixola* (Don Narciso Abres). Un fraile, puesto en pie en medio de la plaza y entre la gente armada, hizo callar con solemne gesto a los tambores, y enderezó a los solsoneses una arenga diciéndoles que Cataluña se lanzaba a la guerra porque el monarca no gozaba de la libertad necesaria para gobernar el reino. ¡Qué pico de oro! Sin abandonar su tono de sermón, añadió que S. M. había expedido órdenes reservadas autorizando el pronunciamiento e invistiendo de mandos militares a aquellos bravos y piadosísimos cabecillas, los cuales, ¡oh abnegación evangélica! abandonaban sus hogares por defender la Fe de Cristo y el glorioso trono de las Españas.

Después que el fraile hubo desembuchado lo que en su mollera traía, volvieron a sonar los tambores, y los pelotones de voluntarios recorrieron la ciudad y la muralla toda en redondo como por fórmula de toma de posesión de la plaza y de su absoluto rendimiento a las tropas apostólicas. Los pocos soldados de línea se entregaron sin vacilar porque ya estaban concertados para ello; repicaron las campanas, declarose en rebelión el municipio y alguna que otra banderola hecha por manos claustradas subió agitándose y haciendo gestos a lo alto de un palo para anunciar a los pueblos vecinos la grata nueva.

Pixola publicó enseguida un bando disponiendo que se entregasen todas las armas, y que todos los oficiales indefinidos domiciliados en la ciudad y su término se presentasen inmediatamente en *esta comandancia general* para recibir órdenes. Obedecieron algunos por miedo o porque simpatizaban con la insurrección, o quizás porque estaban cansados de una vida oscura; pero otros contestaron a los emisarios de Pixola con insultos y bravatas, por lo cual enfurecido el cabecilla, juró que haría una degollina de indefinidos si Dios no lo remediaba. El más reacio fue un coronel retirado, viejo, terco y realista por más señas, que tenía por nombre don Pedro Guimaraens y por vivienda una casa solar a media legua de Solsona y a la opuesta orilla del río Negro.

—Di a ese desollador de carneros —contestó al portador del mensaje— que si voy a Solsona será para arrancarle las orejas por bandido y ladrón, y que tengo aquí muchas armas, sí, muchas, para defensa del Rey y de la Religión, y que si él desea probarlas que se de un paseo por acá con toda esa cuadrilla de sacristanes y salteadores de caminos.

Tal como lo oyó de los labios de Guimaraens se lo dijo el emisario a don Narciso Abres, el cual, bramando de ira se levantó de la mesa donde comía para ir en persona a castigar tamaña afrenta.

—Sosiéguese vuecencia —le dijo con calma Pepet Armengol que en la misma mesa comía, juntamente con otros dos jefes y el padre capellán de San Salomó, pues allí no había categorías—. A ese espantajo de Guimaraens no se le conquista con amenazas. Yo le conozco bien, porque he ido muchas veces a llevarle recados de las madres... Ya sabe usted que una hermana suya está en San Salomó... Le conozco bien, y sé que es una oveja. Déjeme vuecencia ir allá, y verá cómo sin ruido ni amenazas sino antes bien con maña y tiento, le sonsaco las armas y le obligo a reconocer la autoridad que ha dado a vuecencia la Junta de Cataluña.

—Me parece buena idea —dijo Mosén Crispí de Tortellá dando un golpe en la mesa con el vaso de vino después de vaciado—. Veamos el estreno de Tilín... Una hazaña, querido Abres, tendremos una hazaña, porque este Tilín ha leído mucho.

Pixola se echó a reír.

—No se tome esto a broma —añadió el capellán—. Tilín es amigo de Guimaraens, el cual es el mayor y más refinado glotón que ha comido perdices en todo el Principado... ¡Ah! señores; no solo el pez muere por la boca; muere también el valiente por la misma parte. Guimaraens que en una batalla sería más bravo que cien leones, no hará jamás lo que hizo don Mariano Álvarez en Gerona, porque no tiene el heroísmo del ayuno. ¿Saben ustedes cómo se conquista a ese hombre? Con la artillería de las monjas de San Salomó, cuyo ginovesado ha rendido ya muchas plazas... Dese esta empresa a Tilín, querido Abres, y verá usted qué victoria alcanza nuestro bravo rapavelas si, como creo, consigue de las madres un par de perdices en adobo, o siquiera un mediano plato de esas natillas sin igual que no deben divulgarse mucho para que el género humano no se corrompa y enerve con las delicias de Capua.

Pixola y los demás reían a carcajadas.

—Anda, hijo, anda —dijo Tortellá a su antiguo acólito dándole un pescozón—. Dile a la madre Purificación que se esmere... Se trata de una gran conquista: se trata de ganar el nuevo Zaragoza.

—Puedes ir —indicó Abres al sacristán-soldado—. ¿Necesitas gente?

—Tres hombres escogidos por mí.

—Toma los que quieras.

—Dentro de dos horas estaré de vuelta. Conozco la casa. El señor Guimaraens estará en la huerta fumándose un cigarro. No le faltará la compañía de los dos artilleros viejos y de los dos criados, y de la señora Badoreta... Vamos allá... la casa tiene dos puertas... En la huerta hay un ángulo... Después se suben tres escalones... ya... ya... Vamos a hacer una visita de cumplimiento a casa del señor coronel.

Poco después Tilín pasaba el río por el puente de Llobera, acompañado de tres montañeses de la Cerdaña sin uniforme y con armas. En vez de tomar en línea recta la dirección de la casa de Guimaraens, que a la distancia de un cuarto de legua se destacaba sobre la verdura de un bosque espeso, caminaron a la derecha río abajo, y describiendo luego una gran curva, subieron hacia la montaña por extensa ladera de viñas y almendros. No tardaron en penetrar en el bosque, y allí con precaución y silencio se acercaron a la casa. Por espacio de un cuarto de hora estuvo Tilín cuchicheando con su gente. Subió después a un árbol, desde donde podía explorar la huerta, y vio a la señora Badoreta tendiendo ropa en el jardinillo delantero; Valentín, el más bravo de los dos veteranos, limpiaba el caballo y Suárez estaba regando las judías y poniéndoles tutores. No viendo por ninguna parte a los otros dos criados, supuso que estaban dentro de la casa. Bajando del árbol, dio Tilín sus órdenes a los que le seguían, repitiéndoselas hasta tres veces para que se les clavaran bien en la mollera; les señaló una ventana baja que desde allí se veía abierta; indicoles los puntos por donde podían escalar fácilmente la tapia, y después penetró solo en la casa.

Condújole la señora Badoreta al interior, no sin reírse de su chistosa metamorfosis, y al verse Tilín en presencia del señor Guimaraens en la sala donde este residía comúnmente, oyó una carcajada de franca burla, seguida de estas palabras:

—Tilín, Tilín de todos los demonios... ¿Conque es cierto que te has echado a militar? ¡No he visto en mi vida mamarracho semejante! ¡Hombre, vuélvete de espaldas para verte por detrás!... ¡Y tienes bayoneta!... ¿Cómo no te han dado fusil esos pillos? ¡Serías capaz hasta de hacer fuego con él!... ¡Vaya con Tilín!... Hombre de Dios, pues es verdad que así, así, con esa albarda, nadie diría que eres sacristán... ¡Qué demonio! si ayudas a misa con esa facha, te juro que he de ir a verte. ¿Y qué dicen las reverendas?

—Las señoras no tienen novedad —repuso Tilín secamente.

—¿Me traes algo de parte de ellas?... Vamos, tú nunca has venido a mi casa con las manos vacías.

El señor Guimaraens era un tipo militar de los de la guerra del Rosellón, viejo, sin barba ni bigote, con el blanco pelo un poco largo, cual si no hubiese renunciado aún a ponerse coleta. Aunque anciano era fuerte y membrudo y tenía la presencia majestuosa, la talla corpulentísima, el semblante agraciado y noble. Era hombre muy devoto y realista ferviente aunque no de los furibundos; y cuando Tilín se presentó a él estaba sentado en su lustroso sillón de cuero, leyendo la vida del santo del día, costumbre piadosa a que no había faltado en treinta años. Era célibe y vivía en compañía de dos viejos, leales camaradas de sus campañas allá en los tiempos del general Ricardos y ora criados que parecían amigos. Un pinche, un mozo de cuadra y la señora Badoreta, famosa en el cocinar y antaño criada en San Salomó, completaban la familia del pacífico veterano.

Vio con desconsuelo que Tilín no traía consigo cesta ni bandeja cubierta con la blanquísima servilleta monjil, y dando un desconsolado suspiro le dijo:

—Esas señoras reverendísimas, ocupadas de la insurrección, han dejado apagar los hornillos. ¡Qué pícaras! Siéntate, Tilín, hablaremos un poco y echarás un cigarro.

—Gracias, señor; tengo que marcharme pronto —dijo el voluntario dando un paso hacia él.

—¿Entonces a qué has venido?

—A traer a usted un recado.

—¿De las monjas?

—De las monjas, sí, señor.

—¿Qué quieren esas señoras mías?

—Que me entregue usted inmediatamente todas las armas que tiene en su casa, y que se venga conmigo para ponerse a las órdenes de Pixola.

Dijo esto Tilín con tal osadía y aplomo, que Guimaraens se quedó perplejo por un momento; pero al punto recobrose, y tomando el caso a risa, como era natural, empezó a batir palmas. Reía con estrépito, echado el cuerpo hacia atrás y apretándose los ijares.

—¡Bravísimo, deliciosísimo, señor sacristán! —exclamó poniéndose como la grana de tanto reír—. Di a tus amas que me he reído de la gracia hasta morir... ¿Con que armas?... ¡Bendito seas Dios! ¡Pobre Tilín!... Me dan ganas de abrazarte por el gusto que me das. Eres un mamarracho..., pero chistosísimo... y con esa casaca... y esos humos de general... ¿Conque mis armas? Pide por esa boca, monago.

Guimaraens dejó de reír, porque vio a Tilín transformado de súbito. El rostro del voluntario realista estaba lívido, sus ojos centelleaban, y su mano convulsa mostraba una pistola. Fiero e imponente el monago, exclamó:

—No he venido aquí a hacer reír.

—¿Miserable, qué haces? —dijo Guimaraens levantándose y poniéndose a la defensiva.

—Saltarle a usted la tapa de los sesos si no me obedece.

Tilín apuntó al rostro del venerable anciano, que al punto echó mano a una silla.

—Si usted se mueve —dijo Tilín intrépido y osado hasta lo sumo—, si usted da un grito pidiendo socorro, le mato como a un perro. Tengo cuarenta hombres en el bosque a espaldas de la casa, con encargo de arrasarla y de matar a todos sus moradores si se me hace resistencia.

—¡Ratero! —gritó furioso Guimaraens— ¡qué has de tener tú!... ¡Hola, Valentín!... ¡Suárez!

Al punto apareció despavorido un hombre, un jovenzuelo. Oyéronse dos disparos en la huerta y los gritos de la señora Badoreta que exclamaba: ¡ladrones! El joven abalanzose a la defensa de su amo; pero Tilín, rápido como el pensamiento guardose las espaldas apoyándose en un alto ropero, y disparó sobre el criado que cayó muerto sin exhalar un grito. Guimaraens al ver desarmado a Tilín que arrojara al suelo su pistola, arremetió a él como un león. Pero recibiole Pepet con un puñal, sin que por esto se acobardase el veterano. Trabáronse estrechamente de manos, y después de una lucha breve y terrible, en la cual Armengol se esforzaba en defenderse de su enemigo sin herirle, apareció bañado en sangre uno de los tres montañeses de Pixola.

—¡Miserables ladrones —gritó el coronel— no os valdrá vuestra alevosía!... ¡Suárez!... ¡Valentín!

Guimaraens fue acorralado, vencido, pero aún se necesitó el concurso de otro guerrillero para atarle los brazos por la espalda. El valiente y noble anciano rugía, y de su espumante boca salían blasfemias, como sale del volcán la hirviente lava.

Valentín, uno de los veteranos que servían a don Pedro, entró malherido, echando venablos por la boca, armado de tremenda espada con que acometió ciego de ira a los guerrilleros que sometían a su amo; pero como se hallaba descalabrado, tuvo que someterse sin que le valiera de nada su fiera intrepidez. Suárez estaba atado al tronco de un árbol y herido también. Sorprendidos cuando el uno se hallaba limpiando el caballo y el otro trabajando en las hortalizas, no tuvieron tiempo ni de armarse ni de pedir auxilio a los payeses de las cercanías. El plan de Pepet Armengol había tenido realización cumplida, aunque no fácil porque uno de los guerrilleros quedó muerto por Suárez que pudo disponer de la azada; otro recibió un sartenazo de la señora Badoreta, a quien el peligro dio los alientos y el rencor de una leona.

Antes de anochecer Tilín y los tres hombres de su cuadrilla, penetraron en Solsona llevando atado como alimaña recién cogida, al respetable coronel don Pedro Guimaraens. A poca distancia les seguía un carro lleno de armas diversas. Inmenso gentío se agolpaba para ver al preso, a quien no compadecían muchos por ser hombre repudiado de orgulloso, y que últimamente, a causa de la sospechosa templanza de su realismo, era acusado de jacobino.

VII

Al día siguiente Pixola, después de encomiar la acción de Tilín, dijo al señor capellán:

—Me parece que tenemos un hombre. Cuando las madres me lo recomendaron, yo le destiné mentalmente a ranchero, pero me parece que ese caballero del esquilón va a picar un poco alto. Le voy a dar el mando de una compañía. Ahí tiene usted un sacristán que valdrá más que cien obispos.

Las hordas de Pixola eran un conjunto heterogéneo de voluntarios realistas uniformados y procedentes de los cuerpos que se formaran el 24, de soldados desertores, de payeses que se armaban con lo que podían, y de trabucaires o contrabandistas de la Cerdaña y de los valles de Arán y de Andorra. En el improvisado ejército las jerarquías militares iban saliendo de los acontecimientos, de las hazañas individuales y también de las intrigas, que son fruto natural de toda colectividad donde hierven las pequeñas pasiones al lado de las grandes. Así es que el prestigio adquirido en un buen golpe de mano, y la recomendación de personas a quienes se tenía en mucho, bastaron a elevar a Tilín a una categoría semejante a la de teniente. El carnicero le llamó aparte, y agarrándole por un botón de la pechera, como era su costumbre siempre que hablaba con un amigo, hablole así:

—Mira, Tilín, yo voy ahora hacia Balaguer y la Conca de Tremp a recoger las tropas que se están organizando. Tú te vas hacia Pinós, donde hay mucha gente que no ha querido afiliarse. Allí se necesita una mano pesada. Te llevarás cincuenta hombres con el encargo de que has de reclutar doscientos. En ese país hay muchos caballos, no perdones ninguno... Oye otra cosa —añadió reteniéndole por el botón—. También hay mucho dinero, es preciso que recaudes todo lo que puedas. Hombres, dinero, caballos... Abre bien las orejas: hombres, dinero, caballos. Espero que nuestro monago sabrá ayudar esta misa de sangre. Después nos reuniremos en Cardona para ir todos sobre Manresa donde nos espera el general en jefe, Jep dels Estanys... ¡Ah! se me olvidaba otra cosa; si encuentras tropas del gobierno te retiras a la montaña y las dejas pasar.

Con estas instrucciones y sus cincuenta hombres partió Tilín el 8 de julio en dirección a Clariana y al río Cardoner. Asombró a todos la atinada organización que supo dar a su pequeña hueste, principiando por establecer en ella la más rigurosa disciplina. El segundo día de expedición, dos individuos de malísima estofa que habían sido contratados por Pixola en la raya de Andorra no mostraron gran celo por cumplir una orden que el gran Tilín les diera. Reprendioles este con severidad, pero sin malas palabras ni grosería, y lo mismo fue oír la voz del jefe, rompieron ellos a reír diciéndole que harto hacían en dejarse mandar por un sacristán de monjas y que no se les hurgara mucho porque también ellos sabían repicar campanas. El denodado teniente les mandó fusilar; hubo un momento de vacilación; pero los delincuentes perecieron; y a los disparos que les cortaran la vida siguió ese silencio congojoso de la disciplina que es como el de la muerte. Tenía Tilín un núcleo de diez o doce hombres feroces que le obedecían ciegamente y sobre esta sólida base fundó el orden y la cohesión admirables de su pequeño ejército.

Siempre sereno, atento a su deber, previsor, demostrando gran conocimiento del terreno y un tacto singular para dirigir la marcha, aquel prodigioso monaguillo se parecía a un gran general.

Antes de llegar a Cardona se internaron en la montaña buscando la sierra de Pinós. En todos los caseríos Tilín reclamaba los hombres útiles, y si algunos se le unían de buen grado, otros buscaban refugio en las montañas; pero él supo encontrar en su caletre trazas muy ingeniosas para que la mayor parte no se le escapase. El primer pueblo donde puso en práctica su plan fue San Salvador de Torruella. Hizo que se le presentaran el alcalde y los dos o tres vecinos más acomodados del pueblo; pidioles los mozos útiles desde 20 a 45 años, con más todo caballo, mula o animal cuadrúpedo que sirviese para trasportes de guerra, y por añadidura una suma que concienzudamente fijó en treinta mil reales. Alborotáronse los prohombres, a pesar de su férvido y jamás sospechoso realismo, jurando y perjurando que ni aun vendiéndose al moro todos los vecinos juntarían los treinta mil. En cuanto a mozos todos los del pueblo estaban ya en la evangélica facción, y de cuadrúpedos no había que hablar, porque allí el trabajo de los animales lo hacían los hombres.

Hallábanse durante estas conferencias en un mesón que hay a la entrada del pueblo. Tilín, económico de palabras como todo el que es pródigo en acciones, mandó al alcalde que bajase al patio.

—¡Perdón! —gritó el pobre hombre cayendo de rodillas.

Tilín dio una orden terrible, como quien da un consejo, y el alcalde fue fusilado. Igual suerte habrían sufrido los otros caciques si al punto no acudieran los vecinos con todo el dinero que tenían y seis caballos, presentándose además catorce hombres que antes de la cruel sentencia y suplicio del alcalde andaban escondidos en pajares y desvanes.

En Prades tuvo mejor acogida. El alcalde salió vara en mano a recibirle y denunció la existencia en el pueblo de dos sargentos indefinidos y de cuatro liberales que a todas horas hablaban mal de Sus Majestades y de la Religión. Sin atender a estas menudencias, Tilín pidió lo de siempre, dinero, armas, hombres, caballos. Hablósele de un rico que tenía cinco hijos útiles, muchos ahorros, dos pares de mulas, seis escopetas de caza y un pedazo de cañón de los que se cogieron a los franceses en el Bruch. Tilín mandó visitar la casa del rico y pudo allegar la mitad de aquellos tesoros, despreciando el medio cañón que era de un valor puramente arqueológico. Los frailes salieron a recibirle en comunidad y poco faltó para que salieran también con palio; le abrazaron, obsequiándole con gran mesa; pero él se mostró sobrio y discreto. Por la tarde y delante de la misma puerta del convento arcabuceó a dos reclutas que se le habían querido escapar. En Quadrells fueron cinco las víctimas; pero ya los mozos recogidos ascendían a ochenta, siendo menos de la mitad los recogidos por fuerza: los demás se filiaban voluntariamente por entusiasmo o por vagancia o por miedo. El dinero recaudado se elevaba a diez mil duros y las armas formaban un arsenal respetable aunque heterogéneo. En caballos y mulas habían juntado lo bastante para organizar un pequeño escuadrón.

En Torá hubo conatos sediciosos porque algunos descontentos quisieron separarse de la cuadrilla incitados por un voluntario de Berga que era al modo de alférez. Tilín cortó la conspiración mandando arcabucear a siete, y a un bendito y chismoso lego de San Francisco que le acompañaba con hábito y sable hízole obsequio de cincuenta palos por no haber dado cuenta de la trama que conocía desde sus principios. Respetado y temido, Tilín avanzaba en su empresa y fue terror de los pueblos y brazo potente de la insurrección en aquella agreste comarca, donde reclutaba zorros para hacer de ellos leones.

Al salir de Torá sus espías le dijeron que una fuerza del ejército bajaba por la carretera de Manresa. Se la había visto el día anterior en Fals y parece que seguiría en dirección a Castelfullit. Al punto ambicionó ardientemente el monago sorprender aquella fuerza, cualquiera que fuese su importancia, y concebir un plan y dar las primeras órdenes para su inmediata ejecución fue todo uno. Hermosísima noche le favorecía. Avanzó con buenos guías delante de sus tropas para hacerse cargo del terreno y pagó a peso de oro el espionaje, en lo cual le favorecía la adhesión del país a una causa propagada al calor del fanatismo religioso; apostó sus tropas convenientemente después de obligarlas a una marcha titánica en seis horas por sierras y vericuetos; repartió palos a los morosos, fusiló a los díscolos, recompensó a los valientes, avanzó, acechó, olfateó, inquirió el rastro del enemigo con ese instinto felicísimo del guerrillero que es la desesperación de la estrategia, y antes de que amaneciera el día 20 de julio cayó como una lluvia de verano sobre las tropas del coronel Roda (división de Carratalá), que recorrían la carretera de Cataluña para intimidar a los pueblos y desarmar a los voluntarios. Tres batallones y cuarenta caballos componían aquella fuerza que fue materialmente destrozada y hecha trizas por un sacristán ávido de los laureles de Viriato. Había dado orden a sus guerrilleros de que no perdonaran a nadie. El estrago fue inmenso, la lucha breve y sangrienta, el gozo de Tilín delirante. Dispersose la mitad de los soldados por la vertiente de Montserrat; muchos perecieron batiéndose con ardor; cincuenta quedaron prisioneros con treinta y dos caballos y gran número de armas.

Era aquélla la primera victoria formal del águila que había tenido por nido una sacristía y por plumaje una sotana. Pero él miró su triunfo como hombre acostumbrado a saborearlos y se apresuró a tomar las medidas necesarias para hacerlo más fructífero. Sin dar descanso a su gente recorrió los pueblos de la carretera hasta cerca de Cervera. Calaf, Vilamajor, Montfalcó, Rabasa le vieron dentro de sus muros y de grado o a regañadientes diéronle cuanto se le antojó pedir. Los mozos ingresaban con gusto, porque ya los frailes habían hecho su papel y tenían soliviantado al país; no así el dinero, para cuya percepción necesitaba Tilín emplear argumentos un poco fuertes y hablar con los fusiles de sus bárbaros soldados. Ovaciones y plácemes tuvo el héroe, y allí eran de ver cómo le ensalzaban los frailes y le mandaban golosinas las monjas, y le predecían todos magnífico porvenir y fama no menos grande que la de los más esclarecidos guerreros de la cristiandad.

No quiso llegar a Cervera, y retrocediendo volvió a internarse en Pinós para de allí pasar a la cuenca del Cardoner y marchar a Cardona donde esperaba recibir nuevas órdenes de Pixola. Había recogido doscientos hombres, más de quince mil duros, muchas armas y ochenta caballos. Por el camino instruía y armaba su nueva gente, aumentaba y organizaba un escuadrón. Satisfecho de tantos y tan rápidos triunfos y comprendiendo por estos y por la magnitud de su suerte que merecía ser coronel, pensó darse a sí mismo este grado; mas la modestia habló en su alma, y contentose con ser comandante por el momento. Lo hizo extendiendo un oficio en que textualmente decía: «En atención a mis eminentes servicios a la causa de la Religión y del Trono absoluto, vengo en nombrarme comandante de los ejércitos de la Fe.»

Revolviendo en su titánica mente estos y otros altos pensamientos, decía para sí:

—¡Rabo y uñas de Lucifer! Si Pixola no me reconoce el grado... le fusilaré.

VIII

Llegó a tierra de Cardona el 1.º de agosto. El calor era sofocante y un Sol canicular abrasaba y asfixiaba el país. Existe en aquel ducado uno de los más admirables prodigios de la Naturaleza en Europa, y es la montaña de sal que tiene más de cien varas de altura y una legua de circunferencia; inmenso cristal duro y brillante, con el cual podrían abastecerse todas las cocinas del mundo durante siglos de siglos, si fuese suprimido el mar. Los mágicos reflejos irisados, los cambiantes de mil colores que producen los rayos del Sol al herir las vertientes de aquel peñasco, que semeja colosal diamante caído de las arracadas del cielo, seducen y embelesan la vista. No se parece aquello a nada de cuanto en otras campiñas y montañas se ve. Sus crestas relampaguean, sus costados fulguran, en sus caprichosas grutas compiten los reflejos de todas las piedras preciosas.

Al caer de la calurosa tarde, las tropas de Tilín descansaban junto a una aldea y a la sombra de espesos bosques. El jefe avanzó paseando por la carretera, en compañía de su segundo y del padre Maza, no el de los cincuenta palos, sino un beato mínimo de Cervera que se le había incorporado en calidad de capellán, asesor militar, intendente, con ciertos vislumbres y pujos de jefe de Estado mayor por su gran pericia topográfica en aquel país. Iba Tilín meditabundo, con las manos a la espalda, ademán harto común de los grandes genios militares, y contemplaba el monte de sal que con la fuerza de los rayos del Sol parecía estar sudando y brillaba de tal modo que en ciertos parajes no era posible fijar la vista en él. De pronto vieron los paseantes que por el camino abajo venía un hombre a caballo. No se le pudo distinguir bien en el primer momento porque los resplandores del vibrante Sol en la montaña cristalina le envolvían en diabólica luz, semejante a telarañas de fuego; pero cuando estuvo cerca, advirtiose que era el caballero de buen porte y el corcel de magnífica estampa.

—He aquí un viajero que me parece sospechoso —dijo el padre Maza—. Trae una valija a la grupa, y yo juraría que es militar aunque viste de paisano.

—Y yo —dijo Tilín— creo que en toda Cataluña no hay un caballo como este.

Cuando estuvo a diez pasos, Tilín gritó:

—¡Alto!.. Deténgase el jinete.

Este se detuvo de mal talante.

—¿A dónde va usted? —preguntole Tilín ásperamente.

—¿Y a usted qué le importa?... ¿Quién es usted?

—Soy el comandante Armengol, que manda un batallón de la división de Solsona —dijo el guerrillero, pareciendo muy complacido de tomar en su boca aquellos sonoros términos militares.

—¡Ah!... ¡ya! —exclamó el jinete con cierta sorna—. ¿Pero qué batallón y qué divisiones son ésos?... ¿Me encuentro entre la gente del célebre Tilín, que estos días da tanto que hablar en el país?

—Ese soy yo —dijo el ex-sacristán con orgullo.

El jinete saludó.

—Muy señor mío... Lo celebro mucho. Espero que no habrá inconveniente para seguir mi camino.

—Según y conforme. ¿Quién es usted?

—Soy hombre de paz. Realistas, liberales, jacobinos y apostólicos, son lo mismo para mí.

—¿De modo que usted no es nada?

—Nada.

—Grandísima falta: es preciso ser apostólico.

—Soy comerciante.

—¿Cómo se llama usted?

—Es curioso el señor militar.

—¿De dónde viene usted?

—Pesadito es el interrogatorio.

—Poco a poco —dijo Tilín tomando la brida del fogoso animal—. Usted no pasa adelante sin probarnos que no es hombre sospechoso, un espía de Calomarde o del marqués de Campo-Sagrado. Será usted registrado; veremos si lleva papeles. En caso de que sea inocente le dejaré marchar quedándome con el caballo.

—No permitiré que me quiten mi caballo —afirmó el caballero con resolución y enojo—. Sabré defenderlo.

Pepet llamó a los guerrilleros que estaban más cerca.

—Este hombre es preso —les dijo—. Llevadle al ventorrillo donde está mi alojamiento. Vamos allá, padre Maza, que, o mucho me engaño, o este encuentro ha de dar algo de sí.

Viendo el jinete que la resistencia, a más de ser muy arriesgada, habría empeorado su ya malísima situación, se dejó llevar con el alma inflamada de ira y maldiciendo entre dientes la hora menguada en que su mala suerte le llevara por aquel infernal camino. En el breve trayecto hasta la vivienda del jefe, esforzose en tomar cierto aire de dignidad y confianza, porque mostrarse débil y receloso entre semejante gente, habría sido excitarla más y más a la barbarie. Si le tomaban por un personaje de posición elevada, de ésos que con sus amistades y relaciones se sobreponen a todos los obstáculos, incluso a los de la justicia, fácil sería que no le hicieran daño. Así cuando se apeó junto al tinglado del ventorrillo entre un círculo de soldados y guerrilleros que admiraban la soberbia estampa del caballo, entregó este al mismo que le había conducido y en tono de amo le dijo:

—Dale un pienso y agua. Cuídalo bien si quieres una buena propina. Si en vez de la propina quieres tres palos míos y una reprimenda del señor Tilín, trátamelo mal.

Dando dos palmadas de cariño al generoso animal, entró en el alojamiento, que consistía en dos fementidas piezas comunicadas entre sí, y ambas horriblemente sucias y desmanteladas, sin más muebles que las cojas mesas y los bancos de figón manchados de polvo y vino. El caballero hizo que entraran su valija, y después se paseó por la estancia sin dignarse mirar a los guerrilleros que allí había, dormitando unos y bebiendo o jugando los otros.

Era el preso un hombre como de treinta y cuatro años, de gallarda figura y hermoso semblante. Su fisonomía, como sus modales y su vestir, revelaban esa hidalguía que antes se consideraba principalmente vinculada en la alcurnia, pero que ha tiempo ha pasado al patrimonio de todas las clases, aunque siempre viene desde la cuna. Su mirar tenía severidad y altivez en la precisa dosis que cabe dentro de la cortesía. Era bastante moreno, con hermoso pelo y bigotes negros: calzaba botas polacas, y su traje tenía un corte especial que a distancia indicaba la mano de sastre extranjero. Su sombrero, que llevaba con gracia, no tenía entonces precedente en las modas españolas, pues era uno de esos blancos platos de lana que después se usaron mucho llevando el nombre de boinas. Este no era aún un nombre fatídico.

No hacía diez minutos que el caballero estaba allí cuando entró Armengol, acompañado de su segundo y del padre Maza. Antes que le dirigiera la palabra, el preso dijo:

—Conviene que estemos un rato solos, señor brigadier.

Y él mismo señaló con un gesto la puerta a los guerrilleros. El padre Maza, juzgando que la orden de despejo no rezaba con él, acomodaba su crasa humanidad en un banco, cuando el caballero le dijo sonriendo:

—Si hoy necesito confesión religiosa, llamaré al padre mínimo. Por ahora únicamente tengo que hablar con el señor brigadier.

Quedáronse solos, y Tilín le dijo:

—Ha de saber usted que yo no soy brigadier.

—¿No? Yo creí que sí... Como en Cardona oí hablar tanto de usted, y se decía que había sometido toda la provincia de Lérida, juzgué que un caudillo de tanto valor no podía menos de tener un grado muy alto en los ejércitos de la Fe.

—Soy comandante —afirmó secamente Tilín.

—Me habían dicho que era usted muy joven —dijo el caballero observándole con curiosidad y admiración— pero nunca creí que fuera tanta su mocedad. Usted llegará a los primeros puestos, aunque es preciso contar con la envidia que intentará estorbar su carrera. Los jefes procurarán oscurecer sus triunfos, le rebajarán, le calumniarán tal vez... Hoy mismo, cuando son tan evidentes los servicios de Tilín, he oído censurarle por excesivamente atrevido, y hasta me han dicho que Pixola piensa quitarle el mando de esta fuerza... Amigo mío, no contaba usted con la envidia, que en nuestro país por desgracia, ennegrece todas las cosas...

—¡Destituirme!... ¡quitarme el mando! —exclamó Tilín con ira—. Falta que yo lo permita. ¿Dicen eso en Cardona?

—Lo oí decir a dos frailes de San Francisco que ayer mismo comieron con Pixola en Clariana.

—¿Está Pixola en Clariana?

—Sí, señor... Ahora empieza usted su vida militar. Por lo mismo que la ha empezado gloriosísimamente, verá que todos esos figurones ineptos, todos esos holgazanes llenos de vanidad tratarán de oscurecer su mérito y de apropiarse su fama.

—Mi mérito y mi fama —dijo Tilín gravemente— si es que los tengo o los puedo tener, saldrán por encima de todo.

—Así lo creo... Pero vamos a nuestro asunto. Es preciso que usted me deje partir inmediatamente.

—A eso vamos —replicó Pepet—. ¿Y quién es usted? Juraría que no es comerciante.

—Así es, en efecto —dijo el caballero sonriendo con amable franqueza—. Pero la compañía de usted al interrogarme no me permitía decir la verdad. Había allí un fraile, y los frailes son indiscretos y parlanchines. Ahora que estamos solos, diré mi nombre y la razón de mi viaje. Me llamo don Jaime Servet y vengo de Barcelona.

—¿Y a dónde va usted?

—A Cervera.

—¿Y qué objeto lleva usted? Eso es lo principal, eso —afirmó el guerrillero con buenos modos—. Si usted va como amigo de nuestra causa y me lo prueba mostrándome sus despachos, le dejaré seguir. Si usted va como particular a negocios propios y me lo prueba, le dejaré seguir también quedándome con el caballo. Si usted es espía o comisionado de Calomarde o del marqués de Campo-Sagrado, entonces le fusilaré... Vamos, no hay más que hablar. Ahora responda el señor don Jaime Servet.

Sin vacilar Servet respondió:

—Voy a Cervera a llevar órdenes de la Junta de Barcelona.

—Muéstreme usted los pliegos —dijo Tilín sin mirar a su interlocutor.

—Mi comisión es de índole tan reservada, que nada llevo escrito. Las órdenes que llevo las daré verbalmente.

Sonrisa de duda y mofa contrajo los enormes labios de Tilín.

—En ese caso, la Junta daría a usted salvoconducto para que libremente atravesara el país sublevado.

—No tengo salvoconducto ni cosa que lo valga —repuso el caballero sin perder la serenidad—. Lo tenía; pero por un descuido que pago muy caro, dejé ese papel en manos de Jep dels Estanys cuando me presenté a él en Vich.

—¡Qué casualidad!... Bueno, pues dígame usted esas órdenes verbales que va a llevar a Cervera.

—Si usted se llamara fray Agustín Barrí, guardián de Capuchinos de Cervera, lo haría de buen grado. Mi deber es morir cien veces antes que revelar una palabra sola.

—¿Tan reservadas son esas órdenes?

—Lo son tanto y de tal gravedad para Cataluña, para España, para el mundo todo, que solo el pensarlo espanta.

Guardó silencio Tilín durante un minuto, acariciándose la barba, y después miró a su prisionero, y con calma flemática le dijo:

—Usted es un impostor, usted es espía de Calomarde. Voy a mandar que le fusilen inmediatamente.

El caballero tembló; mas dominando la furibunda ira que hervía en su alma, se expresó de este modo:

—Sea, pues. Solo e indefenso no puedo protestar de ese horrible crimen, sino ante Dios. Pero no solo la justicia divina, sino la humana, ha de vengarme algún día, y usted que ensoberbecido con sus triunfos, encubre con la bandera de la Fe el asesinato de un servidor de su propia causa, dará cuenta pronto, muy pronto, de mi muerte, y en toda su vida, por larga que sea, no aplacará sus remordimientos.

La entereza y el tono de solemnidad con que el forastero se había expresado confundieron momentáneamente al voluntario realista. Clavando su mirada profunda y sagaz cual ninguna en el rostro del prisionero, díjole así:

—¡Uñas y rabo de Satanás! Si no es usted traidor, que me fusilen a mí. Jamás me equivoco... Pero observo que ha traído usted consigo una maleta. Deme usted la llave.

El extranjero sacó una llave, y arrojándola en el suelo a los pies de Armengol, volvió la espalda, y después de llevarse la mano a la frente, se puso a pasear. Tilín abrió la valija, y al registrar, sus manos parecían las insaciables y viles manos de un aduanero.

—Ropa —dijo sacando varias piezas— dinero... ¿Qué es esto?

Mostraba un pliego. El llamado Servet tembló al ver aquel pliego en manos del voluntario realista. Sin poder dominar su coraje, exclamó:

—Un papel, asesino. Léalo el que pueda.

Tilín fijaba sus ojos con atención en tres letras misteriosas trazadas sobre la cubierta del pliego.

—Esto parece masónico —dijo sonriendo diabólicamente—. ¿Qué significan estas letras F. P. Don? ¡Uñas y rabo!... Por mi vida, que recuerdo haber oído hablar de estas tres letras a Mosén Crispí de Tortellá.

—Esas tres letras —dijo Servet acariciando una idea feliz— quieren decir *Ferdinandum pedibus destrue*.

—¡Ah!... yo había oído aquello de *Lilia pedibus*..., «pisotea las flores de lis.»

—Aquí no se pisotea más que a Fernando. Aquel era un lema jacobino, éste es un lema...

—Un lema... —dijo Tilín con ansiedad—. Pero leeremos lo que dice este papel.

—Un lema apostólico —afirmó prontamente el llamado don Jaime.

Abrió el papel para leerlo; pero al punto exclamó con desconsuelo:

—Si está en latín...

En el semblante del prisionero brilló un rayo de esperanza. Inmutose como la cara del reo que vislumbra su salvación.

—Llamaré al padre Maza para que me lo traduzca —dijo Pepet.

El semblante de Servet se nubló segunda vez. Por dicha suya, antes de apartarse de la maleta, Tilín vio otro pliego. Tomándolo, leyó el sobre-escrito, que decía:

A la señora madre abadesa de San Salomó en Solsona.

Tilín, estupefacto, no apartaba sus ojos de aquellas letras.

—Lea usted —dijo el caballero animándose considerablemente— si es que en las costumbres de los guerrilleros entra también el sorprender los secretos de las damas.

—Esta carta es...

—De doña Josefina Comerford —replicó con imperturbable audacia y gravedad el caballero.

Tilín que ya había empezado a desplegar la oblea con su grosero dedo, se detuvo. El caballero firme en su difícil papel de osadía y descaro, que era el único conveniente en tales circunstancias, prosiguió así:

—Concluyamos. Me repugna esta escena de Inquisición. Si he de ser arcabuceado que sea de una vez. Necesito un confesor, como católico cristiano. Caiga mi sangre sobre la cabeza de mi asesino. Una sola disposición me cumple hacer.

—¿Cuál?

—Que lleve usted esos paquetes de oro y esa carta a donde dice el sobre.

—¿A las monjas?

—Sí. El resto de mi comisión no puedo revelarlo. El secreto se va conmigo y con usted la responsabilidad de este crimen.

Tilín puso la carta en la valija, y acompañando sus palabras de un gesto desenfadado y como generoso, exclamó:

—Caballero, es usted libre. Puede usted seguir su camino.

Mientras el caballero daba interiormente gracias a Dios por el buen término de aquella peligrosa aventura, el terrible soldado colocaba el dinero y las ropas en su sitio.

—Un favor espero de usted, caballero —dijo al concluir.

—Estoy a sus órdenes.

—Que lleve usted una carta mía a San Salomó. Es para sor Teodora de Aransis.

Tilín sacó del pecho una carta que había escrito aquel día y después de mirarla con cierta expresión afectuosa, la entregó al mensajero.

IX

Recobrados el caballo y las armas, puesta en orden la valija y apurado un vaso de vino con que le obsequiara el jefe de la partida, púsose el caballero de nuevo en marcha sin querer detenerse, a pesar de los ruegos de Tilín y del padre Maza que le incitaban a descansar aguardando la frescura de media noche para seguir su viaje. Él les dijo muy cortesmente que de buen grado pasaría unas horas en tan grata compañía; pero que la premura y gravedad de las órdenes que llevaba no le permitían reposo alguno. La verdadera causa de su precipitación era un deseo vehementísimo de ponerse a gran distancia de semejantes pájaros y no dar tiempo a que el bravo Tilín se arrepintiera de su generosidad. Metió espuelas para alejarse todo lo posible, temeroso de que fueran en su seguimiento, y cuando se creyó seguro dejose ir con lentitud para meditar sobre el grave suceso pasado y dar gracias a Dios. La noche era oscura y el camino solitario; pero el alma del caballero estaba alegre.

—Otra vez mi buena estrella —decía— o mejor, la Divina Providencia me ha sacado sano y salvo de un grave peligro. ¡Bendito sea Dios que me ha salvado una vez más, y sírvame este suceso de aviso y lección para no meterme en aventuras tan arriesgadas como poco provechosas! Maldita fue la hora en que discurrí pasar de Barcelona a Zaragoza, y según voy viendo más corto será el camino de la Meca. Salgo y las partidas me impiden llegar a Manresa; tomo el camino de Berga y las partidas me echan sobre Cardona; ahora creo que voy en dirección de Solsona, pero no me asombrará verme a las puertas de Pekín si sigo tropezando con bandidos y sacristanes. Me he metido en un país encantador que está saboreando las delicias de la guerra civil más bestial, más soez y repugnante que imaginarse puede... ¡Ah! señores míos, señores míos (al decir esto parecía dirigirse a alguien que podía escucharle) no conocen ustedes la tierra que desean reformar. Esto no tiene enmienda por ahora ni hay alquimia que de esta basura haga oro puro. Lo que he pensado y sostenido varias veces lo veo y lo palpo ahora... Un puñado de hombres refugiados en Inglaterra se empeñan en librar a su país del despotismo y mientras ellos sueñan allá, ese mismo país se subleva, se pone en armas con fiereza y entusiasmo, no porque le mortifique el despotismo, sino porque el despotismo existente le parece poco y quiere aún más esclavitud, más cadenas, más miseria, más golpes, más abyección.

Había soltado las riendas como don Quijote cuando le hervían en la cabeza los pensamientos, y mecido por el lento paso del animal que también parecía cavilar sesudamente en la vanidad de las glorias caballares, dejábase llevar por sus recuerdos y sus reflexiones a distintas esferas.

—¿Y a qué voy yo a Zaragoza? —prosiguió—. ¿A qué? Mis pasos por este país son tan insensatos como los del caballero andante más loco, más ridículo y más extraviado que hizo disparates en el mundo. ¿A dónde voy yo?... ¿La principal misión que me encargaron no la he desempeñado ya?

¿No me dijeron: «explora y examina cómo está el país, tómale el pulso y observa si está dispuesto a apoyar una sublevación liberal»? Pues bien, yo he venido, yo he examinado, yo he tomado el pulso y he visto ¡mala peste nos de Dios! la horrible fiebre del absolutismo más abrasadora que nunca... ¡Señores *mineros*,[1] vengan todos acá y verán qué divina patria tenemos! ¡Da gozo viajar por estas amenas provincias, pobladas de frailes y guerrilleros hambrientos de esclavitud como la hiena de carne muerta!... ¿Qué tengo yo que hacer aquí? Nada: ya he visto demasiado. La lección es buena y suficiente, el peligro que mi pellejo corre extraordinario. Vámonos a la frontera. Patria querida, me repugnas.

Arrendando a su caballo miró al horizonte hacia el Norte. Expresión de desdén y amargura nubló su rostro, cuando apartando su corcel del camino real, se metió por una senda que a mano derecha partía en dirección al monte. Pasó junto a las tapias del cementerio de una aldea, pasó junto a la misma aldea que era un montón de ruinas gloriosas del tiempo de la guerra con los franceses, y al poco trecho se detuvo. Sus pensamientos habían dado una brusca vuelta como la veleta atormentada por el viento.

—No —dijo hundiendo en el pecho la barba después de mirar al cielo—. Es preciso ir a Zaragoza. ¿Qué me detiene? ¿el peligro? ¿Tendré yo menos valor que el pobre Valdés, héroe y mártir en Tarifa; que los hermanos Bazán sacrificados en Alicante? ¿Y por qué he de ser tan desgraciado como ellos? Sí, aventurero, déjate de subterfugios y ve a Zaragoza... No hay que fiar demasiado en las apariencias. Ni todo el país está tan fanatizado como Cataluña ni toda Cataluña está compuesta de frailes, ni todos los frailes son guerrilleros. En Barcelona hay liberalismo y cultura suficientes para compensar este salvajismo de la sublevación apostólica. No hay que desconfiar todavía. Las poblaciones podrán arrancar a las aldeas su barbarie si hay empeño en ello. No, no será tanta la abyección de este pedazo de tierra europea que disponga de su suerte media docena de monjas y otros tantos canónigos. Los tenebrosos intrigantes del *Ángel Exterminador* no prevalecerán aunque lo mande el Papa y aunque se devanen los sesos todas las eminencias de cal y canto que farolean en el cuarto del infante don Carlos.

---

1   Este nombre se daba en Londres y en el círculo de emigrados a los partidarios de Mina. (N. del A.)

Espoleando a su caballo volvió al camino real.

—¿No es lastimoso que me vuelva sin desempeñar la mitad de mi comisión? ¿Si salí en bien de la primera mitad, por qué no he de salir en bien de la segunda? Dios me ha favorecido siempre, a pesar de ser yo tan gran pecador, aunque no empedernido. Adelante, adelante y salga el Sol por... Zaragoza. Si ahora vuelves al extranjero y te preguntan: «¿Qué has hecho?», ¿podrás responder algo? Algo sí, pero no lo bastante. Los barceloneses responden de reunir dos mil paisanos armados, y aseguran que los voluntarios realistas de aquella ciudad son poco temibles. Es verdad; Cataluña sublevada por el absolutismo delirante, no es el mejor terreno para una tentativa; pero lo que es imposible en Cataluña, ¿no será hacedero en Aragón, donde el clero tiene mucho menos poder? Además, este infame levantamiento clerical que aquí es un obstáculo enorme, ¿no puede ser un auxiliar en otra parte? Calomarde acudirá con todas sus fuerzas a Cataluña, y el corazón de España quedará desamparado por el absolutismo. ¡Ah! cómo paga el infame absolutismo su culpa. Este asqueroso tumor que le ha salido dará con su podrida existencia en tierra... Aventurero, marcha.

Después de distraerse pensando en otras cosas que no interesan al lector, volvió a dar en su misma idea y dijo:

—Veamos; ¿qué has hecho tú? ¿qué has hecho para justificar tu vuelta al extranjero? ¿Has dado a conocer la noble idea que hoy agita a lo más selecto de los emigrados? Apenas la manifesté en Barcelona, todos la creyeron irrealizable. Es una ilusión, un disparate, un cuento de viejas. Pero ¡ay! ¡hemos visto tantos disparates convertidos en realidad de la noche a la mañana! ¿Quién pudo creer que España resistiera a Napoleón? Nadie, y sin embargo... Hoy todo liberal español a quien se dice que nuestra salvación estriba en cambiar de dinastía, poniendo en el trono a don Pedro de Braganza, se ríe y duda. ¿No aspiran los apostólicos a cambiar de rey? Poco a poco la idea de un cambio de familia dejará de causar espanto... ¡Ah!... ¡Don Pedro, don Pedro!... Verdaderamente es un disparate; pero un disparate seductor que se presta a ser propagado. Adelante, pues. No me voy a Francia sin arrojar esta idea en el surco. Anda, aventurero, anda. Todavía tienes afecciones en este país. Tu patria te llama con voces distintas; te llama con la voz cariñosa de una mujer; te llama con la voz grave del interés. Aventurero, eres pobre, pero vas a ser rico: has heredado. Un tío que ha vuelto de América te ha dejado algunos miles, que es preciso recoger. Sí; no se vive solo de ideas, se vive también de pan. Ya que sigues adelante, aventurero, sé prudente, toma precauciones. Llevas papeles que te comprometen. ¡Fuera toda esa carga inútil, por si viene el naufragio!

Diciendo esto se apartó del camino, ató su corcel al tronco de un árbol y poniendo la valija en el suelo apresurose a hacer prolijo escrutinio de lo que en ella había.

—Este papelote en latín de nada me sirve ya —dijo rasgándolo—. Con la autorización escrita y cifrada que me dio la Junta de Barcelona para la de Zaragoza, me bastará. Explicaré verbalmente las ideas que traigo de Londres. La carta de Torrijos podría servirme, pero la sacrifico también. La de Chapalangarra es inútil, porque tengo amigos en Navarra. Esta otra de Palarea está tan bien imaginada y encubre tan bien el objeto con el artificio de la recomendación para comprar harinas, que la conservaré. Romperé la de don Alejandro O'Donnell que no encubre bien la comisión, porque esto de que vaya a vender reliquias un comerciante de harinas, no engañará más que a los tontos. Esta lista de personas dada por Mendizábal, tampoco conduce a nada nuevo: en tierra con ella. ¡Ah! aquí sale mi salvación; la esquela para las monjitas de San Salomó... Muy señoras mías... Si aquella buena mujer que me alojó en Cardona no me hubiera dado este papel, que creo es una especie de memorial pidiendo chocolate, a estas horas quizás estaría ya delante del Padre eterno, no pidiendo chocolate, sino dándole cuenta de mis culpas. También guardaré la carta de Tilín para la monja. ¡Benditos sean los amigos que me enteraron de las intrigas de doña Josefina Comerford y de las madrecitas de San Salomó! Sin estos preciosos datos, ¡pobre de mí!... Todo está bien; vuelva la valija a la grupa, el hombre al caballo, el caballo al camino, y Dios por delante.

Ningún encuentro digno de ser mencionado tuvo aquella noche. Al divisar los muros de Solsona encomendose a Dios para que no le deparase ninguna desventura en la histórica ciudad episcopal; pero sin duda el Autor de todas las cosas, o le creyó indigno de misericordia por la magnitud de sus pecados, o quiso someterle a sufrimientos muy amargos para probar el temple de su espíritu, porque no bien pisó el caballo blanco los guijarros que pavimentaban las calles de Solsona, cuando cayeron sobre el caballero tantas desventuras, que tuvo por dichoso el encuentro con Tilín y las demás trapisondas y padecimientos de su trabajada existencia. Dejémosle ahora lamentando su triste suerte en las mazmorras del Ayuntamiento de Solsona, y antes de ocuparnos de los reveses de este aventurero desconocido, veamos lo que aconteció al bravo Tilín y el giro que tomaron sus asombrosas y nunca vistas proezas.

X

Había corrido próximamente un mes desde la gloriosa salida del voluntario realista a civilizar los pueblos de la sierra, cuando recibió orden de Pixola mandándole que al punto se trasladase a Solsona. Maravilló a Tilín esta premura y la sequedad del despacho; pero mucho mayor fue su sorpresa cuando al entrar en Solsona con su ya numerosa partida, vio que Pixola en vez de recibirle con los brazos abiertos y encomiar el éxito de la expedición, recibíale ásperamente, sin mostrar ni un ápice de entusiasmo por tan descomunales servicios, ni menos alabar su heroico valor. Aquel primer arañazo dado por la horrible arpía, enemiga de las humanas grandezas, hizo manar sangre del ardiente corazón de Pepet Armengol.

Gran condescendencia fue que el carnicero reconociese y otorgase al héroe los grados que este mismo se había dado por un procedimiento novísimo en los fastos de las improvisaciones personales; mas con esto el díscolo guerrillero demostraba que no solo aborrecía a Pepet, sino también que le tenía un tantico de miedo. Ni la muchedumbre de mozos útiles, ni las armas, ni el dinero, bastaron a modificar la opinión de Pixola sobre los merecimientos de su subalterno, la cual como se asentaba en la ruin envidia, más desfavorable era cuanto mayores motivos había para que no lo fuese. Pero el punto en que más insistió, por ser aquel en que se encontraba más fuerte, fue el de la protección que Tilín había dado a un pícaro sectario y jacobino que andaba por el país malquistando a los realistas unos con otros, y metiendo cizaña y haciéndoles desconfiar de sus jefes y dándoles dinero para que atropellasen e hicieran atrocidades.

Perplejo se quedó el sacristán al oír esto; pero contestó que ni él había protegido a ningún perro sectario, y que si dio libre paso a un desconocido, fue por creerle enviado de la Junta de Barcelona.

—Ya, ya veo que tienes buenas tragaderas —le dijo Pixola gozoso de humillarle delante de las notables personas, canónigos, frailes, honrados contrabandistas y trabucaires que presentes a la sazón estaban—. Valiente papamoscas tenemos aquí... No basta un poco de valor, señor Tilín, para mandar tropa en una guerra como esta; es preciso tener mucha astucia y cierto pesquis y ciencia del mundo, que no se aprenden en la sacristía de las reverendísimas. Ya me figuraba yo que el jacobino te engañaría, como engañamos a un pobre pez cuando le arrojamos el anzuelo. ¡Ves cómo no me engañó a mí! Desde que le eché el ojo, dije: «ese hombre no me gusta; que lo pongan a la sombra.» ¡Oh! ya conozco yo a mi gente masónica. Sus farsas no me convencieron, ni la carta que traía para las monjas pidiendo chocolate, ni la que tú le diste, poniendo tus acciones en las mismas nubes, y pintándolas como iguales a las de Hernán Cortés en la Nueva España.

Las risas y chacota que acogieron estas observaciones, hicieron temblar el corazón soberbio y fogoso de Tilín, y las llamaradas de su enojo, de su despecho, de su ofendido amor propio salieron a su bronceado rostro, poniéndolo sanguinoso.

—¿Quieres saber las consecuencias de tu falta? —añadió el cruel Pixola—. Pues ya dicen por ahí que los jacobinos te han ganado... Podrá no ser verdad; yo creo que es mentira; pero ello es que maldita la confianza que puedo tener en ti.

Tilín se puso rojo, después amarillo y tembloroso. Dando una patada que hizo estremecer la casa, exclamó con salvaje furia:

—¡Por el rabo del Malo! El que sostenga que yo me he vendido a los jacobinos, venga delante de mí, dígamelo en mi cara, y le sacaré las entrañas.

—¡Oh! fuertecillo estás —dijo el carnicero riendo de su triunfo y de la cólera de Tilín—. No se prueba la honradez sacando entrañas; se prueba con la conducta... En fin, gracias que has dado con un hombre como yo decidido a protegerte. Mira si seré bueno, que no pienso quitarte el mando.

Tilín, mirando fijamente a su jefe, dijo para sí, sin despegar los amoratados labios:

—Y si me le quitaras, perro ladrón, yo lo volvería a tomar.

Los importantes varones que presentes estaban llevaron la conversación a otro terreno, y durante una hora larga se habló del proyecto de tomar a Manresa para fundar en aquella excelente plaza el gobierno central de la idea apostólica.

—Jep ha salido ya de Berga —dijo Pixola—. Caragol debe de haber salido también de Vich, y yo me pongo en marcha mañana. Nos juntaremos, y allá para la semana que viene a más tardar, Manresa será nuestra.

No se ocuparon más aquel día el guerrillero y su pequeña corte de la importante persona de Tilín; pero al siguiente recibió el héroe la estocada mortal de la envidia con la orden de permanecer en Solsona, mientras las demás tropas y somatenes iban sobre Manresa. Esta eliminación en la jornada de más peligro y lucimiento puso al sacristán en el último grado de la rabia. Era evidente ya que se deseaba oscurecerle y postergarle; pero él guardó su rabia en el pecho aparentando resignación y conformidad con su suerte. El veneno y las llamas que devoraban su alma, fueron celosamente guardados como el puñal de que se piensa hacer uso en momento oportuno. Se le vio silencioso mas no irritado, en el momento de salir la gente de Pixola y la suya para tan notable empresa, y dijo adiós a sus compañeros sin mostrarse envidioso. Para colmo de humillaciones, ni siquiera quedaba al frente de la guarnición de la ciudad, sino como subalterno de un tal Mañas, nombrado jefe de la plaza, el cual era un viejo borracho que pasaba la mitad del tiempo durmiendo y la otra mitad jugando a las cartas.

Los partidarios que quedaban en Solsona no tenían más consigna que vigilar a los presos sepultados en las mazmorras del Ayuntamiento, entre los cuales hallábanse Guimaraens y el aventurero don Jaime Servet, y defender la ciudad en caso de un ataque, muy poco probable por cierto, de las tropas del Rey. Tilín, viéndose condenado a forzosa holganza, vagaba sin compañía por la solitaria muralla de la ciudad o bien por las tristes riberas del río Negro, testigo de los juegos de su infancia, terminando siempre su paseo en la puerta del Travesat junto a San Salomó.

Por las mañanas visitaba la sacristía, ayudaba algunas misas, y si se lo permitían, pasaba a ver a las madres y a departir con ellas acerca de los negocios de la causa apostólica, que iban mal según unas y a pedir de boca según otras. Aquella preferencia que desde su edad más tierna había mostrado Pepet por la bella y afable sor Teodora de Aransis mostrábase ahora con más claridad, bien porque la desgracia avivase los afectos de su corazón, o bien porque la situación desventajosa en que se encontraba, relativamente a su antigua jerarquía sacristanesca, le autorizase a dejar traslucir lo que antes ocultaba. La corta pero accidentada vida militar había gastado dos principalísimas protuberancias, digámoslo así, del carácter de Tilín, la timidez y el respeto a ciertas cosas y personas, bien así como la piedra puntiaguda y angulosa se pule y redondea al ser arrastrada por los torrentes.

Todos los días pasaba largas horas en el monasterio sin quitarse el uniforme, y aunque la madre abadesa no gustaba de ver allí los arreos marciales, inclinose al fin a tolerarlos por lo singular de las circunstancias. Rogole dicha señora que ayudase al sacristán su sustituto en los servicios de limpieza dentro de la sacristía; pero Tilín se negó a degradar su uniforme en faena tan impropia de un militar de grandes alientos. Fuele dicho entonces que se quitase la casaca, espada y chacó, con cuya advertencia recibió nuestro héroe tanta pena como si le hubieran dado cien bofetadas; pero como habría sido más grande aún su dolor si le privaran de entrar en el convento durante aquellos días de tristeza, desgracia y descanso, consintió al cabo en degradarse. No creyendo decente estar en mangas de camisa, se puso su antigua sotana, con lo cual se vio realizada una metamorfosis de que no creemos pueda haber ejemplo en otro país del mundo. Así cambiaba de apariencia aquel extraordinario mozo pasando de guerrero a sacristán lo mismo que había pasado de la oscuridad de la sacristía al esplendor y estruendo de los campos de batalla.

Casualmente había a la sazón en el convento una obra que exigía buenas manos, y el sustituto de Tilín, si las tenía excelentes para robar cera, carecía de fuerzas para trabajos mayores. Estaban arreglando un flamante y lindo altar para la Virgen de setiembre y era necesario el concurso de un hombre de buenos puños. Tilín despachó esta obra de romanos en dos días, y después quiso arreglar la huerta que se hallaba en malísimo estado por enfermedad del hortelano.

Asistiendo, como auxiliares o como meras espectadoras, a estas santas tareas, algunas monjas se regocijaban oyendo a Tilín la relación de sus proezas, siendo de observar que el héroe de ellas, antes de aminorarlas con la modestia las acrecía con el frecuente uso de la hipérbole, presentándolas con tal grandor que las buenas señoras se quedaban embobadas ante tanta maravilla creyendo ver resucitado el tiempo de la caballería andante. Como eran caritativas y bondadosas, Tilín hacía caso omiso de los fusilamientos que había ordenado y todo era batallas y más batallas en las cuales había salido victorioso.

La que ponía más atención a estos homéricos relatos era sor Teodora de Aransis, que seguía con interés febril el giro de los sucesos apostólicos, teniendo siempre en tortura su imaginación y sobreexcitados sus nervios.

Lejos de extinguirse en el rudo corazón de Tilín, madriguera de impetuosas pasiones, el profundo afecto hacia ella, aquel sentimiento había ido tomando cuerpo con los años, variando de naturaleza conforme al giro del tiempo y a las mudanzas del carácter. Era para él la de Aransis objeto de un respeto que rayaba en supersticioso culto, y de tal modo se apoderaron de su ánimo la memoria y la imagen de la esposa de Cristo, que ni un instante se apartaron ambas de su cerebro durante la campaña. Sin embargo mientras fue soldado la pureza de sus pensamientos era tal y tan grande la fuerza del respeto, que sus afectos parecían más bien un apasionado fervor místico que afición ordinaria entre dos seres humanos.

XI

Pero después que volvió de la campaña y se puso de nuevo, aunque no por razón de oficio, la malhadada sotana de su niñez, Tilín no era el mismo, al menos en la forma. Ya hemos dicho que había perdido su timidez; mas con ella perdió la delicadeza y aquellas formas de respetuoso culto con que antaño solía expresar sus pasiones o velarlas, dándoles apariencia dulce y simpática, y ahora despuntaba en él una brutalidad desapacible, una expresión ruda y desentonada, cual si desapareciese todo lo que dan la educación, el trato, el tiempo, los lugares y no quedase más que la obra pura y tosca de la Naturaleza.

Es preciso considerar que aquel hombre de pasiones ardientes, criado dentro de un convento de monjas, amoldado en el hueco de una sacristía tan violentamente como podría amoldarse una espada dentro de un cáliz, había roto su clausura, había ido a los campos de batalla, frecuentando el trato de soldados, hombres de mundo y bandidos; que había vivido en la independencia del guerrillero y del salvaje consumando diariamente actos de valor, ensoberbeciéndose con un éxito constante, y aprendiendo a practicar la vida de las pasiones libres y sin artificio, porque el guerrillero es atrevido, brutal, cruel; pero es verdadero en sus sentimientos, lleva su corazón desnudo como su espada, no engaña a nadie más que al enemigo, porque así lo reclama su oficio, y es un tipo del adalid de las primitivas sociedades, luchando por un pedazo de suelo. Considerando esto, se comprenderá que Tilín guerrero, no podía ser el mismo Tilín de marras.

En efecto; sor Teodora notó que no la miraba como antes; que no le hablaba en el mismo tono que antes; que sus pensamientos eran más audaces; que se expresaba con más desenfado. Había en todo él cierta claridad deslumbradora y relampagueante, que hacía daño a la vista; un no sé qué de franqueza y desembozo que causaba miedo. Pero sor Teodora, fanatizada por la guerra, a que atendía con tanto interés, no alcanzaba a penetrar la razón de esta soltura de Tilín. Si alguna vez paró mientes en ello, considerolo como la desenvoltura propia de un soldado de Cristo, y pensó que aun perteneciendo a las milicias cristianas, han de ser los guerreros muy distintos de los monaguillos.

Tilín trabajaba un día en la huerta. Sor Teodora se acercó y le dijo:

—No se sabe nada de Manresa, Tilín. ¿Qué piensas tú de esto?

—Yo no pienso nada, señora —dijo el voluntario realista, haciendo un movimiento homicida con el cuchillo de jardinero que en la mano tenía—. ¿Acaso yo puedo dar razón de la guerra? ¿No han creído que todo puede hacerse sin mí?

—Ha sido una injusticia. Ya te he dicho que la madre abadesa piensa escribirle dos letras sobre esto a Jep dels Estanys, y yo le he escrito ya sobre el particular a doña Josefina Comerford.

—Poco me importan a mí Jep y doña Josefina —replicó Tilín, poniéndose ceñudo— pues estoy decidido a hacerme justicia. ¿Piensa la señora que voy a volver a la sacristía de San Salomó?

—No, eso no; no faltaría más. Tu vocación y tu ardor guerrero te llevan a ser general, y lo serás, sí; ya la historia se ocupará de general Tilín.

—General o no, yo me vengaré —dijo Pepet con fiereza.

—La venganza es cosa mala, Tilín, muy mala.

Esto decía con unción la monja que tanto se entusiasmaba con batallas y guerras.

—Será cierto; pero yo necesito vengarme. El hombre bueno se volverá malo tal vez; pero ¿quién tiene la culpa?

—No hables de maldades. Es preciso que tú seas siempre bueno. Algunos guerreros han sido santos.

—Yo no seré santo, señora, yo no seré santo, no quiero ser santo —afirmó Tilín con ruda franqueza—. Aunque quisiera serlo no podría.

—¿Por qué? —preguntó la monja disponiéndose a dar a su protegido una lección de teología.

—Porque cada uno nace para lo que nace. ¡Santo yo! —dijo Tilín dando un gran suspiro y sentándose con muestras de cansancio—. Mi corazón arde como una hoguera que no se puede de ningún modo apagar. Quise ser soldado y apenas empecé a serlo me ataron las manos. Es fuerza que este volcán estalle por alguna parte y no hay duda que estallará.

Luego acercose a sor Teodora y con acento terrible, le dijo sin alzar los ojos:

—Señora, yo no lo puedo remediar; yo haré barbaridades, haré estragos y quizás mi memoria sea maldita.

—¿Por qué? ¡Pepet, estoy aterrada!... Explícame eso —dijo la religiosa poniéndose pálida y juntando las manos.

—¿Por qué?... porque ambiciono mucho, y todo lo que ambiciono es imposible. Me faltan alas, me sobra espacio.

—Pues no ambiciones tanto.

—No puedo, no puedo.

Su acento era el de la desesperación.

—¡Qué locura!

—¡Todo es imposible! ¿Cree la señora que me satisface esa guerra mezquina, guerra de estúpidos y de salteadores?... No; yo no quiero mandar somatenes, sino ejércitos. Yo adoro el estruendo, las grandes marchas, la fatiga, el polvo de los campos, el calor horrible, las hambres, la gloria de las grandes jornadas, los inmensos peligros, la embriaguez de la matanza, las astucias, las sorpresas, las banderas alzadas sobre los montones de muertos...

—¡Qué horror! —exclamó la monja cubriéndose el rostro con las manos.

—Yo adoro todo eso... ¿Qué puedo esperar de esta guerra que no tiene más objeto que el robo, ni más móvil que la envidia? Bien lo decía yo: mi época ha pasado. ¡Ay de mí! Me atrasé en el nacer; todo lo posible es ridículo, y todo lo grande, señora, es tan imposible para mí como poner en el cielo mis manos de barro miserable.

Diciendo esto, se llevó el puño a la cabeza y se hubiera arrancado un mechón de cabellos, si su cabello cortado a lo militar tuviera mechones.

—Después de esta guerra vendrá otra más grande —dijo la religiosa tomando el tono sibilino que tan grande impulso había dado a la vocación de Tilín— vendrán cosas estupendas, y pasarás de esta esfera mezquina de los somatenes a la esfera de las grandes acciones de guerra.

—No, no, no —gritó Tilín, y cada *no* parecía en su boca como un golpe de maza; tal era la energía con que los pronunciaba.

—Vendrá...

—No vendrá nada... Delante de este sacristán destituido no hay más que imposibles, imposibles, imposibles. No es solo el de la guerra.

—¿Cuál otro?

—Otro.

Tilín volvió su rostro, y sor Teodora se echó a reír.

—Me causan risa tus ardores, Tilín —le dijo—. Apostamos a que al fin y al cabo, después de tanto delirio, acabas por renunciar a las glorias del mundo y te consagras a servir a Dios en la sacristía de las pobrecitas monjas cascabeleras.

—Eso no, eso no, eso no —exclamó Tilín, soltando sus palabras como gemidos de agonía—. Jamás, señora; yo no puedo continuar en San Salomó.

—¡Ya no nos quieres, pícaro!

—¡Oh!... No es eso... —dijo Tilín, enternecido súbitamente—. Yo no puedo seguir aquí; soy muy malo y no me puedo vencer. El valiente es cobarde consigo mismo. ¡Yo en esta casa, en la casa de Dios y de la religión!...

Pepet hundió su cabeza, mirando tan de cerca un hoyo que delante de él estaba abierto, que parecía querer enterrarse vivo. Arrojó de su pecho varios suspiros cual si quisiera expulsar de su cuerpo la vida.

—Adiós, Tilín —dijo la madre dando algunos pasos hacia el claustro.

La monja se separó de él. Tilín la vio alejarse y no le dijo nada. Después abandonó las herramientas del jardín para ir a la sacristía, ponerse su uniforme y salir a la calle. Largo rato estuvo platicando de cosas indiferentes con el sacristán sustituto. Cuando salió, vestido ya su gallardo uniforme, era casi de noche. Las monjas se retiraban a sus celdas y veíanse sombras blancas que se perdían en el claustro, y oíase rumor de perezosos rezos. Tilín quiso hablar a la abadesa y dirigiose al vestíbulo de donde partía la escalera. Todo estaba oscuro. Vio delante una figura que entraba del claustro para pasar al coro. Tilín la detuvo; sor Teodora lanzó una exclamación de sorpresa, y antes que pudiese decir una palabra, cayó de rodillas ante ella el sacristán guerrillero, y como un reo que pide perdón, exclamó con voz profunda y sofocada:

—¡Madre, mujer, sor Teodora...! por Dios, quiéreme.

La hermosa dama se quedó estática y muda; tanto le sorprendieron el tono y la voz del sacristán soldado.

—¡Tilín!... ¡Jesús!... —murmuró.

Y Tilín repitió con loco ardor.

—¡Quiéreme, quiéreme!

Su voz temblaba. Después se levantó y tendiendo sus brazos sin atreverse a tocarla, acercó su boca al oído de sor Teodora y a media voz dijo estas palabras:

—Monja, yo te amo.

—¡Jesús Crucificado, ampárame! —gritó la esposa de Cristo llevándose las manos a la cabeza—. ¡Satanás, perro maldito, vete!...

Quiso huir. Sintió que sujetaban su hábito. Dio un nuevo grito. Oyéronse pasos y una voz que decía: «¿Quién está ahí?»

Dos monjas que llegaron vieron a sor Teodora acongojada y trémula. ¿Había tenido una visión? Sensiblemente turbada parecía; pero con un vaso de agua la volvieron a su prístino ser. Tilín había desaparecido.

XII

Largo rato estuvo la madre sin volver de su espanto, aterrada y sobrecogida, sintiendo sobre su alma un peso colosal y una opresión tan angustiosa en su pecho que apenas podía respirar, y todo lo veía negro y rojo, como si se hallara bajo las pavorosas bóvedas del Infierno. La inaudita revelación, tan sacrílega como infame, había producido en su espíritu una sacudida espantosa como la que produciría un reclamo verbal del mismo Satanás, reclutando gente para sus calderas. No obstante el espíritu de la buena religiosa estaba absolutamente limpio de pecado en aquel negocio, y ni con fugaz idea, ni con vano pensamiento era cómplice de la execrable pasión de Armengol. Por el contrario el atrevido sacristán representósele desde aquel instante como un ser aborrecible, digno de los más crueles castigos.

El primer cuidado de la dama aquella noche después que se retiró a su celda fue rezar, implorando la misericordia de Dios, no en pro de ella misma, que en aquel caso no la necesitaba, sino en pro del miserable extraviado que con sus livianos pensamientos y deseos faltaba horriblemente a la ley divina y profanaba el santo asilo de las castas esposas de Jesucristo. Aun se puede tener por seguro que sor Teodora de Aransis se dio una buena tanda de azotes y se puso silicio, mortificaciones ambas que habrían caído mejor en el cuerpo del bárbaro criminal que en el de la mujer inocente. La causa de esta severidad con sus propias carnes era que se creía culpable por otro concepto, y como culpable, digna de castigo. Veamos la opinión que formó de sí misma.

Dos o tres horas llevaba de oración y recogimiento después del tremendo suceso, cuando ocurriole de súbito una idea que le pareció sorprendente por lo juiciosa y atinada. En efecto, aquella idea encerraba una lógica profunda. Según esta, lo que había pasado a sor Teodora, las infernales palabras que había oído, aquel brutal hombre que delante de sí había visto, horrorizándola con su delirio, no eran otra cosa que un castigo providencial por su detestable afición a las guerras religiosas. La noble conciencia de la dama iluminose con esta idea, y comprendió que era contrario a la religión, a la severidad monástica y a las leyes más elementales del amor de Dios su afán por las luchas de los hombres y aquel su deseo de ver triunfar al son de trompetas, cajas, cañonazos y gemidos de moribundos la mansa Fe católica.

Sí, castigo era por haber olvidado la ley de Dios y la santidad de la orden, contribuyendo a inflamar las pasiones de los hombres. ¿Qué era Tilín sino la personificación monstruosa de aquella misma guerra salvaje, de aquel bando osado, violento, sedicioso, rebelde a toda ley? Sí, ella había consagrado a la infame hidra la vehemencia, el interés, las simpatías y aun el amor que debía a su esposo, y en castigo de esta infidelidad, el ofendido consorte había permitido que la infame hidra se volviese contra ella y la hiriera con una de sus más ponzoñosas garras. Bien, muy bien, la lógica de este razonamiento irradiaba en la conciencia de la noble mujer como un reflejo de verdad divina.

Consecuencia inmediata de tal lógica fueron los azotes que la religiosa se administró, maltratando tan sin piedad sus hermosos hombros y espaldas, que si alguien la viera se habría apresurado a impedir tal desafuero contra la belleza y contra una de las más seductoras obras del Autor de todas las cosas y carnes. Parte de la noche estuvo en vela la madre, orando con fervor, y al día siguiente púsolo todo en conocimiento de su confesor, de quien recibió absolución completa y los más saludables consuelos.

Más tranquila después del acto religioso, sor Teodora rogó a la madre abadesa que la impusiera una tarea cualquiera aunque fuese de las más penosas. La madre abadesa mandole que barriese todo el claustro, y apenas cogiera sor Teodora la escoba para dar principio a su obra, vio aparecer a Tilín, que de la sacristía salió con una espuerta de herramientas y algunos pedazos de madera. Pareciole tan horrible y repugnante, que bien pudo conocer Pepet el espanto que causaba en el ánimo de la señora. Quiso esta retirarse pero él le dijo:

—Una palabra, señora, pues va en ello la salvación de mi alma.

¡La salvación de su alma! Esto era motivo bastante para no huir. A veces una palabra basta a llenar de gracia un corazón y salvar un alma. Si ella podía decir esa palabra, ¿por qué no decirla? La de Aransis no era gazmoña.

—La madre abadesa me ha mandado que clave estas tablas en la puerta —dijo Tilín—. Dios me depara por un instante la compañía de la persona que más amo en el mundo. Señora, si usted no me oye y se va...

Al decir esto, Tilín fijó sus ojos de fuego en el semblante de la asustada monja, y al mismo tiempo mostró un cuchillo enorme que con las otras herramientas tenía.

—¿Qué?... —murmuró ella.

—Si usted se va y no me oye, ahora mismo me parto el corazón con este cuchillo y acabo para siempre.

Diciéndolo mostraba el filo del arma.

Sor Teodora tembló de espanto y no se atrevió a moverse. Veía a Tilín en las agonías de la muerte; veía el convento manchado por la sangre de un suicida, y el horrible escándalo que había de seguir a este hecho. Más muerta que viva tomó su escoba y se puso a barrer a pocos pasos del dragón.

—Señora —dijo este tomando un martillo—. Yo haré por vencerme; pero es precisa condición que usted no huya de mí.

—Malvado —exclamó la monja, recobrando de pronto su energía— si no temiera ofender a Dios, aquí mismo te rompía la cabeza con este palo. ¿Quién te inspiró tan infames ideas? ¿De ese modo pagas los beneficios que has recibido en esta casa? Sin duda estás dominado por Satanás. Arderás en los infiernos si no te detienes a tiempo.

Y diciendo esto barría.

—Arderé con gusto si ardemos juntos —replicó Tilín, que lanzado por los despeñaderos del sacrilegio, no podía detenerse—. Yo no soy como ningún otro, señora. Veneno y fuego corren ya por mis venas.

—Maldito, para todos hay misericordia; pídela y se te dará.

—No la quiero sin usted... ¿Por qué soy maldito? Porque amo. ¿Quién ha hecho los corazones sino Dios? Si usted estuviera fuera de esta casa, ¿qué mal habría en que correspondiera a mi cariño?... Mi cariño es ahora salvaje y loco... pero sería dulce y tranquilo si no hallara tantas espinas cuando se acerca a su objeto. Todo el mal consiste en que es usted monja, en que viste un hábito, en que hizo votos... ¡Ay, señora! hace doce años, cuando le cortaron a usted el cabello... yo era niño y usted era ya una mujer que podía haberse casado con cualquier hombre... Pues digo que cuando le cortaron a usted el cabello sentí que una espada fría me atravesaba el corazón. Desde aquel instante la quiero a usted y la adoro más que si estuviera en los altares.

Sor Teodora iba a contestar, pero no pudo y siguió barriendo.

—Eso de ser monja —añadió Tilín, clavando un clavo— es lo que me atormenta. Yo digo que a veces es Satanás quien hace los conventos. Este por lo menos obra suya es... No me hable usted de Dios, ni me llame irreligioso, ni sacrílego... todo eso será verdad, será verdad; pero no quiero oírlo... Demasiado me atruena la tempestad que zumba en mis oídos... Hay un medio de cortar este mal, señora —añadió suspendiendo su obra y mirando a la monja con fijeza y una especie de éxtasis deleitoso, que le hacía poner los ojos en blanco—; hay un medio. Usted que es tan santa, usted que conseguirá de Dios cuanto le pida, pídale que le arranque esa soberana hermosura, que le apague la luz de esos ojos divinos, que le quite esa gracia y ese encanto hechicero prestado por los ángeles del cielo, que le prive de ese noble continente y de ese modo de mirar, el cual parece que va repartiendo dones donde quiera que vuelve los ojos, pídale usted esto, y entonces... No entonces tampoco dejaré de quererla, tampoco entonces.

Sor Teodora volvió el rostro. Creía sentirse estrangulada por una serpiente que se enroscaba en su cuello.

—Este miserable no tiene salvación —pensó—. Abandonémosle.

Y dio algunos pasos para alejarse.

—Señora —gritó Tilín lleno de despecho— nos veremos, nos veremos cuando usted menos lo piense.

Esta audaz despedida, que era una amenaza, despertó tal cólera en el ánimo de la de Aransis, que se volvió y dijo:

—¿Pues qué, menguado y vil hombrecillo, todavía esperas que he de tolerar una vez más tus groserías? Yo te juro que es hoy el último día que pondrás los pies en esta casa.

—Eso dicen, señora. Ya me ha mandado la madre abadesa que no vuelva más, porque el capellán se ha quejado de mis entradas aquí.

—¿Lo ves, lo ves, execrable víbora?

—Sí; ya me han prohibido la entrada, y en cuanto clave esta puerta adiós para siempre San Salomó, mi querido San Salomó, donde está mi vida toda... Pero volveré, señora, yo juro a usted que me verá cuando y donde menos lo piense. Esto no se puede dejar.

La monja sintió que su terror se aumentaba. La imagen detestable de Tilín se le representó lo mismo que el terrible individuo que está a los pies de San Miguel.

—Volveré —repitió Tilín levantándose y recogiendo las herramientas—. Hasta luego, señora... No se digna mirar al pobre condenado. Señora...

La monja se alejaba rápidamente. Huía como se huye del monstruo más horrendo.

—Sí... Me condenaré... —murmuró Tilín—. Ya estoy condenado... Sí, ya lo estoy; si ya no puedo salvarme.

El sacristán guerrero estaba tan absorto en sus pensamientos que no vio a la madre abadesa que hacia él venía.

—Tilinillo —le dijo la señora— antes que te vayas arregla el emparrado de la huerta. Ya ves que con el peso de los racimos y lo mucho que ha crecido la vid amenaza caerse uno de los palos y rompernos la crisma el día menos pensado. Ponle un par de clavos y nada más.

—Ya había pensado en ello, señora. Voy a traer la escalera grande que hay en la iglesia. Compondré el emparrado y también daré una mano de cal a las tejas del palomar que se están cayendo.

—Bien, hombre, bien, todo se te ocurre —dijo la madre entusiasmada con la previsión del sacristán soldado—. Yo no tendría inconveniente en que siguieras entrando aquí. ¿Qué importa? Tú eres bueno; te hemos criado desde niño... Sabes respetarnos y nos quieres mucho... pero el señor capellán me ha dicho hoy que esto no puede consentirse... tiene razón... No puede consentirse... y hoy te despedirás de nosotras. Pero vendrás a vernos por el locutorio, ¿no es verdad?

—Sí, señora; volveré por el locutorio.

—Espero que otra vez tomarás parte en la campaña. ¡Qué injusto ha sido contigo ese bribón de Pixola! Ya le he escrito a Jep... Por las espinas de Cristo que es un dolor ver oscurecido a militar tan valiente. Es lástima que no hayas ido a Manresa.

—Aún es tiempo: iré.

—¿Con la gente de aquí?

—Con la gente de aquí o conmigo solo.

Y sin más razones fue a buscar la escalera. Viósele después sobre el emparrado, sobre el palomar y andando por el filo de la gran tapia. Parecía el gato de San Salomó recorriendo sus dominios. Después se encerró largo rato en la leñera, sala baja que antes de la embestida de los franceses fue refectorio y pasando a trastera estaba completamente atestada de restos de madera y de retama para los hornos de bollos. Allí estuvo Pepet revolviendo todo en busca de no sabemos qué materiales para la obra magna que pensaba hacer en el palomar. Grande fue su tarea; pero al anochecer dio todo por concluido, y puesto el uniforme y despidiéndose de las monjas, salió del convento.

XIII

Había decidido poner fin a aquel estado de destierro y vergonzosa inacción en que le tenía el envidioso Abres y correr a compartir las fatigas y las glorias del ejército apostólico junto a los muros de Manresa. ¿Qué le importaba la desaprobación de su jefe inmediato? Él hallaría modo de congraciarse con Jep dels Estanys, y si no lo lograba obraría por cuenta propia organizando un somatén libre que levantara una bandera enfrente de todas las banderas habidas y por haber; y si no conseguía esto tampoco se sometería al fallo de la Junta Suprema para que le fusilase, le quemase, le descuartizase o hiciera con él todo lo que una Junta Suprema puede hacer con un oficial rebelde.

Su osadía no reparaba en consideración alguna, y tanto desprecio le inspiraba la disciplina como el peligro.

Concertose aquella misma tarde con dos docenas de amigos, gente que nada tenía que perder, de esa que lo mismo sirve para lances heroicos que para las empresas más desalmadas, y al cerrar la noche salieron todos de Solsona, sin dar cuenta a nadie, resueltos a no parar hasta Manresa.

Deseaba Tilín acometer con los suyos una empresa grande y terriblemente difícil, cosa en verdad más posible en pensamiento que en realidad, por no ser aquellos tiempos propios para ninguna especie de grandezas como no fueran las grandezas de la vulgaridad. Hallándose su alma empapada, digámoslo así, en tan sublime idea forzó la marcha para llegar pronto, y después de andar sin descanso por espacio de una noche y un día, apartándose de los caminos más frecuentados, llegó a San Mateo de Bagés, donde supo que las tropas y somatenes de la causa apostólica estaban sobre Manresa, aguardando el momento de la entrada, el cual no iba a depender de sangrientas peleas ni de empeñados asaltos, sino del soborno de la guarnición de la plaza. Decir cuánto enfrió esta noticia el ánimo de Tilín fuera inútil conociéndose sus bríos indomables y su natural violento y despótico para quien el empleo de la fuerza era una necesidad, una delicia y la única razón y lógica posibles.

Resolvió ante todo presentarse al general en jefe a quien había escrito una carta muy expresiva la madre abadesa, y manifestarle que no podía servir a las órdenes de Pixola, porque Pixola era un hombre rastrero, vil, envidioso. Después pensaba pedirle el puesto de más peligro en los próximos combates, para borrar con un comportamiento heroico sus faltas de disciplina.

En San Fructuoso de Bagés halló Tilín al comandante general de los sublevados, el hombre de confianza de la Junta, el brazo de aquella inmensa intriga de canónigos inquietos, de inquisidores cesantes y de seglares sin empleo que tenía su centro en Madrid, no se sabe si en la sociedad del *Ángel Exterminador* (cuya existencia no está históricamente demostrada) o en el misterioso cuarto del infante don Carlos.

Don José Bussons, llamado vulgarmente *Jep dels Estanys*, era un guerrillero anciano, seco, pequeño, pero fuerte y ágil todavía, de carácter violento y agrio. Hablaba poco, reía menos y era el hombre más blasfemo de Cataluña, y aun puede decirse de toda la cristiandad; pero esto no era obstáculo para que los píos autores de la rebelión hicieran de él el Josué de la guerra apostólica, por aquello de *operibus credite non verbis*. Y las obras de Jep eran las más propias para despertar entusiasmo entre la genta oscura y envidiosa que rumiaba su descontento en claustros, sacristías y camarillas episcopales, porque poseía el instinto de la organización bélica y había establecido la práctica de que las gavillas de la Fe rezasen el rosario entre batalla y batalla. De la conciencia privada, digámoslo así, de Jep dels Estanys puede juzgarse por el hecho inaudito de recibir a bofetadas a los sacerdotes que quisieron prestarle los auxilios espirituales cuando fue condenado a muerte en el sangriento epílogo de aquella campaña.

Según declaró en su último instante, había estado dieciocho veces en la cárcel por diferentes crímenes, aunque los principales, dicho sea en disculpa suya, eran delitos de contrabando. Su educación guerrera la hizo en las gloriosas peleas contra el fisco, y sus primeros laureles los ganó pasando géneros prohibidos. De esta escuela pasó a la de la guerra de la Independencia, saltando de contrabandista a coronel. Guerreó más tarde contra los constitucionales, ganando una pensión vitalicia de veinte mil reales con que el Rey quiso premiar méritos tan sobresalientes. Detestaba la vida pacífica y normal de las ciudades y el noble trabajo de la industria. Su más grata mansión era el campo, su descanso el cansancio, su cama las duras peñas; tan bien vivía bajo un Sol abrasador como sobre nieves y hielos, con tal que no le faltase un pedazo de pan y un tomate crudo para desayunarse. Cuando no había guerra era preciso, según él, inventarla, conformándose en esto con el pensamiento de Voltaire respecto a Dios.

No era ambicioso de riquezas; inquietábale un afán insaciable, que según unos era el afán de hacer daño. Despreciaba las penalidades y sabía cómo se conciliaba el sueño en los calabozos, lugares de comodidad y regalo para quien había aprendido a dormir a caballo o en la rama de un árbol. Tenía la audacia y la presteza del cernícalo, así como su crueldad. Su cara era seca, áspera y arrugada como un pedazo de leña vieja.

Cuando se ofrece a la contemplación de nuestros lectores, vestía uniforme de voluntario realista sin cruces ni insignias, no llevando el ingente chacó con que se decoraban los individuos de aquel cuerpo, sino la montera catalana doblada hacia adelante, como la usaban la mayor parte de las tropas. A estas las trataba caprichosamente, siendo unas veces severo con las faltas, y otras muy tolerante, según estaba de humor. La buena estrella de Tilín quiso que este fuese bueno aquel día, y así después de observarle de pies a cabeza, le dijo el general:

—¡Ah! eres tú el que se ha criado en las faldas de las monjas... Bien, bien. Ya sé que eres valiente. A mí me gustan los hombres valientes sobre todo. A mí también me criaron monjas. Mi madre era criada de las madres del monte Olivete en Tortosa... Pero esto no hace al caso.

—Lo que pido a vuecencia —dijo Tilín con entereza— es que me conceda el puesto de mayor peligro en la toma de Manresa. De este modo lavaré mi falta.

—¿Qué falta? —preguntó Jep con asombro.

—La de no haber obedecido a Pixola. Yo quería tomar parte en la guerra y no estar mano sobre mano en Solsona.

—¡Ah!... Ya sé que Pixola es un bruto. ¿Quién hace caso de Pixola? Has hecho perfectamente en venir aquí... ¿Y qué grado tienes?... ¿Nada menos que comandante?... Cuando esto se acabe rectificaremos todos los grados, y el Rey, cualquiera que sea, dará los premios que cada cual merezca... Mira, chico, ya que estás aquí, puedes prestarme un servicio. Estos brutos no sirven para nada. Todavía están mis botas sin limpiar... Hace dos horas que están arreglando los arneses de los caballos... Mira, Tilín, límpiame esas botas que están llenas de barro.

El comandante general, calzado con alpargatas y sentado junto a una mesa sobre la cual garrapateaba un oficio, señaló sus botas que estaban arrojadas en un rincón de la sala junto a un montón de ropa sucia. Viéndolas parecía que se veían los pies de un borracho. De un morral sacó Jep un cepillo y lo tiró al otro extremo de la sala.

—Ya tienes lo necesario —dijo tomando la pluma con no poca dificultad—. ¿Conque tú quieres un puesto de peligro? Lo mismo fui yo en mi mocedad. ¡Un puesto de peligro! Eso es, o ser soldado o no serlo. Lo demás se deja para las damas. El inconveniente, chiquillo, es que ahora no habrá puestos de peligro. Como nosotros guerreamos por órdenes que vienen de muy alto; como a nosotros nos apoya parte de la corte si no toda ella, y hay un manejo secreto que hace inútiles las bayonetas, la guarnición de Manresa se rendirá. Allá dentro hay unos nenes de sotana que harán más que todos los generales... Sin embargo, puede que tengas donde lucirte. Has subido mucho, monago; veo que aquí cada uno se da a sí mismo los grados que le acomodan.

Echose mano al bolsillo y sacando los trebejos de fumar, dijo:

—Mira Tilín, toma dos cuartos y vete a comprármelos de yesca. Doblas la esquina de esta casa, y enfrente ves la lonja del Alfarrás. Tráemela pronto, que quiero fumar... pronto digo: me gusta la gente de piernas ligeras.

El soñador Tilín, cuyo cerebro hervía con el movimiento y bullicio de gloriosas batallas, sintió su corazón atravesado por una aguja de hielo y una sensación de caída semejante a la que tenemos cuando en sueños nos despeñamos de una alta cima sobre abismos sin fondo. Arrojó el cepillo con desdén, y tomados los dos cuartos, salió diciendo para sí:

—¡El Demonio me lleve! Ni esto es guerra, ni estos son soldados, ni esto es causa apostólica, ni esto es decencia, ni esto es valor, sino una farsa inmunda.

XIV

Los intrigantes que dentro de Manresa trataban de ganar a la tropa de línea no pudieron convencer a algunos oficiales de la ventaja que obtendrían en su carrera, pasándose a la insurrección. Estos oficiales eran hombres de honor que no se vendían por dinero, ni tampoco por las promesas de salvación eterna. Pero los conspiradores lograron sobornar a algunos y a casi todos los sargentos del regimiento de la reina, empleando entre otros argumentos el de que la Junta de Cataluña tenía poderes secretos del Rey para sublevarse contra el mismo Rey. Al leer esta pestilente página de nuestra historia es preciso tener mucha lástima de un soberano contra quien se sublevaba una parte del reino, tomando su nombre. Pero la doblez ya proverbial del hijo de Carlos IV autorizaba este procedimiento.

Manresa tiene buena situación para una defensa. Rodéala en gran parte de su circuito el río Cardoner, y su planta es enriscada, agria y tortuosa, y pendientes sus calles. Una guarnición pundonorosa la habría defendido contra todas las bandas y somatenes que pueden eruptar las cavernas del Bruch, los bosques del Ampurdán y las grietas de la Cerdaña. Pero la guarnición, salvo la oficialidad y un puñado de soldados, sucumbió a las intrigas, no al plomo ni al fuego, y se dejó vencer por la astuta labia del padre Vinader, religioso mínimo, y del reverendo doctor don José Quinquer, domero mayor de la Colegiata.

En la noche del 27 al 28 de agosto penetraron de improviso las hordas apostólicas capitaneadas por Jep dels Estanys, Caragol y Pixola.

Al grito de *¡Viva la religión! ¡Mueran los negros!* Que es el grito que servía entonces para la consumación de todas las hazañas populares, fueron asaltadas muchas casas y ultrajadas multitud de personas que no eran todas liberales: la mayor parte habían incurrido en el desagrado apostólico por la tolerancia de su realismo y la suavidad de su celo religioso. La ciudad fue al punto dominada por los payeses, voluntarios realistas y guerrilleros, que unían sus berridos a los de la plebe manresana ya sobornada para dar a aquel acto de civilización todo el esplendor posible.

Los pocos soldados y los veinticinco oficiales leales se resistieron en el Ayuntamiento, dando ocasión a una refriega en la cual ambas partes se batieron valerosamente. Los leales hacían fuego desde los balcones, y los insurrectos intentaron varias veces el asalto. Dios sabe a qué extremo de encarnizamiento habrían llegado aquellos hombres si el comandante de la plaza no hubiera mandado a los suyos que se rindieran. Todo iba bien para los frailes, admirablemente; y con pocos heridos y menos muertos poseían una situación estratégica de grandísimo precio para dominar la montaña y tener en jaque a Barcelona.

Tilín y su gente sostuvieron el fuego en el Ayuntamiento al lado de la guardia negra de Jep dels Estanys, que mandaba la acción desde un callejón cercano. En lo más recio de ella, Tilín vio a Pixola que se metía entre el tumulto.

—¿Cómo estás aquí, sacristanillo? —preguntó el carnicero con asombro.

—Ladrón, estoy porque he venido —replicó el joven indicándole con un gesto que se apartara.

—¿Por qué saliste de Solsona?

—Porque me dio la gana, borracho.

El furor bélico de Tilín daba a sus palabras extraordinario brío. Si Pixola en aquel instante se pusiera delante en ademán hostil, de seguro le partiera en dos, como hacían los caballeros andantes con los endriagos y monstruos fabulosos.

Pepet habría deseado que el Ayuntamiento de Manresa fuera altísimo castillo con formidables torres y baluartes, para acometerlo y asaltarlo, despreciando el ardor de los defensores, y hacer allí uno de esos admirables desatinos que son pasmo de los siglos: pero cuando más sublimado estaba su espíritu con esta idea y cuando sentía en su grado más alto el delirio de la matanza y el espeluznamiento de la embriaguez marcial, viose que los sitiados no se defendían; un pañuelo blanco se agitó en la ventana, acudieron parlamentarios, entró y salió un fraile llevando recados, y todo acabó.

—Cuando yo digo —murmuró Tilín hiriendo el suelo con furibundo pie— que ni aquí hay guerra, ni plan, ni soldados, ni idea ninguna, ni decencia, ni valor, sino una comedia indecente...

Los oficiales y soldados del Rey fueron al punto desarmados, y Jep, tomando posesión de la casa municipal, procedió a la formación de la indispensable Junta. Mientras se nombraba, los frailes y canónigos se confundían en las salas del edificio con los guerrilleros y jefes de somatén. Parecía aquello un mercado de infames ambiciones en que la vanidad cotizaba los servicios de cada sujeto en las campañas de la intriga. Un lenguaje soez compuesto de los vocablos más populares sobresalía entre aquel tumulto como el espumarajo que corona las olas agitadas del mar. Sobre aquel espumarajo de dicterios, de voces de venganza, de insultos y de blasfemias, se destacaron al fin los nombres de los elegidos para componer la Junta, el padre Vinader, de la orden de mínimos; el canónigo Quinquer, el guerrillero Caragol, el médico don Magín Pallás y el regidor San Martín.

Durante la elección unos cuantos desalmados de la horda de Pixola invadieron la casa del gobernador; arrastraron, sacándola del lecho donde estaba enferma, a su esposa, y ya les tenían a ambos en medio de la plaza con los ojos vendados para fusilarles, cuando don José Saperes (Caragol) que era el más humano de los junteros acudió y pudo impedir un horrible crimen. Los demás atropellos no fueron de consideración. Pero gran parte del vecindario abandonó la ciudad en la mañana siguiente buscando refugio en Barcelona.

Inútil es decir que el primer cuidado de la paternal Junta fue publicar una proclama y dar las consabidas órdenes para que todos los oficiales se presentasen, sin que se olvidara la cobranza de un año de contribución y el reclutamiento de los quintos del último reemplazo. La tradición revolucionaria fue escrupulosamente cumplida, probándose que no en vano habíamos tenido en nuestra historia cursos completos de motines. *La santa causa del Trono y del Altar*, como decía la proclama de Manresa, que poco después fue quemada por la mano del verdugo, como lo fuera años antes la Constitución del 12, plagiaba ramplonamente a los demagogos de las Cabezas de San Juan.

El día después de la toma de la ciudad, Jep dels Estanys trató a Tilín con desvío, no demostrando admiración de sus dotes militares, y después de preguntarle si tenía buena letra le puso a escribir oficios. Mucho disgustó a nuestro héroe verse en la triste condición de escribiente; pero no quiso manifestar su cólera. El mismo Jep debió conocer cuánto le mortificaba la inacción.

—Mira, Tilín —le dijo al día siguiente—, me ha hecho notar el señor Pallás, individuo de la Junta y médico de la ciudad, que las calles están llenas de inmundicias y que esto puede ser causa de enfermedades. No es natural que nuestros bravos chicos se ocupen en limpiar las calles, ¿verdad?

—Tiene razón vuecencia —repuso Tilín decidido a dejarse fusilar antes que envilecer su persona con el oficio de barrendero.

—Pues mira, Tilín, vas a hacer lo siguiente: ya sabes que la cárcel está llena de presos. Son los liberales y toda la gentuza negra de Manresa... Conozco a algunos. Esos son los que van a poner a nuestra ciudad como el mismo oro. Llévate un par de docenas de hombres armados, entra en la primera tienda donde encuentres escobas y cubos para agua y toma tantos como sean los presos... Me parece que estos pasarán de veinte. Luego vas a la cárcel, sacas a los negros y a cada uno le pones en la mano su escoba y su cubo. Ellos limpiarán y tus soldados les vigilarán. Al primero que se niegue al trabajo, o murmure de nosotros, o pronuncie algún vocablo contra el Altar y el Trono me le dejas en el sitio. No te digo más.

Ni él necesitaba más. Aquella tarde se hizo todo como lo había mandado el jefe y las calles quedaron limpias de inmundicia. No así el corazón de los apostólicos que cada vez se enfangaba más.

El héroe de San Salomó había de tener otros empleos y ocupaciones durante su residencia de cerca de dos meses al lado de la Excelentísima Junta Superior. Un fraile que acompañaba a Jep en calidad de jefe de división y que tenía la audacia de escribir furibundos libelos con la horrible firma de *El padre Puñal*, quiso tomar a Tilín por ayudante. Negose este y un día se trabaron de palabras. Cada cual sacó a relucir su jerarquía militar. De las palabras vinieron a las acciones y Tilín tuvo la suerte de poder pasearse sobre las costillas de su enemigo, a quien no dejó hueso sano. El escándalo fue grande y Pepet pasó a un calabozo, de donde le sacó días después otro fraile que le tenía gran afición. Viose luego maltratado por Jep dels Estanys y favorecido por Caragol; pero fue víctima de las hablillas, y una mañana Caragol le llamó simple.

Su carácter impetuoso, su afán por sobresalir y su indómita soberbia, diéronle fama de díscolo y revoltoso, y nadie hacía buenas migas con él. Sus mejores amigos le abandonaban, y si hubiera intentado echarse al campo con un somatén de su propia pertenencia, no habría encontrado quince hombres que le siguieran. Aquella esfera de vulgaridad y de bajeza era muy impropia para el desarrollo de su carácter despótico y soberbio, que necesitaba acción incesante y vasto campo para ejercer su dominio. Aquella guerra no era guerra, era una campaña de rencillas, de insultos, de miserias, de contiendas pequeñas semejantes a las disputas de las verduleras. Una revolución grande y atrevida, una de esas revoluciones descaradas que atacan lo más firme en nombre de cualquier idea fija y van derechas a su objeto hasta que vencen o se estrellan, hubiérale sobrepuesto a la multitud, personificando en su ruda figura todas las violencias disfrazadas de justicia, la firmeza heroica y quizás todas las maldades y excesos de la pasión humana; pero en aquella sentina de intrigas frailescas tenía que hundirse necesaria y fatalmente. Era inepto para toda intriga. Capaz de los más febriles arrebatos del valor y de la audacia, en la ociosidad de la plaza ganada no era más que un pobre monaguillo.

El fraile que ya a fines de setiembre le había sacado de la cárcel le demostraba siempre mucho cariño. Regalábale frutas y dulces de monjas; pero con confites no se conquistaba el corazón inmenso del voluntario realista. Un día el padre Bernardino de Chirlot le dijo:

—Querido Armengol, si hubiera muchos hombres como tú, fácil sería dar al traste con ese fantasmón orgulloso que tiene forma humana y se llama Caragol. Yo sé que muchos religiosos verían con gusto que la actual Junta era disuelta a puntapiés y nombrada en su lugar otra de verdaderos católicos... A todas partes llega el francmasonismo.

—Padre Chirlot —dijo Tilín, ebrio de cólera— tan canalla sería una Junta como otra, y tan bestia es Caragol como todos los demás. ¿Quiere usted sobornarme para una sedición?

—Todo sería que te dieran medios para ello—, replicó el fraile, acariciándose la luenga barba roja semejante a la cola de un caballo.

—¿Me darían dinero?

—Tal vez —dijo el capuchino con malicia.

—¿Y hombres?

—Tú los buscarías. Con dinero convertirás las piedras en hombres.

—¿Y el objeto?... ¿el fin?... ¡Ah! ¡padre Chirlot de todos los demonios, para farsa asquerosa basta ya! Váyase usted con Barrabás.

Y se retiró dejando al fraile medianamente corrido.

Al llegar al alojamiento del general en jefe, vio a este en la puerta con las manos metidas en la faja, paseando de largo a largo.

—¡Monago! —gritó Jep dels Estanys.

Este nombre causaba a Tilín enojo violentísimo, que no se atrevía a manifestar por temor de hacerse más ridículo.

—¿Qué manda vuecencia? —dijo.

—¿Por qué estás tan pálido?... ¿Te pasa algo? El Demonio cargue contigo... Mira, monago, lleva mi caballo al río y dale un baño.

Pepet Armengol tomó el caballo, lo sacó de la ciudad, y al llegar al camino montó en él en pelo, y oprimiéndole los ijares con sus talones sin espuelas, lo lanzó a la carrera por el camino de Solsona. Su alma sentía inefables delicias en aquella carrera, semejante al loco desbordamiento de su fantasía. Estaba solo, corría, era libre.

XV

Llegó de noche a la ciudad y se apeó en casa de Mosén Crispí. Al día siguiente los pocos hombres de armas que guarnecían la ciudad le recibieron con simpatía, mostrándose dispuestos a obedecer al sedicioso, por cierta inclinación instintiva que tenían todos ellos a la anarquía.

—¿Qué órdenes tenéis? —les dijo.

—Nada más que vigilar a los pocos presos que están en el Ayuntamiento y alojar a las facciones de Aragón y Navarra que llegarán dentro de dos días.

—Pues es preciso hacer todo lo contrario —afirmó Pepet gozando extremadamente en la rebeldía—, es preciso soltar a los presos y no preparar alojamiento alguno a esa nueva canalla que ha de venir.

En la mañana del 30 de setiembre fueron puestos en libertad los presos, siendo los primeros que vieron la luz del día don Pedro Guimaraens y don Jaime Servet. En cuanto al borracho de Mañas que tenía en Solsona una sombra de autoridad, harto beneficio le hacían en no ahorcarle. El vino acabaría con él.

Llenos de alarma y susto estaban los solsoneses al ver que nadie mandaba en la ciudad, porque Tilín no se dejaba ver en sitios públicos, ni cuidaba de nada, ni impedía que unos cuantos desalmados cometiesen desafueros y maldades. También las monjas se asustaron, y cuando Tilín fue a visitar a la madre abadesa en el locutorio, esta le echó un sermón por su mala conducta. El antiguo sacristán estuvo luego tres días sin repetir su visita, y rara vez se le veía en las calles de la ciudad.

Excusado es decir que sor Teodora de Aransis que había sentido vivísimo contento por la ausencia del dragón, se asustó mucho cuando tuvo conocimiento de su llegada.

Puesto que esta ilustre señora nos ha de ocupar bastante en el curso de la historia presente, convendrá que como complemento de las amplias noticias que se han de dar, de su vida y de su carácter, mencionemos también lo que la rodeaba. De los objetos materiales que acompañan a la persona, sirviéndole como de marco, el que siempre ofrece más interés es la vivienda; y la vivienda de sor Teodora es digna de preferente atención.

Desde aquel infausto día de setiembre de 1810, cuyo recuerdo, a pesar del lento paso de los años, no se había borrado aún de la memoria de la madre Montserrat, la casa de San Salomó horriblemente profanada por los franceses, había recibido varias reparaciones; pero el ala occidental del claustro continuaba en el suelo. En la parte alta de dicha ala, formada por una fila de doce celdas, había una gran solución de continuidad debida a la desaparición de cuatro celdas, de modo que quedaban cinco unidas al cuerpo central del edificio y tres aisladas en el extremo de la crujía. En la solución de continuidad subsistía parte de las paredes, el techo era nulo, las puertas estaban tapiadas, la galería de unión estaba reparada y era perfectamente practicable. Disputas y cuestiones entre las monjas sobre los fondos del convento habían impedido reedificar la parte demolida, y tan solo se habían hecho las obras de albañilería necesarias para que la destrucción no fuese a mayores. A las tres celdas que habían quedado solas al extremo del ala, dieron las madres un nombre muy propio; las llamaban la *Isla*, y en ellas moraban dos religiosas. La tercera celda, muy pequeña y casi inhabitable, servía de despensa a entrambas señoras. Una de las monjas que habitaban la Isla era sor Teodora de Aransis. En la época de nuestra historia era la única, porque su compañera había muerto.

El monasterio constaba: de un cuerpo de edificio pegado a la iglesia, y de dos alas paralelas que partían en ángulo recto y en dirección de Sur a Norte. Separábalas el rectángulo del claustro. El centro y ala de Oriente hallábanse intactos. El ala de Occidente era la que tenía la solución de continuidad y la Isla. El claustro que resultaba de estas tres construcciones, estaba cerrado al Norte por el piso inferior que contenía el refectorio nuevo: en el superior hallábase abierto y un gran tejado servía de punto de unión impracticable a los extremos de las alas.

Diferentes veces dijo la madre abadesa a sor Teodora de Aransis que mudase de habitación, para que no viviera sola en aquel apartado sitio; pero ella sin rechazar la idea, hizo propósito de permanecer allí durante el estío, por razón de la frescura que en aquella parte del convento se disfrutaba. La celda tenía su puerta hacia la galería del claustro, una pequeña reja al Poniente y otra grande al Norte, sobre la huerta, cuya frondosidad embelesaba el sentido en noches de verano. Desde aquellas rejas que distaban poco de la gran tapia del convento, se veían las murallas de la ciudad, solo separadas de este por la tortuosa calle de los Codos, la puerta del Travesat y parte de la campiña y de las montañas.

Interiormente era la celda un lugar sosegado y delicioso por el dulce silencio que en él reinaba a causa de su alejamiento del centro del edificio. Perfecto orden reinaba allí, así como la pulcritud más refinada, no siendo la austeridad tan excesiva que convidase al ascetismo, ni tanta la pobreza que inspirase un vivo anhelo de ser santo. Por el contrario, sor Teodora tenía en su morada varios objetos primorosos que había traído de su casa, entre los cuales descollaban algunos vasos y jarros de plata, una alacena de talla que habría honrado a cualquier museo y un tapiz, obra de sus hábiles manos, que hubiera caído maravillosamente en el gabinete de una dama del siglo. Dos o tres pinturas del mejor gusto, algunas imágenes de madera que no lo eran tanto, tres docenas de libros, muchísimas flores contrahechas que casi competían con las verdaderas, completaban el ajuar.

Como la regla mandaba que las monjas no tuvieran cama sino un solo colchón puesto sobre el suelo, el lecho de sor Teodora, como el de todas las monjas de San Salomó y el de muchas monjas que hoy existen en Madrid y provincias, era un inmenso colchón de tres pies de alto. Véase aquí cómo interpretando la regla por la manera más ingeniosa y burlándola en realidad, convertían las monjas la mortificación en comodidad, y la pobreza en el refinamiento del bienestar.

Ciertamente convidaba a una vida regalada y tranquila, tal como pueden desearla los egoístas más empedernidos, aquel dulce retiro que tenía las ventajas del aislamiento, del silencio, de la calma unidas a las comodidades de una dorada medianía. Pocos habrá que no tengan la abnegación de ser pobres, austeros y recogidos en una cueva de tal naturaleza, donde no puede llamarse virtud el apartamiento del mundo. Había allí cierta elegancia unida al aseo más grato; había delicado olor de flores, que no sabemos si es parecido al que los beatos llaman olor de santidad.

Recogiose sor Teodora en su apacible nido después de cerrar la puerta, no con llave ni cerrojo, porque las celdas de los conventos no tenían entonces aquellas seguridades, reputadas inútiles, sino simplemente con un picaporte que lo mismo podría abrirse por fuera que por dentro. Encendió su lámpara, tomó un libro y se puso a leer.

Después de leer tranquilamente por espacio de media hora, se puso de rodillas y rezó con fervor y recogimiento. Ya se llevaba las manos a la cabeza para quitarse las tocas, primera de las operaciones precursoras del acostarse, cuando sintió ruido en la puerta. Volviose sobresaltada por no ser costumbre que ninguna monja la visitara de noche, y vio con espanto... ¡Jesús Sacramentado!... parecía un sueño increíble, pero era realidad innegable..., vio a Tilín en persona, con su cuerpo uniformado, su cara morena, sus gruesos labios, sus ojos de fuego, su frente de bronce, sus cabellos duros. El sacristán guerrero mantúvose en la puerta con una especie de timidez feroz, como si ni aun su colosal osadía tuviese la fuerza suficiente para traspasar aquel umbral sagrado. Había atropellado la ley de Dios, abolido su propia conciencia y no obstante se detenía tembloroso ante el pudor y la hermosura, cuyo imponente prestigio llenaba de confusión al miserable.

Sor Teodora no pudo gritar: cayó desfallecida en una silla, cerró los ojos y sus brazos se estiraron trémulos como para apartar un objeto terrible.

—Señora —balbució Tilín dando un paso y cerrando la puerta tras sí— no hay que temer nada de este miserable... No vengo más que a pedir perdón, señora... Este miserable...

Procurando dominarse la monja se levantó para salir y pedir socorro. Tilín la detuvo con mano de hierro, y precipitadamente le dijo:

—Si usted llama, vendrán y seré descubierto, y habrá escándalo; mientras que si se calma y me oye un instante, nada más que un instante, me marcharé pronto, la dejaré tranquila para siempre, señora, para siempre.

—No quiero —dijo sor Teodora, intentando desasirse—. Voy a llamar.

—Por Dios y la Virgen María que a mí me han desamparado, señora, óigame usted. Si usted grita me marcho, y si me voy no sabrá una cosa que le interesa mucho.

—Nada tuyo puede interesarme —exclamó ella ardiendo en ira—. Malvado, te aborrezco.

—Eso al menos es algo —murmuró Tilín con sarcástico gozo—. Yo no vengo sino a pedir perdón y a ver por última vez, por última vez a quien me aborrece.

Se dejó caer de rodillas y besó el suelo.

—Antes de privarme para siempre de ver la luz de mi vida —exclamó con voz ahogada—, he querido besar estos ladrillos. Era un deseo ardiente; no quiero morirme sin satisfacerlo. ¡Besar estos ladrillos! Es lo único que puedo alcanzar. Con poco se contenta el malvado aborrecido.

Absorta y petrificada, la de Aransis permaneció en medio de la celda con los ojos fijos en Pepet y las manos cruzadas. Los elegantes pliegues de su hábito blanco daban a aquella imponente figura belleza y majestad.

—Aquí está el hombre más infeliz del mundo —dijo Tilín, tocando los ladrillos con su frente— aquí está el polvo más vil que Dios tiene en el mundo con forma de hombre. Vilipendiado, aborrecido de todo el mundo, sin gloria, sin honra, sin porvenir, sin ilusión alguna, este miserable no ve ya más que tinieblas y ruinas delante de sí... Ruinas y tinieblas.

Miró después a la señora y le pareció más aplacada en su violento enojo.

—¿Y ni siquiera ha de merecer un ligero consuelo en su corazón? ¡Esto es horrible, señora! Los perros son más felices que yo. Soy criminal; pero ya que no puedo verme amado, quiero tener el único placer que me es lícito, el de verme perdonado.

—Sal de aquí al instante —dijo la madre con brío— y te perdono.

—Saldré, señora, saldré —replicó Tilín sin levantarse del suelo—. Mi vida es el infierno. Para comprender mi estado, no imagine usted las llamas y las calderas hirvientes de que hablan los predicadores; eso no basta, eso es frío y descolorido; imagine usted la falta absoluta de esperanzas y de ilusiones, la ruina completa de todo lo que edifica el espíritu... Ese es el infierno en que vivo yo. Mi único alivio será que usted me mire un rato sin ira, que me permita estar aquí y hable conmigo... y me diga, me diga: «Tilín...»

—¡Ni un instante! Malvado sacrílego... Demasiadas pruebas te doy de mi bondad, pues que te escucho.

—Un momento pequeño señora; muy poco, muy poco tiempo...

—Nada.

—¡Estoy condenado!

—Condénate cien veces.

—¡Condenado por usted! ¡por usted! ¡por usted!

Y levantando la faz lívida hacia ella, añadió con voz ronca:

—Condenado por ti, monja, que pareces hechicera.

Y se cogió su propia cabeza por los cabellos, como cogería el verdugo la del recién degollado para mostrarla al pueblo.

—¡Condenado por ti! ¡por ti! —repitió ella— por tu execrable maldad y sacrilegio.

—Pues bien, señora, perdón, perdón, yo pido a usted perdón. Pero démelo sin ira, sin enfado, sin repugnancia, con aquella voz dulce y angelical con que me hablaba en mi niñez, con aquel mirar tiernísimo y aquel trato seductor que era mi encanto en tiempos mejores.

—Te perdono, márchate, y no vuelvas más aquí... Huye de mí, demonio del infierno.

La religiosa se cubrió el rostro con muestras de horror, y estremecimientos nerviosos sacudieron su cuerpo.

—¡Ni un momento siquiera! —murmuró Tilín apretándose el corazón.

Miró a la monja y la monja le miró a él. Grande fue la sorpresa de sor Teodora al ver lágrimas en las atezadas mejillas de aquel hombre que tanto se parecía a un volcán por tener el centro de fuego y el exterior de piedra.

—Te perdono —dijo la madre con lástima, pero siempre con el mismo terror—. Vete, vete, te digo que te vayas. Infame bandido que has escalado los muros de la santa casa, huye de aquí, ¿no temes la maldición de Dios?

—¡Dios!... ¡Dios!... ¿Para qué hablar tanto de él? Mi Dios es otro. Si usted me permite estar un poco más, y contemplarla y referirle mis penas... Mis penas que son grandes, atroces...

—No permito nada.

Tilín dio un suspiro y se levantó. Su semblante desconcertado y contraído parecía el semblante de un reo de muerte momentos antes de subir al patíbulo.

—¡Mal rayo! —exclamó con desesperación— ¡que el mundo sea así y no de otro modo! ¡Que existan estas paredes, y estos votos, y estas rejas horribles!

Con fiereza revolvió los ojos por la estancia.

—Adiós, señora —dijo en tono y con ademanes de loco.

Sor Teodora le señaló la puerta.

Acercose Tilín a la monja, retrocedió ella. Acercándose él más y bajando la voz le dijo:

—Antes de llegar los dos al otro mundo, nos veremos. Adiós.

Cuando él salió de la celda, sor Teodora dio algunos pasos para observar por dónde iba; pero faltáronle las fuerzas consumidas en aquel cuarto de hora de angustias infinitas, y sintiéndose acometida de un desmayo se dejó caer de hinojos, apoyó la frente en la silla y perdió por un instante el conocimiento y el uso de sus claros sentidos.

XVI

Poco duró el síncope a la ilustre dama, y al reponerse, su primer cuidado fue correr a observar qué camino tomaba el dragón. Pero ni por la puerta de la celda, ni por la reja abierta al Sur sobre el emparrado y frente al palomar divisó forma humana. Teodora al dar por terminadas inútilmente sus observaciones, supuso que Tilín había entrado por la sacristía.

—Ese bribón —pensó— se ha quedado esta tarde dentro de la iglesia, o en algún rincón de la sacristía. Al avanzar la noche salió de su agujero, como los ratones que van a hacer sus correrías y ahora se ha metido en él otra vez... Pero yo he de descubrir el escondite y he de armar una ratonera para enseñar a ese desalmado a jugar con el honor de respetables mujeres consagradas a Dios.

Como la puerta no tenía cerrojo puso tras ella todos los muebles que pudo cargar; mas ni aun con tal barricada quedó la señora tranquila, y rebeldes sus ojos al sueño, no podían apartar de sí la imagen fiera del voluntario realista. Acostose rendida, y no logrando hallar sosiego ni calmar la fiebre que el insomnio le producía, levantose y se puso a leer. Pronto advirtió que su atención se distraía del piadoso asunto del libro, corriendo hacia otros pensamientos, y atormentándose con un descarriado giro alrededor de las pasiones humanas. Para esto conocía sor Teodora un remedio preciosísimo que guardaba en la gaveta más alta del armario. Al punto abrió la gaveta para sacar su precioso específico. Era un manojo de cuerdas con nudos.

Largo rato duraron los azotes, cuyo término fue cuando la viveza de los dolores anunció a la buena religiosa que un golpe más haría traspasar los límites de la penitencia para entrar en los de la barbarie. Sin embargo, como testigos presenciales, podemos asegurar que los instrumentos de mortificación usados por la madre Teodora de Aransis no eran de los más destructores y que cualquiera podría hacerse santo con ellos sin riesgo de perder la vida temporal.

Abandonadas las disciplinas, pensó la dama que pues las oraciones no tranquilizaban su ánimo ni tampoco el cruento vapuleo, lo mejor sería ponerse al trabajo, y al punto tomó una obra de bordar que empezado había dos semanas antes.

Dábale a la aguja arriba y abajo, y cada vez que sentía algún ruido exterior o bullicio de las hojas de los árboles se estremecía y sobresaltaba. Así pasó la noche hasta la hora en que la campana del convento la llamó a maitines. No solía madrugar para asistir al coro, contribuyendo con su pereza, fundada casi siempre en dolores de cabeza o en cualquier desazón ilusoria, a la relajación de la disciplina; pero aquel día fue diligente y asistió al coro.

En el coro la madre Montserrat le dijo:

—Ya sé que ha estado usted enferma anoche.

—Yo... yo no, señora —repuso con turbación la de Aransis.

—Ha estado usted en vela toda la noche —afirmó la vieja moviendo su apergaminada cabeza como un martillo—. Me pareció que vi luz.

—Entonces también usted ha estado en vela —dijo Teodora.

—También... Pero yo estuve rezando —replicó con malicia la madre Montserrat.

Trazó una grandísima cruz desde su frente a su cintura y de hombro a hombro, y volviendo la vista al altar tomó parte en el rezo general.

Sor Teodora no tenía criada, no ciertamente por alarde de pobreza, sino porque en su sentir las criadas dentro de los conventos no compensaban con sus servicios las molestias que ocasionaban ni los enredos que se traen chismorreando de celda en celda y ocasionando enemistades y sinsabores. Ella misma, pues, se hizo su chocolate y se preparó su comida privada, porque en San Salomó, como en muchos conventos modernos, aunque había refectorio y yantar común cada celda tenía sus festinillos a que asistían dos, tres, cuatro monjas, o más generalmente una sola. Sor Teodora disponía de una pequeña cocina en la tercera de las piezas que componían la Isla y allí, ayudada de una fámula de las que servían indistintamente a todas las monjas, se aderezaba alguna vez platos de su gusto. Aquel día, quizás con motivo del largo insomnio, sintió la buena madre inusitado apetito y antojos de comer golosinas. Felizmente no carecía de elementos. Además de los riquísimos fiambres que se hacían en la gran cocina del monasterio, la hermosa dama recibía de su familia jamones y carnes mechadas que habrían tentado a un cenobita. En la alacena de talla que ocupaba lugar muy principal en su celda había manjares diversos que con un poco de lumbre serían de exquisito gusto.

Bastante tiempo empleó la señora en disponer algunas chucherías para su propio regalo pero cuando llegó la hora de comer apenas probó un poco de cada cosa. Su apetito, que la había incitado a trabajar con tanto celo en la cocina, había desaparecido. Guardó todo para dedicarse a su labor de aguja. Mientras trabajaba sintió deseos vivísimos de pasearse por la huerta y bajó; pero el aburrimiento obligola a subir de nuevo, y después de pasearse en su celda discurriendo lo que podría hacer para matar el tiempo consideró que lo mejor sería escribir a su familia. Casualmente no había contestado a la última carta de su hermano.

Después de escribir por espacio de un cuarto de hora tomó de nuevo el trabajo para bordar un ala de mariposa. Dedicose luego a deshacer un ramo de flores naturales que en un búcaro tenía y hacerlo de nuevo, operación en que tardó media hora. Corría lentamente la tarde pesada, calorosa y larga, y sor Teodora pensó que era conveniente para su alma rezar un poco. Bajó al coro, estuvo rezando largo rato, subió después a la cocina, descendió a la huerta cuando ya había aflojado el calor, y se paseó bajo el emparrado mirando alternativamente al suelo y al cielo.

Para que el lector comprenda bien a sor Teodora de Aransis le diremos que aquel desasosiego, aquel constante mudar de ocupación, aquella caprichosa inconstancia en los empleos que había de dar a su fantasía y a sus manos eran fenómenos que se repetían invariablemente todos los días desde algún tiempo.

No nos es difícil inquirir la causa de este desasosiego ni nos importa nada decirla, porque no es depresiva para la noble señora. Ya hemos dicho a su tiempo que Teodora de Aransis consideró como un pecado digno de los más acerbos castigos poner toda su atención y sus pensamientos y sus afectos todos en las cosas de la guerra y de la intriga apostólica. Así desde que consideró pecaminoso aquel desvarío bélico y político, la buena madre hubo de intentar arrojarlo de sí y limpiar su espíritu de tan infame maleza. En efecto, no volvió a informarse de ninguna particularidad relativa a la guerra, ni leyó las cartas de Doña Josefina Comerford, y siempre que venían a su pensamiento ideas de batallas ganadas o por ganar, de reyes caídos, de príncipes elevados o de trapisondas por la Fe, echaba prontamente sobre ello otras ideas e imaginaciones, como se echa tierra sobre el cadáver recién enterrado en el hoyo. El efecto de este sistema fue, como es fácil suponer, un estado de atolondramiento y vaguedad constante en el espíritu de la ilustre religiosa, que al hallarse apartado de su ocupación predilecta, pugnaba por tomar a ella, rechazando todas las distracciones que se le ofrecían para apartarle de su tema. En suma, sor Teodora de Aransis se aburría lindamente en San Salomó, aunque ella misma no lo conocía y daba otro nombre a aquel su estado de constante zozobra, diciendo: —¡Ay, Dios mío, qué maniática me he vuelto!

Ya sabemos de ella que su religiosidad no era extraordinaria. La más preciada joya de su corona de monja era su conformidad con aquella vida y con la irremediable reclusión en que estaba sin saber fijamente por qué. Y no es fuera de propósito decir algo acerca de las causas del monjío de sor Teodora de Aransis. Sus padres que ricos y nobles murieron tempranamente, dejándola en la orfandad con otras dos hermanas de menos edad que ella, y un hermano mayor. Por desvío de su madre, fue criada por unos tíos que la fiaron a las Ursulinas de Lérida para su educación, la cual fue desempeñada tan cumplidamente en el orden religioso que a los dieciocho años de su edad, Teodora, catequizada por las madres y por un capellán anciano que era un águila para el confesonario, no pensó más que en ser monja. Ninguna persona de su familia trató de contrariar esta vocación juvenil que por lo precoz debió haber sido sujeta a observación; antes bien los nobles tíos de Teodora y su madre, que en Francia residía, encendieron más y más en su alma el celo religioso, y avivaron la llama de su devoción, convenciéndola de que era una felicidad para ella abandonar el mundo y sus picardías. ¡Y qué poco le alabaron de palabra y por cartas su afición, y qué mal le pintaron las vanidades del mundo y la dificultad de salvarse fuera de los claustros!... La pobre joven, cuya acalorada imaginación necesitaba poco para tomar vuelo, abrazó la vida mística con deleite y entusiasmo, mientras allá en el perverso mundo sus hermanas menores se casaban con sus primos, y su hermano mayor derrochaba la fortuna paterna y metía ruido y escandalizaba y emigraba y se hacía jacobino.

En los primeros años ¡Ave María Purísima! la religiosidad y unción de Teodora fueron el asombro de San Salomó. Parecía que iba a eclipsar con su celo y piedad a las Teresas, Claras, Ritas y Rosas. No había culto que ella no practicase, ni mortificación que no se impusiese, ni sutileza mística que no discurriera para más elevar su alma. El amor divino la puso delicada y enferma, juntamente con las increíbles penitencias que se imponía en castigo de pecados que no había cometido, y para aplacar tentaciones que

92

no había tenido. Pero así como se desvanece poco a poco la ilusión de un amor primero, tanto menos sólido cuanto mayor es su aparente vehemencia, así se fue disipando la seráfica exaltación de Teodora de Aransis a la manera que van apagándose las memorias y oscureciéndose la imagen del novio ausente. Así como las evoluciones de la vida física parece que sustituyen un ser con otro al verificarse el paso más importante de la edad, así el alma de la señorita de Aransis, mudó de aficiones y de ideas. Su vocación había sido, dicho sea sin irreverencia, como esos amoríos juveniles tan parecidos a los fuegos artificiales que se desvanecen después de haber sonreído y estallado en la oscuridad, y no dejan tras sí más que ceniza, humo, sombras.

Creeríase que sor Teodora había estado hasta poco antes en la edad de los juguetes, y que entraba en la edad de las personas, en aquella edad en que los muñecos son arrinconados y entran a desempeñar su papel los hombres. A la seriedad afectada que tan mal le sentaba, sucedió una seriedad verdadera. Adquirió entonces un desarrollo físico que la hacía parecer más linda, y su interesante hermosura mostrose con todo el esplendor de una risueña primavera. En el recinto triste y sombrío de San Salomó, aquella belleza de un carácter gracioso, seductor, mundano y ligeramente maligno parecía, según la expresión de Mosén Crispí de Tortellá, la imagen del Sol de Mediodía reflejada en el fondo de un pozo.

Sor Teodora debió conocer que era hermosa, extraordinariamente hermosa, porque el convento, a pesar de la disciplina y de todas las reglas estaba lleno de pícaros espejos. Ignoramos lo que pensó la ilustre dama acerca de su impremeditado casorio con Jesucristo; pero la idea del honor y del deber estaba muy profundamente arraigada en su alma, y tenía por sí tanta fuerza que sustituyó a la vocación. No pudo ser esto sin tormento interior; pues no hay, no puede haber sacrificio placentero, y al considerarse sepultada en vida y al conformarse a ello, Teodora ponía sobre sus sienes una corona quizás de más precio que aquella de imaginarias espinas, con que soñaba en la época de místico delirio.

La devoción externa amenguó tanto en ella, que hubo de causar algo de escándalo. Esto la obligó a hacer esfuerzos para no parecer menos monja que sus compañeras. Pero al mismo tiempo la hermosa dama necesitaba apacentar con algo su espíritu, y diose a la lectura. Por algún tiempo leyó obras diversas tanto sagradas como profanas, aunque estas últimas eran autorizadas por la Iglesia. Más tarde se dedicó a criar pájaros. Después abandonó los pájaros regalándolos juntamente con los libros al padre capellán, y su alto espíritu y esclarecida inteligencia se apacentaron, se cebaron mejor dicho en aquel negocio delirante de las guerras. Nada hay más que decir, sino que al desechar de sí toda aquella maleza pecaminosa, se quedó tal cual tuvimos el honor de pintarla al comienzo de este capítulo, inquieta, desasosegada, caprichosa. Era una niña de treinta y dos años que no podía estarse quieta.

Y como en un convento, por más que se discurra, no se pueden inventar ocupaciones variadas y que interesen profundamente; como el continuo rezar no podía satisfacer aquellas constantes ansias de actividad, sor Teodora había caído en el más grande tedio. Nada de lo que hacía era en ella más que una fórmula. Rezaba por fórmula, y se azotaba por hacer algo. Cocinaba por capricho y trabajaba por mecanismo. El trabajo material no podía satisfacer sino parcialmente a su entendimiento superior. ¡Oh! si no hubiera tenido el contrapeso de un gran sentimiento del deber, aquel espíritu preclaro, de cuya exaltación fanática hemos visto alguna muestra en las expresiones y discursos de marras, habría hecho perder a Nuestro Señor una de sus esposas más guapas, aunque no es la hermosura la cualidad que más estima él.

Aquel día (y entiéndase que después de esta explicación retrospectiva, volvemos a aquel día, es decir, al que siguió a la nocturna diabólica aparición de Tilín) sor Teodora tenía en qué pensar. Su terror era tan fuerte y de tal modo le repugnaban la pasión y más que la pasión la persona del desgraciado Armengol, que no cesaba en discurrir medios para impedir que volviese a poner los pies en el convento.

Pensó referir todo a la madre abadesa; pero luego desistió de este pensamiento por no dar motivo de escándalo en la comunidad y de grandísimo regocijo a la madre Montserrat, su terrible alguacil y enemiga. ¡Ah! ¡infame vieja! Ella fue la que por primera vez dijo que sor Teodora de Aransis ¡horrible calumnia! se acicalaba a escondidas en su celda, adobándose el rostro, perfumándose el cabello y refinando su hermosura con afeites y profanidades del mundo. ¡Ella la que constantemente le clavaba las aceradas uñas de su aleve ironía; ella la que desde su celda, situada en el extremo del ala oriental del convento, atisbaba noche y día la de sor Teodora, situada en la *Isla*, observando con vigilante saña a qué horas de la noche apagaba la luz, a qué horas del día bajaba a la huerta!

No, no, lo mejor era callar aquel horrible secreto, tomando precauciones para que no se repitiera el suceso en las noches siguientes. En caso de reincidencia, revelaría todo, aunque el convento se hundiese, y con él la reputación intachable de casa tan noble, tan santa y venerable.

Firme en su idea de que Tilín se había ocultado en la sacristía, examinó aquella tarde la puerta de esta y viola clavada, como estaba desde que el voluntario realista saliera para Manresa. Grande fue entonces la confusión de la dama, y sin dar cuenta a nadie de su sobresalto, observó la reja del locutorio y la puerta interior de este; mas nada pudo hallar que indicase fractura reciente. Al anochecer retirose a su celda, muy descontenta de sus observaciones, y estuvo más de una hora pasando mental revista a todos los escondrijos y agujeros de San Salomó, representándose en su imaginación la informe y heterogénea masa del edificio con sus muros hendidos, sus techos abollados, sus altas tapias absolutamente inaccesibles desde fuera.

No tenía sueño ni esperaba tenerlo en toda la noche. La temperatura era buena, aunque ya avanzaba octubre. Sor Teodora salió a la galería, y apoyando sus brazos en el barandal, estuvo largo rato aspirando la frescura de la huerta y recreándose con un ligero vientecillo que a ratos venía del Norte y que le besaba el rostro. La noche era oscurísima y en el cielo brillaban algunas estrellas con tan vivo fulgor, que parecían haber descendido, según la observación de sor Teodora, a contemplar desde cerca la tierra. Cansada de fresco y de astronomía, entró en su celda y entornó las maderas de la ventana enrejada. Después encendió la luz. El reló de la catedral dio las diez.

La idea del desamparo en que estaba y de la escasa seguridad de su celda volvió a mortificarla. Una barricada de muebles podía no ser obstáculo bastante para el monstruo. ¡Oh! ¡cuánto sintió en aquella hora no haber referido el inaudito caso a la madre abadesa!... ¿Qué debía hacer? Lo mejor era quedarse en vela toda la noche, sin perjuicio de arrastrar todos los muebles hacinándolos junto a la puerta. Sobrecogida y espantada, miró a la puerta, creyendo sentir ruido fuera.

Sor Teodora dio algunos pasos para reforzar el picaporte con algún objeto que le sujetara, y antes de llegar quedose yerta y muda de terror. Su corazón dio un vuelco terrible cual si se rompiera en pedazos. Helose su sangre.

En la puerta que ligeramente se abría, apareció un bulto, un hombre... ¡el dragón!

XVII

Conviene apartar los ojos por ahora de los sustos y congojas de aquella noble mujer, sometida por el pícaro Enemigo Malo a duras pruebas, para fijarlos en los pasos cada vez más errados y torpes, del infelicísimo voluntario realista, el cual parecía no ya sometido a pruebas o escrúpulos, sino arrastrado al mismo infierno por Satanás, atizador infame de las humanas pasiones y perturbador de aquellas almas que encuentra organizadas con alientos grandes, mas sin el sostén de un sentido moral muy puro.

Por noticias de muy fiel origen sabemos que Tilín, luego que salió de la celda de sor Teodora de Aransis, dejando a esta sin habla ni sentido, montó a horcajadas sobre el barandal de madera, y sin esfuerzo alguno, inclinándose de un lado, puso el pie en los palos horizontales del emparrado. No era preciso ser gran equilibrista para andar por allí, a causa de la robustez de los maderos. Andando a gatas y cuidando de evitar los huecos ocultos por el follaje, se podía recorrer aquel camino aéreo, especie de puente echado desde la galería hasta el palomar que estaba en el mismo borde de la tapia, punto donde acababa el convento y empezaba el mundo. El palomar tenía un reborde por el cual se podía andar fácilmente agarrándose a los ladrillos de las frágiles paredes que lo formaban; pero al llegar a la tapia, que en aquel sitio formaba un ángulo entrante casi recto, cesaba todo camino y era preciso volar para salir del convento. La pared era en lo exterior lisa, perfectamente vertical, y su altura de doce varas hacía ilusoria toda tentativa de escalamiento para entrar o de salto para salir. Tilín miró hacia abajo y vio que todo era tinieblas en el callejón oscuro formado por las tapias de San Salomó y las murallas de la ciudad. Parecía aquello un abismo sin fondo, propio para que un desesperado arrojase en él la enojosísima carga de la vida.

Pero no era ésta la intención del joven realista. Ya sabía él por dónde andaba. En lo alto de la tapia y asegurado entre los ladrillos del ángulo que esta formaba con la pared del palomar, había un fortísimo clavo, del cual pendía hacia fuera una soga. La hábil colocación de esta y la firmeza del hierro que la sostenía indicaban no ser aquel un trabajo del momento improvisado por la pasión o el capricho, sino más bien obra de premeditación hecha con estudio y en sazón oportuna. El lector, si tiene memoria, comprenderá cuándo fue hecha esta obra. Tilín confió su cuerpo a la cuerda y echose fuera descendiendo lentamente con los puños, y al llegar a distancia como de tres varas del suelo buscó con el pie un objeto en la superficie de la pared. Hallado al fin aquel objeto que era un segundo clavo tan sólido como el de arriba y apoyando en él su pie, dejó la cuerda, agarrose con los acerados dedos a los huequecitos de los ladrillos y desde allí se arrojó al suelo.

En el momento de caer, una voz sonó a su lado, y manos nada blandas le tocaron los hombros. La voz dijo riendo:

—Date preso, seductor de monjas.

—¡Quién va! —gritó Tilín desasiéndose de aquellas manos y arremetiendo a su descubridor con amenazadores puños.

—Alto, alto, señor Tilín —dijo este agarrotando las muñecas del sacristán con mano vigorosa—. Soy amigo. No tema usted nada de un pobre prisionero. Jamás he sido protector de monjas, y si lo fuera, callaría este caso, porque tampoco soy delator...

—¿Quién es usted?

—¿Tan desfigurado estoy que no me conoce? —dijo acercando su rostro al de Pepet.

—¡Ah! es el señor Servet si no me engaño.

—El mismo, y si por carácter no fuera discreto seríalo ahora por tratarse de un hombre a quien eternamente debo gratitud por la libertad que me ha dado.

—El demonio cargue con usted y con su gratitud —replicó Tilín, cuyo enojo no podía aplacarse con las corteses manifestaciones del que en tan mala ocasión le había sorprendido.

—Y con el mal humor de usted —añadió el llamado Servet—. En ninguna parte está mejor un secreto que en el pecho de un hombre agradecido. Si en vez de ser yo quien pasaba por aquí hubiera sido otro, el señor Tilín habría tenido un disgusto. Mañana sabría toda la ciudad que las monjas de San Salomó...

—¡Por las patas y el rabo de Satanás! —gritó Tilín con ira— que si usted habla mal de las señoras o las ultraja, aquí mismo le arranco el corazón. Tengo ganas de matar a alguien.

—Hombre, ¡qué capricho!... Pues a mí me pasa lo mismo —dijo Servet flemáticamente—. Aquí tengo dos pistolas y un cuchillo de monte que me ha dado el señor de Guimaraens.

—Pues vamos —gritó Tilín como un insensato dando algunos pasos hacia la puerta del Travesat.

—¿A dónde?

—A matarnos.

Si la noche hubiera estado clara se habría visto en los ojos de Pepet Armengol el brillo siniestro de la locura.

—Eso debe meditarse antes —dijo el caballero don Jaime con gravedad no exenta de burla—. Mi vida actual no es precisamente de las que merecen el nombre de deliciosas; pero ¡qué demonio! es preciso llevarla a cuestas y la llevaremos; no faltará un cabecilla que nos alivie de ese peso.

—¡Déjeme usted... Déjeme usted solo! —exclamó Tilín apoyando su cuerpo en la muralla de la ciudad y hundiendo la barba en el pecho.

—Pues adiós, adiós. Nunca me ha gustado ser importuno.

El caballero dio algunos pasos para alejarse. Con violento ademán se abalanzó Tilín hacia él y deteniéndole por un brazo, acercó el martilludo puño a su rostro y le dijo:

—Si usted deja escapar una palabra, una palabra sola que ofenda la honra, la fama y la santidad de las señoras de San Salomó, encomiéndese usted a Dios. ¿Está entendido?

—Entendido. Yo no he visto nada. Puede volver a subir si gusta.

—No subiré más, no. No subiré más —bramó el voluntario moviendo la cabeza con desesperación—. Y si subo o no subo, a usted poco le importa.

Las madres de San Salomó son honradas. No hay ninguna que no lo sea. Yo soy el criminal, ellas no.

Servet encogió los hombros y volvió a retirarse.

—No, no se vaya usted —dijo Tilín deteniéndole primero y siguiéndole después.

—Pronto cambiamos de parecer, amigo.

—Yo no tengo amigos. ¡Ay! si tuviera alguno le pediría un consejo.

—Pues cuente usted que yo soy ese amigo y ábrame su corazón.

—No, no, no. Mi corazón no se abre, no se puede abrir, está ya soldado con plomo derretido.

—¡Qué exaltación, señor Tilín! Vámonos de aquí. Entraremos en la taberna de Mogarull o de Guasp, y beberemos un poco para que al buen guerrillero se le despeje la cabeza.

Tilín se dejó llevar como un idiota.

—Yo siento haber sorprendido un secreto tan delicado como el que acaba de descubrirme la casualidad —añadió el caballero mientras se internaban en la ciudad—. Pero no es culpa mía sino de la Providencia. Yo entré por la puerta del Travesat. Venía de casa del señor de Guimaraens que, entre paréntesis, si debe a usted la libertad, no puede olvidar que le debe también la prisión, y aguarda una coyuntura para desollarle vivo. Mi señor don Pedro, luego que salimos de la cárcel me llevó a su casa, diome de comer y de vestir, obsequiándome con tanta finura que no sé cómo pagarle. Todo cuanto he necesitado lo ha puesto a mi disposición menos una cosa que me hace suma falta; un caballo, un caballo, señor Tilín, que me lleve a la frontera antes que estos benditos apostólicos vuelvan a prenderme.

—¡Un caballo! —repitió maquinalmente Tilín sin atender a la narración de Servet.

—El señor de Guimaraens, que salió anteayer para Cervera a ponerse a las órdenes del conde de España... ¿no sabe usted que tenemos encima las tropas reales?... Se despidió de mí con grandísima pena y me dijo: «Querido Servet, siento no poder darte un caballo; pero te ofrezco mi tartana, que es la mejor pieza que rueda en Cataluña.» ¡Donoso regalo! Heme aquí, Tilín amigo, dueño de un coche que de nada me sirve y que daría por la pezuña de un caballo.

—¿Un coche? —dijo Tilín vivamente con muestras de gran interés.

—Sí, esa preciosa alhaja la tengo en una cabaña que está a cien varas de la puerta del Travesat. Esta tarde he traído mi vehículo gallardamente tirado por un asno, sobre cuyos lomos he roto medio fresno sin conseguir hacerle salir de un pasillo morigerado y tímido que me quemaba la sangre. Mi ánimo es buscar un caballo en Solsona, empresa difícil porque carezco de amistades en esta generosa ciudad de mis entrañas. Pero confío en Dios, que ya me ha dado pruebas de su protección deparándome un amigo al dar mi primer paso dentro de estos benditos muros... ¿Benditos dije?... ¡si yo os viera hechos polvo juntamente con toda la caterva apostólica!... En suma, señor Tilín amigo, yo considero harto feliz nuestro encuentro, acaecido del modo más extraño. Entraba yo por la calle de los Codos, pensando en el coche que tengo y en el caballo que no tengo, cuando pareciome sentir ruido en lo alto de la tapia de San Salomó. Miré y no vi nada. Detúveme...

—No quiero que nombre usted a San Salomó.

—Detúveme y al fin vi un bulto que descendía por una cuerda.

—Basta.

—Era un hábil trabajo de volatinero que merecía verse, mayormente cuando se veía gratis. El bulto se desprendió arrojándose al suelo. Hay un clavo a la altura de la mano, señor Tilín. La idea es ingeniosa.

—Digo que basta.

—No se hable más del asunto. Lo principal es que realmente yo soy aquí el que cuelga, el que pende, no digo de una soga sino de un cabello, y bajo mis pies miro, no la deleitosa calle de los Codos, sino el insondable abismo de mi perdición.

—¿Necesita usted un caballo?...

—Sí; un caballo a quien confiar mi pobre persona para que la ponga en la frontera sana y salva. Si estoy aquí un día más, señor guerrillero, me expongo a perder otra vez mi libertad. En el caso de que los señores apostólicos que hay en la ciudad y los que pronto vendrán fueran misericordiosos conmigo, ¿cuál sería mi suerte el día que entrase en Solsona el conde de España, vencedor y vengativo? Y ese día no está lejos, amigo Tilín; ya se han visto tropas del Rey a dos leguas de aquí. Guimaraens recibió anteayer órdenes fechadas en Cervera.

—¿Y teme usted al conde de España? ¿Pues no es usted espía de Calomarde?

—¡Espía yo!

—Entonces no hay duda de que es usted sectario y jacobino. Tenía razón Pixola.

—Tampoco soy jacobino.

—A mí no me importa que sea usted el mismo Lucifer, capitán del Infierno —dijo Tilín—. Nada me asusta. No tengo ya afición a ninguna causa política; todas me son indiferentes, mejor dicho, todas me interesan con tal que destruyan.

—¡Destruir!

—Sí, destruir. Dígame usted ¿no está la corte minada por los masones? ¿Es cierto, como aquí nos han dicho, que si los masones triunfan, destruirán todo, y no dejarán en pie nada de lo que hoy existe?

—Los masones no triunfarán.

—¿Qué bando hará tabla rasa de todo?

—El de ustedes si triunfara, pero tampoco triunfará.

—¿Y Calomarde pegará fuego a toda Cataluña?

—No lo creo; pero fusilará a todos los cabecillas que coja.

—Pregunto si pegará fuego a toda Cataluña.

—No lo sé.

—¿Y no demolerá las ciudades?

—Mucho es eso.

—Entonces ¿quién volverá el mundo del revés?

—Tampoco lo sé; pero de seguro habrá alguien que lo haga.

—¿Y quién lo hará?

—Uno que puede mucho.

—¿Es fuerte?

—Más fuerte que todos los tronos, que todos los partidos, que todos los hombres.

—¿Quién es?

—El tiempo.

—¡El tiempo! ¿dónde está ese tiempo que no viene?

—Ya vendrá.

—¡Oh! tarda.

—Es propio del tiempo tardar.

Tilín calló después profundamente. Seguían andando y de pronto detúvose el guerrillero y mirando al cielo con espantados ojos y haciendo un gesto convulsivo como si al mismo cielo amenazara, exclamó:

—¡Me aborrece!

—¿Quién?

—¡Necia pregunta! —dijo Tilín apretando fuertemente el brazo del caballero—. No tengo amigos; yo no confiaré a nadie lo que me pasa... Señor Servet...

—¿Qué?

—Míreme usted.

—Ya miro.

Los dos hombres se contemplaron lúgubremente en la oscuridad de la noche.

—Señor Servet —prosiguió Tilín acercando más su rostro al de su improvisado amigo—. ¿Es cierto que yo soy horrible?

Don Jaime no supo contestar.

—No, ciertamente. Un corazón generoso, una figura tosca, aunque enérgica y simpática, no pueden ser horribles.

—¿Entonces no es cierto que yo sea un monstruo?

—¿Un monstruo?

—Sí lo seré; pero de maldad, de... No sé de qué.

Después estuvo meditando largo rato, apoyado en un poste de las arquerías de la plaza de San Juan.

Delante de él Servet contemplaba su faz sombría alumbrada a ratos por la mirada, y su fuerte y áspera cabellera que parecía tormentosa nube pesando sobre un horizonte inflamado en ciertos momentos por la sulfúrea luz del relámpago. El caballero cortó el silencio diciendo:

—Usted se ha malquistado con sus jefes. Es indudable que si le cogen los cabecillas apostólicos le fusilarán, y si cae en las manos del conde de España, le fusilará también. La común desgracia nos hará amigos y compañeros. Ayudémonos mutuamente, y huyamos juntos.

—¡Huir! —murmuró Tilín con sordo gemido—. Yo también huiré.

—Iremos juntos.

—No, yo tengo que hacer algo en Solsona.

Miró al cielo hacia la parte donde estaba San Salomó.

—Lo que más importa es no perder el tiempo, porque mañana, quizás dentro de algunas horas no habrá remedio para nosotros. Ya sabe usted que las facciones de Aragón y Navarra, en la imposibilidad de hacer cosa de provecho en aquellas provincias, vienen a reforzar las de Cataluña.

—Yo no sé nada.

—Se dice que pronto llegarán a Solsona. Yo temo volver a visitar los aposentos subterráneos del ayuntamiento, y usted no debe vivir muy tranquilo puesto que ya está declarado rebelde y pronto se le declarará vendido a Calomarde. Sé lo que son revoluciones y sé cómo se trata en ellas a los que después de haberlas servido las abandonan.

Tilín no atendía a las razones harto discretas del forastero. Abstraído en otros pensamientos dijo de súbito:

—Yo tengo una casa en Cadí... Allá en los bosques de la Cerdaña, donde apenas hay raza humana... ¡Qué soledad, qué soledad tan grande aquella!

—¡Ah! —dijo Servet—. ¡un buen guerrillero, cansado del mundo y herido en el corazón por los desengaños se retira a hacer vida de anacoreta en su casa solar! Muy bien. Me gusta esa idea que responde a dos necesidades urgentes, la de descansar de las fatigas de la guerra o de los sobresaltos amorosos y la de ponerse a veinte leguas del conde de España, cuya compañía debe evitar quien estime en algo la vida. Y el conde de España está en Cataluña... lo que equivale a decir que nuestras cabezas y las cabezas de todos los guerrilleros apostólicos están sobre el tajo. En mal hora vendrán esos valientes navarros y aragoneses, como no vengan, según se ha dicho, a someterse.

—El locutorio —dijo Pepet de súbito— está al lado del camarín, donde están el altar viejo y las piezas del monumento.

Pasmado se quedó el forastero al oír razones tan incoherentes y que tan mal respondían al asunto de que se trataba. Continuó hablando de la necesidad de huir, de la absoluta perdición de la causa apostólica, y cuando pidió a Pepet su parecer sobre tan importante opinión, respondiole el irritado voluntario:

—De aquí a mi casa de la Cerdaña... Cuatro jornadas y cuatro descansos, uno en Regina Cœli, otro en Vilaplana, otro en Nargo, otro en Querforadat.

Oyendo tan desconcertadas razones, Servet pensó que aquel hombre había perdido el juicio.

—Cree usted —dijo Tilín echándose las manos a la espalda y dando algunos pasos en contrario sentido— ¿cree usted, señor Servet, que el viento Sur me será favorable?

—Si piensa usted ir en buque...

—No es eso, digo que será favorable... ¡Oh! no, mejor será el viento Nordeste.

Y miró al cielo para ver la dirección que llevaban las nubes.

—Norte fijo— afirmó Servet mirando también y riendo de los despropósitos de su nuevo amigo—. Cataluña necesita un poco de fresco para limpiar su atmósfera de lo que le viene del Sur. También tenemos al Rey don Fernando en camino de esta tierra, y según todas las noticias ya debe de estar cerca de Tarragona. Ese solícito y paternal monarca ha querido venir por sí mismo a aplacar la insurrección... ¿Sabe usted, señor Tilín, que más me huele a cáñamo que a pólvora?

El voluntario no contestó sino después de pasado un rato.

—Todo podrá quedar hecho en una hora —dijo mirando con extravío a don Jaime—, y se hará, se hará.

Al decir esto oyose lejano y ronco el ruido de los tambores de guerra, y algunos hombres pasaron presurosos por la plaza disputando. Reuniose bastante gente, y entre el rumor de las hablillas oyose que decían:

—Las facciones de Aragón... Ahí están.

—Ahí tenemos ya a la canalla que faltaba —dijo Servet—. Ya vengan a pelear, ya vengan a someterse, conviene evitar su compañía. Buenas noches, señor Tilín.

El voluntario le estrechó la mano, diciéndole:

—Tendrá usted el caballo que desea, pero es preciso que me dé su coche.

—Con la mejor voluntad del mundo —replicó el otro lleno de gozo—. Es un mueble que no me parece mío sino por lo que me estorba.

—Pues yo lo necesito: es para mí de grandísima utilidad.

—Como el caballo para mí. Bendito sea el momento en que, entrando por la calle de los Codos, vi descolgarse de la tapia...

—Basta. Usted no ha visto nada.

—Es verdad, amigo y protector mío: nada he visto.

Estipularon enseguida de un modo formal y definitivo el cambio que habían indicado. Servet daría su tartana a Tilín a trueque de un caballo. Mas como el guerrillero no tenía por el momento más que el suyo, o sea el de Jep dels Estanys, hizo solemne promesa de buscar el que Servet necesitaba, y de tenerlo a su disposición en todo el día siguiente.

No pudo fijar Tilín punto determinado para verse ambos amigos en el curso de las veinticuatro horas siguientes, «porque —decía— mis quehaceres serán muchos mañana, y no se me podrá ver por ninguna parte.»

Al fin quedó concertado que Servet entregaría al día siguiente su coche y fuera al caer de la tarde a la posada de José Guasp, donde hallaría a un amigo de Tilín y con este el deseado caballo. Dándose afectuosos apretones de manos, despidiéronse cuando ya entraban en la plaza los grupos de guerrilleros aragoneses y navarros que acababan de llegar.

—¿Podremos hacer el viaje juntos? —dijo Servet al voluntario.

—De ningún modo —repuso este—. ¿Sale usted mañana?

—Contando con el caballo, mañana.

Tilín clavó sus ojos en el cielo. Ceñudo y fosco parecía leer en la tierra misteriosos anuncios del destino.

—Entonces...

Y dijo una frase que uno y otro ¡ay! habrían de recordar más tarde.

Aquella frase era:

—Quizás nos encontremos en el camino.

XVIII

El caballero don Jaime Servet (de quien hemos de ocuparnos ahora con algún detenimiento) se retiró al campo y a la casa de Guimaraens, donde estuvo solo todo el siguiente día siguiente. Impaciente y sin sosiego, esperaba la tarde para ir a la ciudad y tomar el caballo prometido: así cuando comenzó a oscurecer quiso despedirse de la señora Badoreta, que por orden de su amo le había prestado ropa y algunos dineros para el viaje;

pero la señora Badoreta no estaba en la casa, y el caballero tuvo que marcharse sin despedirse de ella, y lo que es más sensible, sin comer. Partió hacia la ciudad. En la cabaña situada fuera de la puerta del Travesat halló a Pepet que puntual había ido a tomar posesión de la tartana. Estaba el guerrillero en compañía de seis hombres cuyo aspecto pareció a Servet harto sospechoso, y aun el mismo Tilín figurósele más sombrío, más ceñudo, más hipocondriaco que de ordinario. Pocas palabras cambiaron. Tilín anunció a su amigo que el caballo le esperaba en la posada de Guasp.

—¿No entra usted en Solsona? —le dijo Servet.

—No: está atestada de navarros y aragoneses. Me repugna esa gente.

Despidiose de su amigo, y como el día anterior le dijo:

—Quizás nos encontremos en el camino.

Servet entró en la ciudad. Vestía un traje ambiguo que de la cintura abajo era de caballero, y de medio cuerpo arriba de payés, terminando el atavío con la gorra catalana. Su chaquetón pardo con vueltas encarnadas dejaba ver el pecho donde se cruzaban los curvos mangos de dos pistolas, cuyos cañones desaparecían entre la seda de una faja morada. El pantalón de pana oscura era ajustado y desaparecía en la rodilla, bajo el borde de cuero de sus botas negras con espuelas de plata. A pesar de la suavidad de la estación, no había olvidado la manta necesaria en las altitudes de los puertos del Pirineo.

Sin detenerse más que en comprar avíos para cargar sus armas, encaminose a la posada de Guasp, punto de mucha concurrencia, por ser la parada de todos los carros y caballerías, y además porque el despacho de vino y comidas reunía en la oscura y fétida sala baja a todos los holgazanes de Solsona y sus cercanías. Aquella noche el figón rebosaba de gente, y por su enorme puerta chata y gibosa salía un bullicio ronco y un vaho inmundo semejantes a las blasfemias y al vinoso hálito que salen de la boca del borracho. El humo de los cigarros envolvía el enjambre de bebedores en una nube que hacía palidecer las luces. Componíase tan noble concurrencia de guerrilleros navarros y aragoneses, y estaban discutiendo si seguirían hacia Manresa o se volverían a su país, pues ya la guerra se tenía por abortada. Cuando don Jaime entró, oyó que decían: «Nos han engañado... Nos han tendido un lazo. Esto es una farsa... Volvámonos a nuestra tierra.» Algunos hablaban la jerga indefinible en la cual los éuscaros hallan gran belleza eufónica, y que la tendrá realmente cuando sea bello el ruido de una sierra.

Servet buscó al posadero, a quien conocía desde antes de su prisión, y hallado aquel insigne hombre, cuya semejanza con un tonel sostenido en dos patas de oso era perfecta, le preguntó por el caballo que había dejado Tilín. El posadero le contestó que el caballo estaba en la cuadra. Grande era la prisa de Servet, pero su hambre era mayor, y así, resuelto a acallar tan fiero enemigo, pidió un poco de carne asada y vino. Procuraba buscar los sitios más oscuros y huir de los grupos más bullangueros; pero en todas partes había gente. Dirigíase a un rincón que era sin duda el más ahumado, el más tenebroso y el más fétido del local, cuando viose frente a frente de un hombre alto y proceroso que clavó en él sus ojos con asombro. Para figurarse aquel hombre, es preciso que el lector se figure antes una zalea bermeja cuyos abundantes vellones apenas dejan ver unos pómulos rojos, dos ojos azules y una nariz mediana. La zalea era la barba, lo demás la cara de tal individuo, que apenas tenía frente, y esta desaparecía bajo el borde redondo de una gorra blanca.

Servet le miró también y se estremeció de terror; mas disimulándolo, siguió adelante. Oyó que el coloso barbado decía a otro de poca talla, regordete y moreno:

—Oricaín, mira esa cara.

Y señaló al forastero que quería confundirse entre la multitud. El pequeño dijo al grande:

—Zugarramundi, ¿estás seguro de que es él?

Servet salió al patio que era grande y tenía en uno de sus costados un gran tinglado a cuyo amparo pensaban gravemente mulas y caballos. Púsose a examinar los animales buscando el suyo, y afectando no ocuparse de los que le seguían; pero estaba muy intranquilo, y en vez de caballos y mulas veía los inmensos peligros que tan a deshora le habían salido al camino.

De pronto oyó tras de sí la voz del gigante barbudo que gritaba:

—Carlos, Carlos, baja.

Y después la voz de otro que dijo:

—Señor coronel Navarro, baje usted.

Ya no quedó al forastero duda alguna respecto al grandísimo aprieto en que se veía; pero como era hombre de mucho temple, pensó que la precipitación y azoramiento podían perderle. Afortunadamente pasó el mesonero con una cesta de paja, y Servet, formando un plan al instante con la rápida inspiración que infunde el peligro, le dijo:

—Señor Guasp, me siento indispuesto y quiero pasar aquí la noche. Deme usted un cuarto.

—¡Un cuarto! —gruñó jovialmente el tonel con forma y alma humana—. ¿Y de dónde voy yo a sacar un cuarto? Como no quiera usted uno de los cuatro míos.

—¿No hay ninguno? ¿Ni siquiera aquel donde dormían los volatineros hace dos meses?

—¡Ah!... Aquel, sí... libre está, y si usted lo quiere, saque la llave de mi bolsillo. No puedo valerme de las manos.

—Gracias... Aquí está la llave —dijo Servet, retirando su mano de los bolsillos del señor Guasp.

—¿Sabe usted cuál es el cuarto?

—Ya, ya sé —dijo el caballero dirigiéndose sin precipitación al otro extremo del patio donde había una puerta que más bien de pocilga que de habitación para hombres parecía.

Mientras abría la puerta, observó a los que le observaban. Eran el individuo de las espesas barbas, su compañero y un tercer personaje con uniforme militar. No distinguió Servet su cara, pero la reconocía en la oscuridad de la noche y la reconociera en medio de las tinieblas absolutas.

El caballero entró en su vivienda y cerró por dentro.

—Ahora —pensó— que venga a buscarme.

Y se ocupó en cargar sus pistolas. Hecho esto, aplicó el oído a la puerta.

—Ya viene —dijo— y por el ruido que hace parece que trae un regimiento para cazarme... Bien, señor Garrote, tu cobardía no se ha de desmentir un momento. Traes cien perros contra un solo hombre. ¡Oh! Maldita sea cien veces mi suerte —exclamó hiriendo furiosamente el suelo con su pie—. Me cazará como a una liebre.

Llevó su mano a la frente y se dio un golpe con ella, como para que del choque brotase una idea. La idea brotó.

—No, no, no seré tan necio que les espere aquí. ¿De qué me valdría una defensa desesperada? ¡Ah! malvado asesino; no sospechaba que fueras jefe de estos bandidos de Aragón y Navarra. Debí sospecharlo, porque allí donde hay bandoleros has de estar tú para mandarlos.

Volvió a escuchar. Bulliciosa gente se acercaba por la parte exterior.

—¡Ah! ¡cobarde sayón! —murmuró Servet corriendo a la ventana y abriéndola—. Por esta vez se te escapa la pieza... ¡Maldito seas de Dios!

Mientras sonaban golpes en la puerta, él midió la altura de la ventana sobre el suelo. No era mucha, y aunque lo fuera, no vacilara en arrojarse. Saltó y hallose en un corral. Felizmente había un gran portalón a poca distancia y entrose en él sin saber a dónde iba. No había dado diez pasos por aquel recinto acotado, cuando se vio acometido por dos enormes perros, de los cuales a pesar de su brío, no pudo defenderse. Le magullaron atrozmente un brazo y una mano. Un mozo apareció armado de garrote; mas sin darle tiempo a que le acometiera, fue derecho a él Servet y apuntándole con una pistola, le dijo: —Si al instante no me abres camino para salir a la calle, te mato. Sujeta esos perros o si no, te mato también.

Sin duda el joven (pues era un joven hortelano de pocos alientos) creyó que se las había con algún personaje de campanillas y no con ladrón o ratero de gallinas como al principio pensara, porque temblando de miedo, le dijo: —No me mate usted, señor, y le enseñaré por dónde se va a la calle.

Los perros contenidos por el muchacho dejaron de acometer al fugitivo.

—¿Es usted...? —balbució el joven.

—Déjate de preguntas... guía pronto y sácame de aquí, porque te mato.

—Venga usted, señor, y guarde esa pistola, por amor de Dios.

Y le condujo a una puerta, que abrió. Al verse en un callejón oscuro y estrecho, el caballero dijo: —¿Qué calle es esta?

—El callejón del Cristo.

—¿A dónde va?

—Por la izquierda a la plazuela de las Tablas, por la derecha a la calle de los Codos.

—¿Y a dónde sale la plazuela de las Tablas?

—A la muralla y a la cuesta de Peramola, donde están las veinte casas arruinadas.

Servet miró a un lado y otro como el hombre que viendo dos muertes iguales a derecha e izquierda, no sabe cuál preferir. Pero era preciso decidirse y se decidió. Sin decir adiós al muchacho, tomó hacia la izquierda.

Iba despacio, pegado a las casas para ocultarse más en la sombra. Antes de llegar a la plazuela de las Tablas, sintió ruido de muchas pisadas de hombres que parecían brutos y una voz que claramente lanzó al negro espacio estas palabras:

—Por aquí ha de salir, por aquí... No puede escaparse.

Volviendo atrás y corrió a escape en dirección contraria. Era aquel más que callejón un tubo, sin salida lateral alguna. No vio puerta abierta, ni ángulo, ni resquicio. Andaba por allí como la bala por el ánima del cañón. Su fuga era semejante a la que emprendemos en sueños, cuando nos vemos perseguidos por horrible monstruo y no tenemos más escape que correr por larguísima galería que no se acaba nunca, nunca. El monstruo nos sigue, nos alcanza y la galería, ¡oh angustia de las angustias! no tiene fin.

Salió por fin a una calle que era la de los Codos. Siguiola en dirección a la puerta del Travesat, porque hubiera sido temeridad tomar la vía contraria en dirección al corazón de la ciudad. Sus perseguidores le seguían: eran muchos, veinte o treinta lo menos, a juzgar por las patadas y los gritos. Decían: «Ahí va, ahí va.»

La calle de los Codos era como una zanja formada por la muralla de la ciudad y la tapia de San Salomó. Tres ángulos agudos y contrarios, determinados por los baluartes, hacían de esta zanja un *zic-zac*. Servet apretó el paso. Llegó a un punto en que sus perseguidores no podían verle porque la noche era oscura y porque además le protegía la pared saliente de San Salomó. Allí, detrás de aquel gran pliegue del muro se detuvo para respirar. Pero no había tiempo de tomar aliento, porque los sabuesos venían y sus infames ladridos sonaban cerca.

Con rapidez inapreciable Servet pensó que su única salida era la puerta del Travesat; pero en la puerta había guardia y era más fácil cogerle. ¿Se arrojaría por la muralla? No, porque sería milagro que no se estrellase.

—¡Ah! —exclamó con súbito gozo—. Dios es conmigo.

Alzando su mano la extendió por la pared de San Salomó hasta tropezar con un grueso y fuerte clavo. Se agarró a él y su cuerpo trepó... Al punto buscaron sus manos una soga, la hallaron y haciendo un esfuerzo desesperado subió como un marinero. ¡Arriba! Subía con el corazón, con el impulso de su sangre hirviente, con el empuje elástico de sus músculos de acero, con su pensamiento atrevido, con su alma toda.

Una vez arriba prestó atención. La jauría pasaba. Oyó después disputar en la puerta del Travesat. La guardia sostenía que por allí no había salido nadie. Los infames cazadores retrocedían para reconocer la muralla, donde había lienzos destruidos por donde un hombre podía escabullirse y bajar aunque difícilmente al campo. No parecían sospechar de San Salomó, y recorrieron la calle de los Codos y después salieron al campo, y volvieron a entrar, y tornaron a salir metiendo tanta bulla que no parecía sino que en Solsona andaba suelto el demonio.

XIX

La idea de su triunfo regocijó de tal modo a Servet, mejor dicho, le enloqueció tanto que estuvo a punto de gritar: «¡Galgos del infierno, no me cogeréis aquí!»

No pudo reprimir la risa que le inspiraba el inútil furor y la confusión de sus perseguidores. Se reía con toda su alma inundada de una complacencia delirante. Creía sentir bajo su cuerpo la trepidación del convento y del pueblo todo lo que era como la prolongación de su carcajada.

Siguió observando y vio que sus perseguidores se detenían al pie del muro, y uno de ellos señalaba a lo alto. Uno había sospechado, y la idea no había parecido a sus compañeros absurda. Les oyó discutir: después miraron todos hacia arriba, como si un secreto instinto u olfato de sabueso les indicase que allí estaba el rastro del hombre perdido. Servet tuvo cuidado de retirar la cuerda. Ellos seguían mirando: al fin retiráronse todos y quedaron algunos como de guardia.

—Esos salvajes —pensó Servet— serán capaces de registrar el convento.

Comprendiendo que allí era grande también el peligro si no tomaba resolución pronta, Servet exploró el lugar adonde su buena o su mala estrella le había llevado, y vio confusamente las negras alas del convento, el emparrado tendido como un puente de verdes pámpanos entre el muro y el edificio, y por último una luz en la reja más cercana. Entre tanto, un dolor agudísimo en el brazo recordole que había sido mordido poco antes y que su herida ensañada por el esfuerzo últimamente hecho y por el roce de los ladrillos iba a tomar carácter de gravedad. Su debilidad recordole también que no había comido nada en todo el día y que era urgente acudir a la restauración de fuerzas tan bien empleadas hasta allí y tan necesarias aún si Dios no se ponía de su parte.

Pronto comprendió nuestro fugitivo que no podía haber dado con su pobre cuerpo en sitio menos a propósito. ¡Un convento de monjas! ¡Buen genio tendrían las madres para recibir a deshora huéspedes llovidos! La extraordinaria santidad de aquel lugar hacialo ¡cosa horrible! casi tan inhospitalario como el Infierno. Pero ni estas consideraciones, que habrían bastado para dar en tierra con el corazón más esforzado, abatieron el de Servet que confiaba mucho en las soluciones providenciales e inesperadas, en los bruscos cambios de la suerte, o si se quiere decir más clara y cristianamente, en la misericordia de Dios.

Encomendose a él con todo su corazón y deslizose por el emparrado adelante, poniendo pies y manos donde parecía haber resistencia. Andaba como un gusano, y su situación, con ser tan deplorable, le hacía sonreír. Cerca de él brillaba la claridad de una luz que parecía arder en el recatado y honesto recinto de una celda. La reja estaba entreabierta. ¡Oh, Dios poderoso! En el interior una hermosa monja leía.

El caballero pensó lo siguiente:

—Necesito ahora de toda la audacia, de todo el descaro, de toda la sangre fría que puede tener un desesperado.

Entre los peligros, mejor dicho, la muerte segura que había fuera de aquellos muros y las desconocidas soluciones que podría ofrecerle aquella casa, no debía existir vacilación. La inspiración divina que le llevó desde la calle de los Codos a deslizarse como un reptil por entre los pámpanos, podría sugerirle dentro de San Salomó recursos salvadores. Era preciso tener mucho arrojo, firmeza grande en la acción y rapidez suma, lo mismo que cuando se va a dar una gran batalla.

Concibió su plan y con aquella prontitud aquilífera que es la cualidad primera del genio estratégico lo empezó a ponerlo en ejecución. Saltó a la galería, empujó primero suavemente la puerta de la celda y viendo que cedía la abrió con fuerza... Entró.

Súbitamente cerró tras sí y dirigiéndose a la monja y poniéndole su puñal al pecho, le dijo:

—Si usted da un grito de alarma, si usted llama, si usted denuncia de algún modo a la comunidad mi entrada en el convento, me veré precisado a matarla, y la mataré con sentimiento; pero sin vacilar un instante. El peligro me obliga a ser despiadado.

Ya dijimos que sor Teodora de Aransis había creído ver un bulto, un hombre, el dragón. Su sorpresa y terror fueron mayores al ver que no era Tilín el que entraba: era un desconocido.

El miedo, el estupor, la vista del arma terrible cuya punta tocaba su pecho, quitáronle todo movimiento y paralizaron el curso de su sangre y hasta de sus pensamientos, y detuvieron en su garganta la palabra. Solo pudo exhalar un débil gemido, como la cordera próxima a morir, y balbució estas palabras: «Hombre, no me mates, no me mates.»

Había cruzado sus hermosas manos blancas y con suplicantes ojos más que con palabras pedía misericordia al aventurero intruso.

—Señora —dijo este, amenazando siempre con su arma—. No soy un ladrón, no soy un asesino, soy un desgraciado caballero víctima de las discordias civiles y de una miserable venganza. He entrado aquí al azar huyendo de un inmenso peligro; no vengo a llevarme nada ni a faltar al respeto; solo pido amparo por poco tiempo, un hueco, un escondite. Elija usted entre la muerte y otorgarme lo que le pido, comprometiéndose a ocultarme en sitio seguro, si, como creo, es registrado esta noche el convento para buscarme.

Sor Teodora no podía decir nada. Convulsión violenta agitaba su cuerpo y sus ojos desencajados se fijaban en el aparecido como en espectro aterrador. El intruso tuvo una idea. Volviéndose rápidamente cerró la puerta, y tomando una silla sentose delante de ella.

—Señora —dijo gravemente bajando la voz—, mi situación en esta celda es sumamente desagradable para mí. Mi brusca entrada en esta casa de paz y santidad, la audacia con que he profanado esta celda honesta y venerable, presentaranme a los ojos de usted como un ser aborrecible, espantoso. No podré con palabras hacer que se forme de mi una opinión mejor, no: el peligro en que me veo me ha obligado a amenazar a usted con esta arma que solo usan los malvados... Pero no, yo intentaré... yo intentaré, convencer a usted de que no soy un criminal, sino un desgraciado, el más desgraciado de los hombres. Me he hallado solo en la ciudad, frente a centenares de enemigos... ¿No es legítima mi defensa? ¡Ah! señora. Mientras yo tenga sangre en mis venas, mientras mi mano pueda empuñar un arma y mi cuerpo pueda sostenerse, no entregaré mi vida a la ferocidad de esa gente, no mil veces... He luchado contra inmensos obstáculos. A punto de caer en manos de mis verdugos, un milagro me ha salvado, la mano de Dios me ha levantado y me ha puesto aquí... Es preciso que yo me salve, no porque estime en mucho mi vida que poco vale, sino para no dar a esos miserables el regocijo de la victoria... Señora —añadió con noble acento— perdone usted la violencia de mis palabras y mis crueles amenazas. Han sido recurso impuesto por la necesidad, superior a mi carácter, a mi respeto, a todo, por el peligro que convierte en fieras a los seres más pacíficos.

Sor Teodora empezó a recobrar el uso de sus pensamientos, de sus palabras, de su acción.

—Váyase usted de mi celda —dijo con torpe y angustiosa voz— salga pronto de aquí, y acójase en cualquier parte del convento. Yo no le denunciaré... yo no.

—¡En cualquier parte del convento!... No conozco el edificio. Si le registran esta noche para buscarme...

—¿Y quién, quién se atreverá a registrar a San Salomó?

—Quien se ha atrevido a cosas mayores, señora.

—Salga usted al instante de mi celda —repitió sor Teodora restableciéndose prodigiosamente en el ejercicio de sus facultades intelectuales y vocales—. No puedo tolerar esta profanación horrible. Salga usted y ocúltese... No diré nada. Si usted no se va, gritaré y llamaré a las hermanas. Por pronto y bien que usted me mate, no me faltará un aliento para pedir auxilio.

—¡Oh! no —exclamó el caballero—. Me arrepiento de mi primer arrebato. No pondré la mano en quien ya me ha prometido un poco de amparo permitiéndome que me oculte en cualquier parte del convento. Ya he encontrado una generosidad que no esperaba, y esto me mueve a abandonar el papel odioso que, a pesar mío, he hecho al entrar aquí. Señora...

El intruso se levantó.

—¿Qué?

—Señora, si yo pudiera mover a compasión el espíritu elevado y piadoso de usted me tendría esta noche por el más feliz de los hombres. He entrado aquí inspirando miedo. Prefiero cualquier beneficio otorgado por la caridad a las mayores ventajas concedidas por el miedo.

—Bien, bien —dijo sor Teodora deseando poner fin a aquella escena que aún le parecía espantosa pesadilla—. Váyase usted, ¡por las llagas de Jesucristo!... váyase usted... Escóndase en cualquier parte... Yo haré que no sé nada... Es lo único, lo único que puedo hacer.

—Yo saldré, saldré —dijo Servet— pero si usted me lo permite...

—No admito réplica... Fuera, fuera de aquí —prosiguió la monja adquiriendo al fin dominio sobre sí misma y acercándose con paso seguro y ademán imponente al intruso.

—¡Oh! ¡señora!... Cómo me atreveré a pedir a usted un poco más de compasión, un poco, casi nada.

—No oigo una palabra más. Salga usted... ya no temo sus armas, las desprecio, porque mi deber se sobrepone a todo y al miedo de morir.

—Señora...

El caballero dio un gran suspiro, apoyose en la silla, después dejó caer su cabeza sobre el pecho, y sus brazos desfallecidos extendiéronse a un lado y otro. Volvió hacia la ilustre religiosa su semblante pálido, y con dolorido acento le dijo:

—Estoy herido.

Sor Teodora se quedó cortada y parecía meditar. El forastero caía rápidamente en profundo marasmo. Mortal palidez cubrió su rostro y su voz sonó cavernosa como la del que agoniza.

—¡Herido! —repitió la monja, mirando el brazo ensangrentado—. Es verdad.

—Si la caridad, señora —murmuró el caballero— no se sobrepone en el ánimo de usted al rencor que le he inspirado, al sentimiento de la profanación de esta casa por mi entrada importuna, a su recato y a su escrupulosidad de monja, declárome abandonado no solo de los hombres sino de Dios, y me resigno a morir. No puedo más.

Cerró los ojos y su abatimiento fue más visible.

—Mis escrúpulos —indicó sor Teodora con entereza— no me impedirán dar a usted algunos auxilios. ¿Esa herida es grave?

—Es la mordedura de un perro; siento dolores horribles. Después he tenido que trepar por la tapia de San Salomó y me he magullado horriblemente el brazo herido.

—Mi conciencia —pensó la religiosa— no me dice nada contra la idea de curarle esa herida, y vendarle el brazo.

Y dirigiose a la alacena para sacar de ella lo necesario.

—¡Oh, señora! —dijo el intruso con fervor—. Ya veo que Dios no me abandona. Perdón, perdón por mis amenazas al entrar aquí, por mi lenguaje descortés. Creí entrar en la caverna de un enemigo y me encuentro en la morada de un ángel.

Sor Teodora echó vino en un vaso. Parecía muy atenta a preparar la medicina, pero su semblante estaba ceñudo y no indicaba gran tranquilidad en su alma.

—Señora y venerable madre —añadió el herido, tomando su puñal y sus pistolas y poniéndolos sobre la mesa—. Ahí tiene usted las armas que le han inspirado tanto miedo. En presencia de un ángel de bondad me desarmo. Me entrego a usted en cuerpo y alma y estoy dispuesto a obedecerla. Me someto a su autoridad, y si mi bienhechora se arrepiente de serlo y me denuncia, hágalo en buena hora. ¡Infeliz de mí! Antes lo fiaba todo a mi audacia y al arrojo que me infundía el peligro; ahora lo fío todo a la nobleza y a la caridad de esta dama tan santa como hermosa, que tiene pintada en su semblante la bondad de los ángeles. ¡Bendito sea Dios que me ha traído aquí!

La de Aransis dejó un momento su obra para recoger las armas y ponerlas en otro sitio.

—Soy de usted —dijo el herido con sumisión—. Mi libertad, mi vida, están en sus divinas manos.

XX

Poco después los blancos y finísimos dedos de Teodora se acercaban temblando a la herida y tocaban sus bordes doloridos. El semblante de la religiosa era todo compasión, y el del aventurero gratitud.

—Esto debe lavarse —dijo ella.

Sin detenerse echó agua en una jofaina de plata, añadiéndole gotas de una esencia aromática que perfumó la celda. Después de lavar la herida aplicó sobre ella el vino que había batido con aceite y la vendó al fin cuidadosamente.

Clavando sus negros ojos en el herido, señaló la puerta y le dijo:

—Ahora...

—Ahora, sí —repuso él de mala gana sin moverse de su silla—. Si yo me atreviera a decir a la señora una cosa...

Hablaba en el tono más humilde.

—¿Qué cosa? —preguntó sor Teodora con severidad.

—Que me muero de hambre, señora.

Al decir esto parecía que sus fuerzas se extinguían y que iba a perder el conocimiento. La monja miró al suelo, luego al intruso, después a la rica alacena de talla que guardaba tantos tesoros.

—Las inmensas fatigas del día de hoy —añadió Servet con profunda lástima de sí mismo— no me han permitido llevar un pedazo de pan a la boca. El hambre y el cansancio me agobian de tal modo, señora, que si usted me arroja de aquí en este triste estado, no podré dar un paso.

La venerable madre volvió a fruncir el ceño. Parecía vacilar. Después dirigiose a la alacena y sacó de ella un objeto que despidió olores gratísimos al olfato: era una gallina asada. Su dorada pechuga, sus gordos muslos medio achicharrados por el fuego, convidaban a la gastronomía. El hambriento se reanimó solo con la vista de tan hermosa pieza, honra de las cocinas de San Salomó.

Sin decir una palabra, la monja tendió sobre la mesa un mantel, blanco y limpio como el cuello de un cisne, puso en él la fuente con la gallina, un pan entero y una botella de vino blanco que en el subido color de oro y delicadísimo aroma indicaba sus muchos años. Hecho esto, sin olvidar el cubierto y un vaso de plata, se apartó de la mesa, y tomando una silla sentose en ella, volviendo la espalda al intruso que había caído ya sobre la cena. Sor Teodora no acompañó con una sola palabra su acción, ni tampoco con una sola mirada. Tomando su libro de oraciones, se puso a leer.

—Si mil años viviera —dijo el hambriento, después de los primeros bocados— no tendría tiempo bastante para agradecer a usted lo que ha hecho por mí esta noche, venerable madre.

Hubo una pausa durante la cual nada se oía más que el ruido del comer. La de Aransis miró de reojo y viendo que el intruso, después de hacer desaparecer media pechuga y un ala, se detenía, levantose y volviendo a la alacena, sacó unas lonjas de jamón adornadas con esa filigrana de cocina que llaman huevos hilados y es tan agradable al paladar como a la vista.

—Gracias, señora —murmuró don Jaime—. Mi hambre ha sido satisfecha y me basta.

La monja sacó también un plato de confituras y se lo puso delante. Sin mirarle, ni cambiar con él palabra alguna, volvió a su asiento y tomó su libro. ¡Qué ganas de rezar la habían entrado! Sin duda quería desagraviar a Dios del grandísimo desacato y profanación que la entrada de aquel hombre en su celda representaba. Pero el aventurero se cansó del largo silencio, y deseoso de romperlo, habló de este modo:

—Bien sé, reverenda madre, que el hombre que ha entrado aquí como un ladrón amenazando y aterrando, no merece ser tratado con miramiento ni consideración. Lo más que se puede hacer por él es darle una limosna, pero nada más, nada más.

Sor Teodora no pronunció sílaba ni movió pestaña. Parecía una de esas estatuas en que el arte ha representado a un grave personaje histórico leyendo sobre su sepulcro.

—Bien sé que este hombre no merece consideración —añadió el caballero—. Si se le conociera bien, quizás la tendría; pero no se le conoce, no es más que como un saltador de tapias. ¡Ah! si se conocieran sus inmensas desgracias, los móviles que le han traído aquí, quizás, quizás no tendría el sentimiento de ver apartados de sí los ojos de su bienhechora. Permítame usted —añadió dirigiéndose a ella— que me duela este desvío. No estoy acostumbrado a él. He tenido la suerte de encontrar hasta hoy simpatías, afecto, amistad en todas partes. Bien sé que pedir esto en el caso presente sería mucho pedir... He recibido mucho más de lo que podía esperar y mi gratitud será eterna.

Inclinose profundamente con el mayor respeto.

—Demasiado favor es —dijo sor Teodora sin mirarle— auxiliar a un hombre desconocido que ha entrado aquí como entran los ladrones sacrílegos.

Entonces le miró y con súbito enojo le dijo:

—¿Pero no se marcha todavía?...

—Espero las órdenes de mi dueño —replicó el intruso inclinando su cabeza.

—Váyase usted.

—¿A dónde, señora?

—Al Infierno... ¿qué sé yo?

—No puedo salir de San Salomó mientras estén en Solsona las guerrillas de Navarra. Me es imposible, señora. Si salgo mi muerte es segura: entre mis cazadores hay uno que jamás perdona.

—¿Y qué me importa eso? —dijo la monja alzando bruscamente los hombros y cerrando el libro.

—Yo he puesto mi vida en manos de usted, señora, en esas manos que han nacido para ser generosas y que lo serán, aunque usted misma no quiera. He entregado a usted mis armas. Estoy indefenso. Si usted no quiere completar su acción caritativa ocultándome en el convento por esta noche, abra esa puerta, llame a las buenas madres que duermen, alborote la casa, toque la campana de alarma, llame a las autoridades de la ciudad y entrégueme a ellas. Si usted lo hace lo acepto, recibiré mi perdición y mi muerte como si vinieran de Dios.

—¿De modo que insiste usted en quedarse aquí? —dijo la de Aransis confusa y asombrada.

—Por mi voluntad sí, señora, porque nadie va voluntariamente a su ruina. Si usted en conciencia cree que debo ser arrojado de este asilo que me deparó la Providencia, arrójeme en buen hora.

—¿Hase visto un descaro igual?... ¡Un hombre en mi celda!... ¡Jesús y María Santísima de mi alma!

La madre se llevó las manos a su preciosa cabeza cubierta con las blancas tocas.

—No pretendo que usted me oculte aquí, sino en cualquier otro sitio donde esté seguro. Lo pido como se piden los favores, no con amenazas ni con armas; usted hará lo que su conciencia le dicte, señora, o entregarme a mis enemigos o salvarme.

—¿Cómo he de salvar a quien no conozco, cómo? No es virtud sino pecado ocultar al criminal y ponerle a cubierto de la justicia.

—Yo no soy criminal, ni nunca, nunca lo he sido, señora —declaró el intruso con acento patético y conmovido.

Su acento tenía la admirable entonación del honor verdadero que no puede confundirse con ninguna otra. Los histriones más hábiles apenas pueden fingirla. Sor Teodora que tenía su alma fácilmente abierta a la convicción, principió a experimentar hacia Servet las agradables sensaciones que producen los movimientos de benevolencia en el corazón humano.

—Por el que está en esa cruz —dijo el herido extendiendo su mano hacia el crucifijo— juro que no soy criminal, que no lo he sido nunca, que esta cacería que ahora sufro no es motivada por ningún hecho deshonroso.

—¿El cazador de usted quién es?

El caballero vaciló un instante. Comprendiendo que la verdad le salvaría dijo:

—Es un celoso.

—¡Un celoso! —repitió sor Teodora sintiendo su cerebro cargado de ideas que repentinamente entraron en él.

—Un celoso y además un fanático. Si yo le contara a usted esa historia, usted que es buena y noble dejaría de ver en mí un criminal atrevido, y si en el curso de ella aparecían faltas y faltas graves, seguro estoy de que me las perdonaría.

—Tal vez no —replicó ella que había empezado a sentir abrasadora curiosidad sin poder precisar de qué ni por qué.

—Y pongo por testigo a Dios de que la protección que usted se digne concederme esta noche no será mal empleada ni recaerá en persona indigna de ella. No es vanidad, señora, lo que voy a decir; si usted, faltando a todas las leyes de la caridad, diera la voz de alarma y me entregase a mis enemigos, cometería un crimen abominable, porque crimen es entregar al verdugo un inocente.

Sor Teodora replicó frunciendo el ceño:

—Eso podrá ser verdad y podrá no serlo.

—Sí, podrá ser verdad y podrá no serlo. Pero esto no lo ha de decidir el discernimiento frío de un juez, sino el corazón noble y generoso de una dama, de una religiosa, de una santa. Elija usted, señora.

Sor Teodora dio un gran suspiro indicio cierto del grave compromiso en que estaba su alma, fluctuando entre el rigor de los deberes monásticos y la bondad de su corazón. No siempre va este en perfecto acuerdo con las tocas.

—No me será muy difícil creer —dijo después de una larga pausa— que no estoy delante de un ladrón, bandolero, o asesino. Bien veo por su lenguaje que no pertenece usted a esa pobre clase plebeya de la cual salen todos los malvados. Hasta llegaré a creer que pertenece usted a la clase más alta de nuestra sociedad. Ciertos modales y lenguaje no se adquieren sino habiendo nacido a larga distancia del populacho... Pero hay muchas especies de criminales desde que la política ha trastornado la sociedad, y quizás usted, sin ser precisamente reo de esos feos delitos propios de la baja plebe haya cometido otros que me vedarían en absoluto ampararle.

—Señora, no comprendo a usted.

—Desde que me entregó sus armas, desde que usted me habló de esa terrible persecución que sufre, formé un juicio que creo ha de resultar cierto. A ver si me engaño: el afán con que usted huye de los guerrilleros de Navarra, es porque sin duda algún celoso defensor del Altar y del Trono ha visto en usted a un enemigo de esta causa sagrada. Usted es espía de Calomarde y de las tropas del Rey que ya están sobre Cervera. ¡Oh! señor mío, no creo en la farsa de esa cacería por celos, no: tanta inquina en ellos, tanto recelo en usted, me prueban que anda por medio la pasión de las pasiones... la política. ¿Y siendo usted amigo de esos hombres corrompidos que vienen a sofocar esta santa insurrección por la Fe, se atreve a buscar asilo dentro de los muros sagrados de San Salomó?... ¡Qué audacia!

—¡Oh, señora! —exclamó el caballero, cruzando las manos—. Nada podré ocultar a usted. Dios ha dispuesto que me revele a mi bienhechora tal como soy... Me he fiado a su generosidad y su generosidad no puede faltarme. Hallo en usted un carácter que despierta en mí grandísima afición y simpatía, y no puedo dejar de corresponder a ese carácter, mostrando la parte principal del mío, que es el amor a la verdad. El corazón me dice que de tan noble y hermosa dama, que de tan ejemplar religiosa no he de recibir más que beneficios. Señora, me presentaré a usted con mi verdadera forma, y así me haré más acreedor a su amparo... Yo no soy espía de Calomarde.

—Entonces...

—Los defensores de la llamada causa apostólica y los realistas de Madrid son igualmente extraños a mis ideas y a mis acciones. Habiéndome impuesto ahora el deber de decir a usted la verdad pura, creyendo que así ha de tomar más interés por mí, le diré... Salga lo que saliere, señora, digo a usted que soy liberal.

Sor Teodora sofocó un grito y se puso pálida.

—Y repito ahora lo que antes dije —manifestó el intruso arrodillándose ante la monja en la actitud más respetuosa—. Reverenda madre, disponga usted de mi suerte. Entrégueme usted a mis enemigos o salve esta pobre vida, según lo que su conciencia le dicte.

—¡Jacobino! —murmuró sor Teodora santiguándose.

—Así nos llaman —dijo festivamente permaneciendo de hinojos y alzando los ojos para contemplar la soberana hermosura de la monja—. Así nos llaman... De modo que tiene usted de rodillas a sus pies al mismo Demonio.

—Levántese usted —dijo la de Aransis bruscamente.

—No me levanto hasta no oír mi sentencia de esos labios —repuso galantemente el caballero—. ¿Será posible que mi franqueza no despierte en usted la piedad? A un hombre que muestra así el más grave de sus secretos ¿se le puede negar amparo?

Sor Teodora había llegado al más alto grado de confusión. Bien lo comprendía Servet, el cual, conocedor del corazón humano había visto en la ilustre dama uno de esos caracteres que se conquistan más fácilmente con la verdad y la franqueza, que con la violencia y la amenaza. La de Aransis era en efecto como él creía. Para conquistar su benevolencia era preciso confiársele resueltamente, someterse a ella sin rodeos. El desconfiado, el artificioso, el astuto no serían sus amigos; pero el franco, el leal y el verdadero sí.

—Lo que usted me ha dicho —indicó mirando tan fijamente al caballero que parecía querer penetrar sus más íntimos pensamientos— me mueve a tratarle como el mayor enemigo de esta casa. Yo no puedo dar asilo a un jacobino, enemigo de los Reyes y de la Fe.

Servet inclinó su cabeza en señal de resignación.

—Por consiguiente —añadió ella alzando la mano y estirando el dedo índice como un predicador— voy a dar aviso a la comunidad para que llame a las autoridades de Solsona.

El caballero se inclinó otra vez. Las miradas y el tono de sor Teodora no parecían indicar sentimientos tan crueles como los que sus palabras expresaban.

—Sin embargo —añadió— prometo ocultarle y favorecerle, si me revela el objeto de su venida a Solsona y las conspiraciones de jacobinos que entre manos trae... porque usted ha venido sin duda con algún fin contrario a esta porfía apostólica que hay ahora.

—Si yo comprara a ese precio el favor de usted, señora —dijo el caballero con entereza— sería un miserable. Yo creí que usted no me tendría por un miserable. ¡Revelar lo que se nos ha confiado como un secreto! No, señora. En lo que usted me pide, acaba la franqueza y empieza la deshonra. La reverenda madre no sabrá nada de mis labios. Yo no soy traidor a mis amigos y favorecedores. ¿Esperaba usted mi contestación para dar la voz de alarma a la comunidad? pues ya la tiene... He dicho antes que me sometía en cuerpo y alma a mi bienhechora. Desarmado estoy... puede perderme si gusta; salga usted... No tema que lo impida violentamente.

Corriendo a la puerta, puso su mano en el picaporte.

—Quieto —dijo vivísimamente Teodora corriendo a impedir aquel movimiento.

—Es que no puedo acceder a la traición que se me exige.

—No importa... yo no quiero que nadie sea desleal —replicó la monja, acompañando su voz de un ademán tranquilizador—. Me he acordado de mi pobre hermano, que como usted tiene la desgracia de ser jacobino. ¡Pobre hermano mío! A su recuerdo debe usted mi piedad.

—¿Entonces me favorece usted, se decide a ampararme?

—Sí —repuso ella sonriendo ligeramente.

Pareciole a Servet, al ver aquella sonrisa, que veía, como vulgarmente decimos, el cielo abierto.

—¡Oh! ¡gracias, gracias, señora! —exclamó acercándose a ella con intención evidente de besarle las manos.

—Por Dios, hable usted más bajo, más bajo —dijo sor Teodora retirándose y poniéndose el dedo en la boca.

XXI

—En la otra celda de la Isla... En el cuarto de la leña... En la sacristía... No, mejor será en la iglesia... No, en la iglesia no... En la covacha del hortelano... No, en la torre... ¿por qué no en la iglesia?... Dentro de uno de los altares...

Estas palabras dichas por sor Teodora de Aransis, con la voz apagada, los ojos fijos en el suelo y un dedo sobre el labio inferior, demostraban la gran vacilación de su alma. Iba nombrando los distintos lugares donde el caballero podía esconderse, pero tan pronto como los nombraba los desechaba, por no ofrecer la seguridad absoluta que el caso requería. El problema era dificilísimo; pero la dama se aplicaba a él con la constancia y el ardor de un buen matemático. Después de indicar varios sitios apuntando enseguida sus inconvenientes, miró al caballero y le dijo:

—Verdaderamente no hay en la casa paraje alguno donde no pueda usted ser descubierto. Si no se tratara más que de la noche, fácil sería... pero usted quiere estar oculto toda la noche y todo el día de mañana...

—Hasta que se vayan esos salvajes de Navarra.

La venerable madre, demostrando un interés que contrastaba un tanto con su anterior desvío, volvió a enumerar los distintos rincones de San Salomó.

—Hay aquí al lado una celda que no tiene uso —dijo—. Nadie entra en ella... pero la madre priora guarda la llave... y si se le antoja entrar... la madre priora tiene el don de hacer las cosas cuando menos falta hacen... Suele venir a mi cocina que está entre las dos celdas, y si siente ruido... O si se le antoja... porque tiene unos antojos muy ridículos...

—Y recibo la visita de esa respetable señora... En tal caso procuraré que no tenga quejas de mi cortesía.

—Quite usted allá, hombre de Dios —exclamó la dama mostrando por segunda vez al caballero su linda dentadura—. De todos modos es preciso que usted me deje sola lo más pronto posible... Bien podría suceder que cualquier hermana pasase por aquí y viese un hombre en mi celda... En tal caso resultaría muy mal recompensada mi generosidad.

—No pasará eso, señora. Las buenas madres duermen. Dios vela su sueño y los ángeles de la guarda impedirán que este acto caritativo sea descubierto y mal interpretado por la malicia.

—Mucho confío en el amparo de los ángeles de la guarda y en la bondad de Dios —dijo la señora— pero lo mejor es que salga usted de aquí.

Estaban sentados los dos el uno frente al otro junto a la mesa central de la celda, y la luz de la lámpara iluminaba de lleno ambos rostros.

—Nadie que esto viera —añadió la monja contemplando a su huésped con curiosa fijeza— podría interpretarlo como lo que es realmente, como un acto caritativo... ¡Cuántos juicios equivocados se forman en el mundo! ¡Cuántas personas inocentes son víctimas de la maledicencia!...

—Pero hay un juez que todo lo sabe, y que nunca se equivoca en sus sentencias. A ese hay que apelar despreciando los vanos juicios de los hombres, inspirados siempre en el odio o la envidia... Pero no quiero mortificar por más tiempo a mi bienhechora, permaneciendo aquí.

Se levantó.

—Estaba pensando —dijo la madre— que pudiendo trepar por una ventanilla que está sobre la puerta de la sacristía, podría usted ocultarse fácilmente en el camarín. Hay allí mil objetos... Pero no: el sacristán ha dado ahora en la manía de arreglar aquello y todo el día está revolviendo trastos... ¿Dónde, Jesús Sacramentado, dónde?... Déjeme usted pensar.

Apoyó la frente en la palma de la mano. El caballero se sentó de nuevo y esperó las decisiones de su ángel bienhechor. Después de largo rato el caballero no oyó más que un suspiro.

—¿No halla usted mi salvación, reverenda madre? —dijo al fin Servet.

—¿Qué? —exclamó bruscamente ella como si fuera arrancada de una meditación profunda.

—Lo mejor será que no se mortifique usted más por este desgraciado. Si Dios ha decidido ampararme esta noche nadie lo podrá impedir.

El caballero volvió a levantarse.

—Yo creo —dijo Teodora en tono de lástima y melancolía— que Dios no le abandonará a usted si son ciertas, como creo, esas cristianas ideas que ha manifestado. El que confía en Dios nuestro Señor y amantísimo padre, será salvo.

—Tantas, tantísimas veces me ha librado de inmensos peligros, que he llegado a creerme invulnerable, y siento un valor muy grande para acometer los trances difíciles y arriesgados. Mi secreta confianza en Dios me ha sostenido durante mi juventud, la más borrascosa que puede imaginarse, por las pasiones, los trabajos, las sorpresas, los compromisos, las penalidades, los triunfos y las caídas que en ella ha habido, y es tal mi vida, reverenda madre, que yo mismo me recreo echando una ojeada hacia atrás y mirando esas turbulentas páginas ya pasadas.

La idea de una vida agitada, fatigosa, llena de pasiones y sobresaltos, de dolores y alegrías contrastaba de tal modo con la idea que sor Teodora tenía de su propia juventud, la más monótona, la más solitaria, la más desabrida de todas las juventudes posibles, que la dama ilustre sintió vivo interés ante aquella existencia que se le presentaba como un drama vivo. Su discreción era tanta que pudo disimular aquel interés y curiosidad ansiosa, diciendo:

—La juventud del día vive en locos afanes. No dudo que la de usted habrá sido y será de las más desasosegadas.

El huésped se sentó.

—La mayor desgracia de mi vida —dijo— ha sido siempre no poseer lo que amo y amar todo lo que no puedo poseer, corriendo siempre detrás de cosas imposibles.

—Ese mal parece muy común.

El caballero dio su opinión sobre esto, y sor Teodora se admiró de observar en sí cierta cosa inexplicable, así como un deseo de saber toda la vida del intruso hasta en sus más escondidos repliegues. Despertaba en ella interés semejante al de una novela de la cual se han leído algunas páginas que anuncian escenas conmovedoras. Después de doce años de convento había sentido la reverenda madre un brusco llamamiento de la vida exterior y mundana, de toda aquella vida que había puesto juntamente con sus magníficos cabellos, a los pies del Esposo. Ella se asombraba de no estar todo lo horrorizada que debía estar en presencia de un extraño, y se admiraba de oír con agrado, más que con agrado, con simpatía la conversación del caballero desconocido.

Pero lo escandaloso de su situación revelósele después de un momento de tristeza meditabunda en que se creyó libre, sin tocas, en el siglo, rodeada de afectos nobles, en consorcio honrado y cariñoso con toda clase de personas. Fue una visión breve y risueña, y tras la visión vino un sobresalto y un grito de la conciencia semejante al alarido del centinela que da el «quién vive.»

Levantándose bruscamente, dijo:

—Esto no puede seguir. Salga usted y escóndase donde pueda... ¡No parece sino que estoy tonta!

El caballero se dispuso a obedecer. El reló de la ciudad dio la una.

Sor Teodora abrió cautelosamente la puerta y examinó la galería y el claustro para ver si reinaba soledad absoluta. Sus sentidos experimentaron impresión extraña. Tuvo miedo, lanzó una ligera exclamación. Servet acercose a ella y vio que aspiraba el aire fuertemente, cual si no bastándole sus ojos y oídos, quisiera explorar con el olfato.

XXII

Por la parte exterior de la celda corría poco antes algo que merece ser referido. La soledad y apartamiento de la Isla no eran tan grandes que estuviese a salvo de la curiosidad monjil aquella interesante parte del convento, y así como no hay bien que no tenga su sombra de mal, así la independencia que gozaba la de Aransis, tenía por enemigo el afán inquisitorial de una madre que habitaba en el ala opuesta del convento, frente a frente, claustro por medio, de la celda de sor Teodora. Grandísima era la inclinación de la madre Montserrat a saber lo que hacían o dejaban de hacer las otras monjas, y ya corrompiendo con mimos y regalitos la discreción de las criadas, ya valiéndose de sus propios ojos, había logrado ser un archivo humano lleno de cuantos datos pudiera apetecer el autor que tuviese el capricho de escribir la historia íntima de aquella antigua casa. Hacía con tal disimulo sus pesquisas, y observaba con tal delicadeza y finura, que la mayor parte de las madres apenas notaban la presencia de aquel diligente alguacil aposentado en el extremo Norte del ala de Oriente.

Pero a ninguna de sus compañeras vigilaba con tanta gana y celo tan vivo como a sor Teodora, la cual por su hermosura, por su orgullo y por antiguas rivalidades tenía cierto derecho divino a la fiscalización de la madre Montserrat, según opinión de esta misma. Bien puede afirmarse que los pasos de la de Aransis, sus entradas en la celda y en la cocina, sus paseos por la huerta, sus visitas al coro, ocupaban las tres cuartas partes del tiempo y del espíritu del alguacil de enfrente. Ponía este especial atención en la hora a que apagaba su luz la monja de la Isla; y cuando a las altas horas de la noche estaba la lámpara encendida, la Montserrat salía paso a paso de su celda, recorría la galería del ala de Oriente, pasaba después por el gran pasillo del cuerpo central del edificio, y recorriendo la galería del ala de Poniente se acercaba con pasos ligerísimos a la celda de su enemiga, y por un agujero, que allí habían hecho los ángeles sin duda, introducía su alma toda puesta en una mirada. Miraba como quien clava una aguja.

Algunas veces al retirarse después de esta inspección decía:

—Lo que yo me figuraba... Está leyendo novelas.

Otra noche al retirarse, se santiguó tres o cuatro veces, y poniendo cara de espanto, exclamó para sí:

—Nuestra Señora de Montserrat nos valga... Está con las tocas quitadas poniéndose flores en la cabeza y mirándose al espejo.

La atisbadora iba a su celda por el mismo camino. Sus pasos no se sentían: calzaba sus venerandos pies con alpargatas que parecían de plumas.

Aquella noche (nos referimos a la noche del caballero hambriento, que fue noche muy célebre en San Salomó) la de Montserrat hizo su viaje de inspección porque era cerca de la una y la celda de su víctima estaba iluminada. Era preciso tomar acta de este peregrino caso.

La monja aplicó su oreja a la puerta, y entonces... ¡por los sagrados clavos y las divinas llagas de Jesucristo!... Se quedó helada de espanto. No daba crédito a aquel su sentido acústico tan bien ejercitado y tan experto. El agujerillo de vigilancia parecía que se había agrandado. Adaptó la monja su ojo vidrioso... Miró, estuvo mirando un largo rato. ¡Cómo miraba! Creyó al principio que era alucinación; pero no, era realidad, realidad.

Echó a correr tambaleándose, porque sus caducas piernas vacilaban, cual si no pudieran sostener el formidable peso de su indignación. Se santiguó repetidas veces, elevó las flacas manos al cielo, movió la cabeza tan semejante a una calavera, y murmuró:

—Ya me esperaba yo esto... En esto habían de parar las locuras de esa mujer. ¡Piedad, Señor!

Dicen que la reverendísima estuvo a punto de dar en tierra con su esqueleto, tal era el pavor que sentía; pero ella sacó de su demacración senil las fuerzas que necesitaba para poder llegar hasta la madre abadesa y referirle un caso tan horroroso. Los minutos que tardó en llegar a la celda de la superiora, le parecieron siglos de infamia, de vilipendio para la orden de Santo Domingo.

La abadesa no estaba en su celda. Aquella buena señora que era la más rezona de las habitantes de la casa, acostumbraba dejar por las noches su angosto lecho y bajar al coro, donde estaba en oración largas horas, de rodillas sobre el mármol duro y frío, apoyando sus brazos en una silla que le servía de reclinatorio y sumido el espíritu en las honduras mareantes de la mística. Algunas monjas la imitaban en esta santa costumbre.

Entró la vieja en el coro, y a la luz incierta de la lámpara que alumbraba al Cristo, vio a la madre abadesa de rodillas. Acercose y le tocó en el hombro.

—¿Quién es? —dijo la abadesa con voz soñolienta.

La de Montserrat se arrodilló a su lado y se persignó con precipitación.

—Soy yo —repuso— que vengo a poner en conocimiento de...

—Ya... ya me lo figuro —dijo la madre abadesa incorporándose—. Yo también empezaba a alarmarme.

—¿Sabe usted lo que voy a decirle?...

—Sí... que se siente olor a madera quemada.

—No, no es eso.

—Hace un rato que sentí ese olor —afirmó la madre abadesa husmeando el aire—. ¿No siente usted?

—Fuego hay en el convento, pero es un fuego que no se ve.

—¿Qué me dice usted, señora?

—Dentro del convento ha entrado esta noche un hombre.

—Usted sueña, hermana... Pues no me queda duda... ¿No siente usted olor a quemado?

—Será que en las murallas han encendido alguna hoguera... Cuando pasan cosas graves, cuando el convento está profanado, deshonrado por la infamia y el sacrilegio, no conviene pensar en fruslerías.

La abadesa se levantó.

—¡Un hombre! Eso no puede ser —dijo con espanto.

Y al punto se puso a temblar.

—Un hombre, sí. ¿No sé yo lo que es un hombre?

—¿En dónde?

—En la celda de una religiosa.

La abadesa cesó de temblar y empezó a reír. El caso le parecía tan absurdo, tan inverosímil; estaba además tan acostumbrada a los ridículos terrores de sor María Montserrat, que no pudo permanecer seria.

—Si a la abadesa de esta comunidad —dijo la delatora— le falta valor para llamar a la puerta de la celda donde se está consumando el horrendo sacrilegio, yo lo haré. No temo nada, no me importa que un asesino...

La monja no pudo continuar porque fue acometida de una tos muy fuerte.

—¡Oh!... Sí, parece que hay humo aquí —dijo en tono de alarma.

Las dos monjas se acercaron a la reja que daba al altar mayor de la iglesia.

—¡Humo, humo!

Esta exclamación brotó a su tiempo de una y otra garganta. A la indecisa luz de la lámpara veíase una como niebla espesa que envolvía los abigarrados oropeles del altar churrigueresco.

Las dos monjas corrieron de aquella reja a otra que al claustro daba.

—¡Jesús de mi alma! —gritó la madre Montserrat llevándose las manos a la cabeza—. ¿Qué es esto?... Un hombre... Dos hombres, tres hombres... les he visto correr por el claustro hacia la sacristía...

La abadesa se quedó tan aterrada que no pudo ni hablar ni moverse. Volvieron a asomarse a la reja de la iglesia. Una claridad tenue y rojiza llenaba el recinto sagrado permitiendo ver las imágenes, las colgaduras, los altares: era un aspecto siniestro y horripilante.

Las dos monjas corrieron hacia el claustro. Oyéronse los pasos precipitados de tres hermanas que bajaban. En el patio había también algo de humo. Corrieron todas a la puerta de la sacristía, la empujaron; estaba abierta. Cuando la puerta cedió las cinco madres lanzaron espantoso grito y retrocedieron de un salto. Por la puerta salió una bocanada, un chorro, una manga formidable de humo negro, espeso, resinoso y en el fondo del centro oscuro vieron las llamas que brillaban y extendían sus rojas lenguas por las paredes.

Todo San Salomó no tuvo más que una voz para gritar:

—¡Fuego!... ¡Fuego!

XXIII

Propagose con fulminante rapidez, siendo de notar que parecía haber comenzado por dos puntos distintos; por la sacristía y por las habitaciones ruinosas llenas de retama y trastos viejos que estaban debajo de la Isla. Es difícil distinguir los incendios de casualidad de los de intención. La primera sabe remedar a la segunda, y esta tiene a veces bastante destreza para disfrazarse de inocencia... Pero no pueden hacerse consideraciones dentro de un convento que se quema y en presencia de veintiséis pobrecitas mujeres, contando religiosas y sirvientes, aprisionadas entre llamas y que por ninguna parte hallarán salida si no las favorece el vecindario.

Las llamas entraron en la iglesia y agarrando la primera cortina que hallaron a mano junto al altar escalaron la pared. Como bocas hambrientas que hallan pan, clavaron sus voraces dientes en la vieja madera de los altares; de un soplo devoraron el apolillado tisú y las secas flores que adornaban las imágenes; subieron más culebreando; de una manotada hicieron estallar todos los vidrios, entraron fuertes corrientes de aire, y entonces engordando súbitamente los horribles dragones de fuego estrecharon en sus mil brazos ondulantes las vigas de la techumbre.

Por otra parte, la sacristía que era centro y raíz principal del incendio, enviaba llamas por el pasillo que conducía al locutorio, mientras el fuego que salía de las crujías bajas del ala izquierda trepaba a las galerías incendiando las celdas altas. Felizmente la escalera estaba libre y, aunque muy cargada de humo, permitía a las monjas bajar al claustro. La invasión de la sacristía por el fuego no permitía tocar la campana; pero los vecinos de Solsona vieron pronto aquella claridad horrible y la columna de humo que coronaba a San Salomó como una aureola infernal. Todas las campanas de la ciudad se desgañitaban y se levantaron los habitantes todos, para correr en auxilio de las madres dominicas.

El incendio era de esos que no habrían cedido ante los aparatos modernos, formidable artillería de agua que servida por los bomberos suele abatir baluartes de fuego en las ciudades de hoy. ¿Qué podrían hacer contra aquel infierno los diligentes vecinos y los guerrilleros navarros llevando cubos de agua? Pronto se conoció que serían inútiles todos los esfuerzos para salvar la fundación del señor marqués de San Salomó y no hubo más que un pensamiento: salvar a las pobres madres.

No se sabe por dónde entraron los primeros que fueron a auxiliar a la comunidad; lo cierto es que cuando algunos vecinos rompieron a hachazos la puerta del locutorio y entraron en el claustro, vieron que dentro del convento había ya gente ocupada en salvar lo que se podía. Sin duda aquellos hombres habían entrado antes que el fuego imposibilitase el paso de la sacristía al claustro.

El aspecto de este y del patio era espantoso. Bajaban llorando las pobres monjas, y no hubo santo alguno que no fuera invocado entre gritos, lamentos, congojas, interjecciones de horror. Veíanse las blanquinegras figuras corriendo y bajando al claustro, como rebaño de ovejas acosadas por el lobo. Algunas habían salido de sus celdas sin acabar de vestirse, porque el fuego no les había dado tiempo para más. Ponían otras gran empeño en salvar su ajuar, y hacían subir a los vecinos o trataban ellas mismas de arrostrar la atmósfera de humo para sacar algunos objetos. Otras más filosóficas, creían que después de perdida la casa, nada merecía ser salvado.

Los hombres a quienes la catástrofe había abierto las puertas del sagrado asilo, sacaron de las celdas lo que se podía salvar y lo arrojaban desde la galería alta. Las llamas avanzaban y no fue posible continuar en aquella tarea. Un calor horroroso, suficiente a dar idea perfecta de las penas del Infierno, impedía a todo ser vivo permanecer más tiempo en el claustro y aun en la huerta. Era preciso salir, abandonar para siempre aquellos benditos muros que el Demonio había tomado para sí expulsando a las esposas de Jesucristo. Había monja a quien esta idea afligía más que el peligro de morir asada. Dos de aquellas infelices que estaban enfermas en cama fueron sacadas en brazos y en una de ellas pudo tanto el miedo que expiró en el claustro.

La confusión crecía. Había allí hombres diversos, paisanos y militares, yendo y viniendo sin entenderse. Todos mandaban, nadie obedecía. Cada cual obraba según su valor, su generosidad o su iniciativa. Hubo quien se echó a cuestas a dos monjas y quiso salir con ellas cuando aún no habían bajado todas. Hubo quien propuso un premio al que entrara en la iglesia para salvar de las llamas el símbolo de la Eucaristía, sin que apareciese un héroe decidido a afrontar la muerte por empresa tan santa. Hubo quien intentó salir por la puerta del locutorio; pero esto era imposible. Las llamas se habían extendido ya por el pasillo y el humo era tan denso que no había medio de dar un paso en el locutorio.

Las monjas se llamaban unas a otras como para reconocerse y recontarse.

—Madre Transfiguración, ¿está usted ahí?

—Sí, el Señor me ha dejado vivir, ¿y sor Melitona de San Francisco?

—La he visto hace un momento... ¿Se ha salvado la Madre Rosa de San Pedro Regalado?...

—Sí, ahí está...

—Sor Ana, ¿está usted aquí?... Sor Ana.

—Allá está... Se ha empeñado en salvar sus colchones, y por tales pingajos han estado a punto de perecer dos hombres.

—Hay personas muy imprudentes.

—¿Y la madre Montserrat?

—Aquí estoy, hija, más muerta que viva —repuso la voz cavernosa que salía al parecer de una calavera—. Por más que me vuelvo loca no puedo averiguar dónde está sor Teodora de Aransis.

La flaca monja entraba y salía de grupo en grupo, como una serpiente que culebrea resbalando entre la yerba.

—¿Está sor Teodora de Aransis?

—Repito que no lo sé... No está aquí, ni allí, ni allá.

—¡Jesús Sacramentado! ¿Si se habrá quedado en su celda...?

—¡Calle usted, tonta!... ¡por las sagradas llagas!... ¡Si hemos subido y hemos encontrado la celda vacía!... y los restos de un festín. ¡Es particular!... ¡Y el incendio ha sido intencionado! ¡Aquel hombre!... No me queda duda de que él, él...

—¡Sor Teodora! ¡Sor Teodora!...

—Es preciso salir al momento, no puede perderse un minuto. A fuera, señoras —gritó un hombre moreno, bien plantado, con uniforme militar, el cual había logrado a fuerza de golpes, bramidos y empellones imponer su voluntad en medio del gran tumulto.

¡Gracias a Dios, al fin había alguien que mandara en aquel desconcierto!

—¡Que se cae la pared del claustro! —gritó una voz terrible y de agonía.

—¡A fuera, a fuera!

Fue preciso abrir con grandísimo trabajo un boquete en la tapia de la huerta, con espacio suficiente para dar salida a la comunidad, siempre que esto se hiciera con orden. El hombre moreno, coronel de ejército y jefe de los voluntarios navarros y aragoneses, designó un plazo para aquella operación y la hizo ejecutar a sablazos. Trabajaban con ardorosa fiebre picoteando el ladrillo con azadones, palas, barras, clavos; con cuanto había. No había concluido la obra importante, cuando el coronel sintió que le sacudían fuertemente el brazo. Volviose y vio una monja que no parecía sino la estampa de la muerte.

—Señor coronel —dijo el espectro—. Señor coronel, el incendio ha sido intencionado. Yo sé quién es el perverso que ha hecho esta gran bellaquería.

—¿Quién?... ¿Dónde está?

El espectro extendió su brazo blanco que parecía un bastón metido en la funda de una almohada y señaló a un hombre vestido de payés y con un brazo vendado, el cual en aquel instante arrojaba una herramienta de las que habían servido para abrir el boquete y se deslizaba por él, ávido de poner sus pies en la calle.

Dando un rugido, Carlos Navarro gritó:

—¡A ese... Ese... que se escapa!... ¡Zugarramundi... Ahí va... Cuidado... Es él!...

La roja claridad que iluminaba las caras, daba a esta escena un aspecto de extraordinario pavor.

La gritería que fuera sonaba no permitió conocer lo que pasó; pero sin duda los deseos del jefe quedaron satisfechos, porque se abalanzó a la tronera y retirose después diciendo:

—Muy bien, compañeros... No pensé que Dios me lo depararía esta noche... Bien decía yo que se había metido aquí... ¿Con que también incendiario? ¡Horrible conjunto de crímenes!... Ahora, señoras, salgamos. Mucho orden... Digo que mucho orden... Esta noche le voy a romper la cabeza a uno.

Colocó un grupo fuera de la tronera y otro grupo dentro. No eran como dos ejércitos, sino como dos partidas de juego de pelota. Los de dentro cogían en brazos una dominica y por el boquete la entregaban en los brazos de los que estaban fuera. Parecía que echaban niños en el torno de una casa de expósitos. Nunca falta un bufón en las más terribles escenas de la vida, y allí hubo uno que al echar fuera una monja, decía: «Ahí va otra carta al correo.»

Pocas hubo que hicieran dengues y repulgos al verse entre brazos de hombres; pero el susto, el horror, el peligro, no permitieron a las más de ellas entretenerse en gazmoñerías. Cuando todas estuvieron fuera, se reunieron en apretado grupo; no sabían andar, no sabían a dónde ir. La más tranquila era la muerta, a quien echaron fuera como un saco. Aunque se incendiase el mundo todo, aquella nada podría decir. Unas se arrojaban sin aliento en el suelo; otras lloraban a lágrima viva, otras hablaban todas a un tiempo, haciéndose preguntas, expresando con una observación breve, con un vocablo suelto, con una articulación indefinible el pánico, el azoramiento, la turbación de aquel instante.

—¿Estamos todas?

—Una, dos, tres, cuatro...

—¿Y a mí no me cuentan? También estoy aquí.

—Tengo una mano abrasada... ¡Jesús mío, qué dolor tan vivo!

—Mirad cómo está mi hábito; y gracias que la Santísima Virgen me libró de morir achicharrada.

—Estuvo en un tris que me quedase en la escalera hecha carbón.

—Ya sabéis que no gusto de enredos. Por la salvación de mi alma, que cuando subimos había en la celda restos de un festín... pero de un festín opíparo.

—Contemos otra vez... Dos, tres...

—Pues sí que falta una.

—Su celda estaba vacía, vacía, vacía... La luz apagada... Yo le había visto antes, y su cara se me quedó en la memoria ¡qué terror! Tenía el brazo vendado y la manga subida.

—El único zapato que pude ponerme se me perdió en la huerta...

—Yo dormía profundamente, cuando sentí un ruido infernal, abrí los ojos, vi la claridad... ¡El divino Jesús nos valga!

—Ya no queda duda. Con la muerta somos veintiuna; con las cuatro criadas veinticinco.

—¡Falta una, falta una!

—¿Sería yo capaz de decir una cosa por otra?... Un hombre, un hombre. ¡Horripilante suceso! ¿Por qué nos quemaría nuestra casa ese malvado?

—Yo también digo que el convento ha sido incendiado por una mano alevosa.

—¡Falta una!

—¡Qué horrible aspecto presenta nuestra casa!... Adiós, San Salomó, vivienda querida, vivienda adorada, adiós para siempre.

—Adiós, San Salomó. Señor, Padre nuestro, pues tú lo has querido, sea. Pobres debemos ser y pobres seremos.

—¡Bendito sea el poder de Dios!

—No puedo mirar a San Salomó... Me muero de aflicción.

—Ánimo, hermanas mías. El Señor lo ha querido así; tengamos resignación.

—Yo le vi, yo le vi.

—¿A dónde vamos?

—¿Estamos todas?

—No, no, que falta una.

—Falta una.

—Una.

XXIV

El concertado desarrollo de esta narración que es menos novela de lo que creerán muchos, exige que no digamos ahora una palabra más de las buenas madres de San Salomó, dejándolas entregadas a su dolor y en camino del albergue provisional que les preparó el obispo de Solsona. Otros personajes nos llaman en lugar no apartado del siniestro, allá donde suena la bronca trompeta de la historia anunciando los sucesos que se escriben en unos libros muy serios y que también han de tener su hueco importante en este que lo son de entretenimiento.

A la mañana siguiente, cuando aún echaba humo y chispas el cadáver tostado de San Salomó, don Carlos Garrote (y jamás pudo en su gloriosa vida de insurrecciones por la Fe quitarse nombre tan duro) estaba en su alojamiento de la calle de San Francisco acometido de un mal que con frecuencia padecía, y que en los últimos años se le había recrudecido bastante: este mal era la cólera. Mostraba su dolencia hiriendo el suelo con el pie, golpeando con la mano una mesa harto desvencijada, y que con tales caricias iba en camino de no servir más que para leña, y finalmente, soltando de su boca en nutrida descarga, venablo tras venablo.

Mientras él expresaba su enojo andando de un testero a otro y llevando de la cabeza a los bolsillos sus manos, un segundo personaje sentado junto a una segunda mesa donde había butifarra, pasteles y vino, parecía encargado de representar con su sensual abandono, sus ojos medio chispos y su semblante epicúreo, la antítesis del exaltado y ardiente Garrote. Aquel viejo borracho era Mañas, guerrillero estúpido que los caudillos habían arrinconado por no servir más que de estorbo.

Un tercer personaje agrandaba el cuadro: era un capitán de lanceros, joven, bien parecido y que por su cortesanía y aspecto hidalgo contrastaba con la rudeza de los dos soldados apostólicos. Aún falta mencionar otro individuo; pero en este basta la mención: era el capellán de San Salomó Mosén Crispí de Tortellá. Lo único que la escrupulosidad histórica nos obliga a decir es que parecía inclinarse más a compartir con Mañas la butifarra, los pasteles y el vino, que con Garrote la ira, las manotadas y los vocablos picantes. Menos Navarro, todos estaban sentados y a excepción de Mañas todos muy serios.

Lástima que no estuviéramos allí desde el principio del consejo. El primero a quien oímos fue a Garrote, que repitiendo una idea expresada sin duda muchas veces antes de nuestra llegada, dijo con la boca, con las manos y con los pies:

—Yo no me someto.

A esta aseveración semejante a un disparo, sucedió un silencio profundo. Garrote, luego que dio varias vueltas en una órbita cuyo centro era Mañas, se paró delante del oficial de lanceros y le echó a boca de jarro estas palabras:

—Si los demás quieren someterse, yo no me someto. Dígalo usted así al conde de España que le ha enviado.

—Ya esta guerra no tiene razón de ser, señor coronel —dijo con energía el oficial—. Su Majestad ha llegado ya a Cataluña y ha mandado dejar las armas a los que se habían alzado en su nombre.

—Yo no me he levantado en su nombre.

—¿Pues en nombre de quién?

—En nombre de otro... No vengamos aquí con mistificaciones... Se nos dijo una cosa y ahora resulta otra... Este es un juego indecente, un juego indecente.

—Pero señor coronel de mis pecados —dijo Mosén Crispí apretándose el vientre y tratando de dar a su rostro expresión de bondad—. Si Su Majestad declara que es libre, que no hay tal jacobinismo en palacio, que pondrá la Fe católica por encima de todo... ¿qué hemos de hacer nosotros? No seamos más realistas que el Rey, por amor de Dios.

—Señor Tortellá de mil demonios —dijo Garrote encarándose con él e increpándole con desabrimiento—. No venga usted a empastelarnos con sus distingos y sus boberías de canónigo harto. Bastante nos han engañado ya; ¿y quién nos ha metido en este berenjenal? Usted y sus colegas los de hábito negro y pardo. ¿Por qué antes nos decían una cosa y ahora otra? ¿Qué inmunda farsa es esta? ¿Qué comedia ridícula y nauseabunda quieren ustedes representar? ¿Me han tomado por títere? A mí me gustan las cosas claras, y las palabras concretas, ¡señor Tortellá de mil rábanos! Ustedes nos han engañado; nos hicieron tomar las armas, y ahora nos mandan soltarlas. ¿Cuál fue la razón de aquello? ¿Cuál fue la razón de esto?

—Nosotros... —balbució el capellán muy atolondrado.

—Ustedes, sí —declaró Garrote furioso como un león.

Estaba junto a la mesa desvencijada, y a cada dos o tres palabras, daba con la palma de la mano un golpe que sonaba como un pistoletazo.

—Sí, ustedes... Nos dijeron que se iba a emprender una guerra grande, gloriosa..., ¡pum! una guerra por la Religión. Nos dijeron que el Rey ¡pum! estaba entregado a los masones, y que la Cámara real era una logia, una zahúrda de jacobinos... ¡pum! que Calomarde era masón, que el Rey era masón... ¡pum! Nos dijeron, y esto es lo más grave, que la guerra se haría alzando la bandera de la Religión y proclamando... ¡pum! el nombre del infante don Carlos como futuro Rey de España en sustitución de Fernando VII... Nos dijeron que en Madrid estaba todo hecho para quitar del trono a un hermano el cual estaba vendido a los masones, y poner... ¡pum! a otro hermano que oye misa todos los días... Nos dijeron que cuando se levantase Cataluña, toda España respondería, y que el reinado de la Fe y la destrucción del liberalismo vendrían fácilmente... Nos dijeron que había un breve secreto del Papa, ordenando el alzamiento, y que Francia, Austria y Rusia lo apoyaban... ¡pum! Nos engañaron pintándonos la Junta Apostólica de Madrid como un centro poderoso, y ahora veo que no es más que una reunión de mentecatos, de algunos consejeros cesantes que quieren volver al Consejo, de algunos canónigos que quieren ser obispos y de algunos brigadieres que quieren ser generales... ¡pum, pum, pum!

La mano del guerrillero rebotaba como una pelota de goma y tenía la palma roja, casi sangrienta. Mosén Crispí no se atrevió a contestar y miraba a la butifarra, a Mañas, al oficial, a la mesa golpeada, por ver si alguno de estos tres objetos le sugería una idea.

—Y ahora —prosiguió Garrote apartándose de la mesa que había quedado casi llorando—, ahora nos dicen que todo ha sido una broma, que dejemos las armas, que el proyecto de poner a don Carlos en el trono es prematuro, impracticable, tonto, cosa de monjas, y no sé qué más... Esto es jugar con hombres formales. Ha bastado que el Rey haya venido a Cataluña para que todo se desvanezca como el humo; los más valientes se vuelven cobardes, muchos bravos son sacrificados, y los curas se meten en sus iglesias a decir: *pésame, Señor...* ¡Mil rábanos! No ha pasado nada... Con tal que conserven sus empleos, sus canonjías y sus prebendas esos señores que nos han hostigado. El Rey llegará y hará un picadillo masónico con la carne de todos los que se han batido en Cataluña por la causa santa, divina, inmortal, de la Fe y de la Monarquía.

—No —dijo bruscamente el oficial— lo primero que ha dicho Su Majestad es que perdonará a todo el mundo.

—Eso se dice para que soltemos las armas, para que nos entreguemos como corderos... ¡Perdón, perdonar! ¡Qué horrible ironía! Linda cosa es el perdón masónico. Los mismos que desde Madrid y desde Barcelona dirigieron esta trama, serán los primeros que aconsejen al Rey castigos terribles, para que callen las bocas que pudieran revelar secretos graves... ¡Rábano, rábano! La mía, si no me la cierra el verdugo, será la primera que grite: «Esos que hoy se acogen al manto real y reciben en triunfo a don Fernando, fueron los que nos hostigaron a quitarle del trono para poner en su lugar al infante don Carlos que oye misa todos los días.»

Mañas que comprendió la necesidad de decir algo, murmuró algunas palabras torpes y oscuras que salieron de su boca como un vapor vinoso. Mosén Crispí le mandó callar, tocándose la sien con el dedo índice y guiñando el ojo. Su mímica quiso decir:

—Ese hombre de los rábanos está loco: no hagamos caso de él.

—Sus deberes de militar, sus gloriosos antecedentes, señor coronel —dijo el oficial— el uniforme que viste, el bien del país, y la suerte de muchos hombres inocentes exigen de usted que se someta a la voluntad del Rey. El Rey ha pedido a todos prudencia y cordura, y es preciso que todos respondamos a la voz de nuestro Rey legítimo.

—Yo no me someto, yo no me someto —afirmó Garrote con voz de trueno—. Si Jep dels Estanys, Caragol, Pixola, Rafi y los demás quieren someterse, háganlo en buen hora: ellos se entenderán con su conciencia. Al hacerlo habrán visto delante de sí la balanza que tiene en uno de sus platos el ascenso y en otro el verdugo. ¡Mal demonio harto de rábanos! a mí no me sobornan las charreteras ni me asusta la horca... Cuando mi conciencia me acuse me fusilaré yo mismo. Yo no me someto... Aquí hay mucha, pero muchísima inmundicia... Esto da náuseas.

—Somos militares y debemos obediencia al Rey —dijo el oficial con brío.

Garrote clavó en él una mirada centelleante; apretó los dientes: la piel verdosa de sus sienes y de su cara vibró como si los tendones y venas fueran alambres sacudidos por la descarga eléctrica.

—¡Obediencia! —exclamó sacando de su volcánico pecho palabras como rugidos—. ¿A quién?... ¡Ah! señor oficial... yo no obedezco más que a Dios que fortalece mi brazo y afila mi espada para que defienda su religión santa contra los jacobinos. Yo no obedezco más que a mi conciencia que me manda no reconocer dueño alguno mientras no se siente en el trono de San Fernando el príncipe elegido por Dios para restablecer los santos principios del gobierno cristiano... Veo que mira usted mis charreteras... ¡Ah! desde hoy las considero como una deshonra... No puedo servir a dos señores... Fuera de mí, insignias de vilipendio que me parecéis diabólicos emblemas de un orden masónico.

Y se arrancó con salvaje fuerza las charreteras. Su mano como una garra tiró tan violentamente que rasgó el paño de la levita y mostró la camisa en los hombros. Después arrojó contra la pared las insignias, gritando:

—¡Fuera de mí!... No quiero pertenecer a este rebaño de miserables... Desde hoy soy libre, combatiré solo, combatiré por la Fe y por el verdadero Trono allá en mis benditas montañas donde jamás se conoció la traición.

El oficial se levantó.

—Nada tengo que hacer aquí —manifestó con desabrimiento afirmándose el chacó en la cabeza—. Por fortuna los jefes principales del movimiento conocen lo descabellado y ridículo de sostenerlo más tiempo, y ya han dicho que depondrán las armas.

—Cada cual —dijo Garrote mirando al oficial con desdén— es dueño de meterse en lodo hasta el cuello.

El oficial hizo una profunda reverencia y se retiró. El ruido de sus pasos no se había extinguido en la escalera, cuando Garrote se acercó a la puerta y gritó: —¡Zugarramundi!

El hombre velludo tan parecido a un oso pirenaico, apareció en la puerta: era desde antaño feroz satélite y ayudante del furibundo coronel. En las guerras de partidas era su jefe de Estado mayor.

—Nos vamos enseguida —le dijo el jefe.

—¿A dónde?

—A nuestra tierra; los aragoneses pueden quedarse en la suya.

—Está bien: ¿y cuándo salimos?

—Dentro de una hora. Paga las cuentas del mesón, dispón los caballos... Si algún catalán de los que están conmigo quiere someterse le dejas ir en paz... Pero antes...

Zugarramundi que ya se retiraba volvió.

—Pero antes —añadió el coronel— le mandas dar veinticinco palos.

—Está bien... ¿Y qué dispones del prisionero?

—¡Ah... El prisionero! no me acordaba en este momento. Pues al prisionero...

Se puso a meditar acariciándose la barba.

—Le llevaremos con nosotros. ¿Cuántos carros tenemos?

—Cinco.

—Destina uno para él si no puede andar.

—No puede; la herida que ayer le hicimos cuando quería escaparse por la gatera de San Salomó le tiene un poco marchito. ¿No dijiste que había que fusilarle? Pues dejémosle aquí.

—¿Muerto?

—O vivo. El señor Mañas se encargará de cumplir la sentencia.

—Sí; para que me lo suelten otra vez. ¡Rábanos! No; le llevaremos, le llevaremos, y en el camino daremos cuenta de él. ¿Va algún capellán con nosotros?

—Ninguno.

—Bueno; no faltará un cura que le auxilie... Dale bien de comer... No quiero que padezca hambre... Es paisano nuestro, Zugarramundi, es alavés.

Está bien.

Después que se retiró el oso, quien primero rompió el silencio fue Mosén Crispí de Tortellá, y gozoso de tener un tema de conversación distinto de aquel en que había merecido los apóstrofes del coronel, habló de este modo:

—Por mis pecados, señor don Carlos Navarro, que ha sido usted demasiado benigno con ese demonio de hombre. Yo le hubiera mandado fusilar delante de las tapias humeantes de esa santa casa vilmente incendiada. ¡Oh! ¡Señor don Carlos, horripila ver la enorme dosis de perversidad que Lucifer ha depositado en el alma de algunos hombres!.

Carlos solo contestó con un gruñido.

—No puede quedar duda de que ese embajador de los jacobinos fue quien puso fuego a la casa del Señor, sin duda con el salvaje intento de reducir a carbón a las inocentes vírgenes... No puedo hablar de esto sin que se me parta el corazón.

En el mismo instante Mañas partía la butifarra.

—No obstante —añadió el venerable tomando la ruedecilla que Mañas le ofrecía— yo procuraría indagar... Indudablemente aquí hay un misterio... Ese hombre...

—Mosén Crispí —dijo Navarro interrumpiéndole bruscamente—. Aquí no hemos venido a hablar de ese hombre.

—Aquí hemos venido... —murmuró Mañas con torpe lengua, demostrando que si los demás habían ido allí con algún objeto, él no había ido sino a comer cerdo y a beber vino.

—Sí, ya lo sé —replicó el capellán algo turbado—. Hemos venido a convenir cómo se ha de arreglar esto de soltar las armas... Es caso grave, porque la ciudad de Solsona no quiere malquistarse con el Rey; la ciudad de Solsona no quiere que la horca se alce en su plaza de San Juan, ni que las tropas del conde de España entren aquí tocando los clarines de la venganza.

—Pues usted dirá... Ya sabe usted que yo me voy.

—Pues... El ayuntamiento, que me delegó para tratar con usted de la paz, desea que todo se arregle, que la ciudad de Solsona aparezca amiga de Su Majestad.

—Yo me voy...

—No sometiéndose, eso es lo mejor para la tranquilidad de la ciudad. Ahora falta ver quién recoge el mando de las pocas fuerzas apostólicas que hay por aquí.

—Por mi voluntad entregaría el mando a don Pedro Guimaraens, la única persona decente que conozco en esta tierra.

—Don Pedro marchó al cuartel general, y dicen que el conde de España le ha dado un batallón para que recorra el país, y apoye a los que quieran someterse, que son los más. Puede que esté en Regina Cœli. A falta de don Pedro Guimaraens, yo pondría la autoridad en la cabeza de Tilín.

—¿En dónde está ese Tilín?

—Pues mire usted que no lo sé, y me da qué pensar su desaparición. Hoy le he buscado todo el día y no he podido encontrarle. Anoche se portó heroicamente; fue el primero que entró a salvar a las pobres monjas... Después no se le vio más.

—¿En dónde está?

—¿No le he dicho a usted que no lo sé? Ese sacristán tiene unas rarezas... Suele esconderse cuando se le necesita y presentarse cuando no hace falta.

—Bien —dijo Garrote—. Pues ha de quedar en la división apostólica de Solsona una sombra de autoridad; pues es preciso que esta farsa asquerosa que llaman la paz... yo la llamaría la ignominia... Se haga con visos de convenio, yo delego mi autoridad...

Miró con desprecio a Mañas que con su mano temblorosa vaciaba el turbio residuo de la última botella.

—Sí —añadió el fogoso guerrillero—. El bando apostólico de Solsona es digno de tener por jefe a un borracho. Viejo Mañas, te confiero el mando. Toma ese bastón, animal.

Y cogiendo una butifarra y haciendo ademán de metérsela por la boca, y dándole después dos golpes con ella en la cabeza, la arrojó violentamente sobre la mesa y salió de la sala.

XXV

Desde que los cocheros de palacio, los marmitones, los lacayos y algunos soldados vendidos a los cortesanos inauguraron el 19 de marzo de 1808 en Aranjuez la serie de bajas rapsodias revolucionarias que componen nuestra epopeya motinesca, el más repugnante movimiento ha sido la sublevación apostólica de 1827. Es además de repugnante, oscuro, porque su origen, como el de los monstruos que degradan con su fealdad a la raza humana, no tuvo nunca explicación cabal y satisfactoria. Acabó misteriosamente, lo mismo que había empezado, como esas tragedias reales en que por una secreta confabulación de testigos, asesinos y jueces, queda todo indeterminado y confuso, no existiendo la evidencia más que en la muerte de la víctima. No hubo lógica ni plan en la sublevación, como no hubo justicia en los castigos. Creeríase que eran autores de aquella intriga sangrienta los mismos contra quienes parecía dirigida, y que la propia mano herida por el filo, acariciaba la empuñadura de aquella espada que se forjó en las agrestes ferrerías de las montañas catalanas y se templó en los conventos. En todo lo relativo a los orígenes de tal guerra, hay algo de las poéticas vaguedades de la leyenda: la historia no ha podido esclarecer con su luz las lobregueces de este hecho que solo puede compararse a las tenebrosas demencias del suicidio.

Durante largo tiempo se consideró que la guerra apostólica había sido engendrada por la sociedad secreta del absolutismo llamada *El Ángel Exterminador*, y compuesta de obispos ambiciosos, consejeros cesantes e inquisidores sin trabajo. Aunque el absolutismo ha tenido también su masonería, y de las más chuscas, aun sin el uso de mandiles, ningún historiador ha probado la existencia de *El Ángel Exterminador*. Quién decía que su centro estaba en Roma, quién que estaba en el cuarto del infante don Carlos. Pero si la sociedad no es cosa evidente, lo es sí la existencia de una intriga formidable y subterránea, de la cual eran activos trabajadores muchos próceres y magnates, diestros en las artes del topo. La posterior guerra de los siete años probó que desde 1825 el absolutismo rabioso, anhelando cambiar de ídolo porque el existente no satisfacía por completo su sed de persecuciones y de venganzas, había empezado a preparar el terreno.

Si alguien pudo esclarecer los orígenes de la sublevación apostólica fueron los cabecillas catalanes; sin duda ellos pensaban decir algo; pero antes que pudieran ser indiscretos, Calomarde y el conde de España les fusilaron a todos. El Rey les prometió el perdón para que se sometieran, y después de sometidos les fusiló para que no hablaran. Es una diplomacia como otra cualquiera.

¿Fue Calomarde instigador de la guerra? Entonces resultaría Fernando VII juguete de su ministro, y esto no era así. Calomarde, que sin duda hubiera sido capaz de venderse a quien le quisiera comprar, sirvió bien a Fernando hasta el cuarto casamiento de este, y en 1827 todavía era no más que instrumento harto sumiso de las pasiones y del brutal egoísmo de su señor.

Si Calomarde no fue autor de la guerra, los verdaderos autores de ella se le sometieron al ver el mal éxito que aquella tenía, aspirando a sacar de la paz el partido que no habían podido sacar de la guerra. Es indudable que los tenebrosos congregacionistas del *Ángel Exterminador* (y es forzoso dar este nombre a la pandilla por no tener otro) salieron muy bien librados de aquella sangrienta aventura; pero también lo es que los infelices que habían sacado las castañas del fuego para satisfacer las hinchadas ambiciones y las envidias de la corte, pagaron con su vida el crimen propio y el ajeno.

Grave cosa fue aquella sublevación cuando Fernando se dispuso a sofocarla por sí mismo. Salió del Escorial el 22 de setiembre, siendo despedido por los célebres versos de la bondadosa reina Amalia, que al componerlos demostró tener más comercio con los ángeles que con las musas. Al Rey acompañaba Calomarde. Había gran prisa, y el déspota y su Sancho Panza recorrieron el camino con una rapidez que habrían envidiado quizás algunos de nuestros trenes mixtos. Pero delante del Rey habían salido los correos reservados llevando órdenes apremiantes para que cesara todo. Por eso apenas puso el pie en tierra de Lérida el egregio conde de España con su ejército, principió la desbandada. Las pequeñas partidas se presentaban, y las grandes se ponían en movimiento para sacar algún jugo del país antes de disolverse. La sublevación cayó como un espantajo de trapo y caña puesto en medio de los sembrados, y al cual quitan de pronto la vara que lo sustenta. Los facciosos del Panadés y de Tarragona fueron los más solícitos para presentarse a indulto. En cambio Jep dels Estanys, Caragol y la gente furibunda de Manresa se mostraron muy rebeldes. Sin atreverse a hacer frente al conde de España, resistiéronse a terminar tan tonta y desabridamente una guerra a que los del *Ángel Exterminador* les habían lanzado, ofreciéndoles la cooperación de Rusia con 40.000 hombres y 6.000 caballos, el apoyo de Francia y las simpatías del Papa.

Dejando guarnecida a Manresa salieron: Jep se dirigió a Berga que era su madriguera preferida, y Caragol fingió una marcha sobre Barcelona, unos dicen que con objeto de acercarse a la frontera y otros que con el fin puramente *apostólico* de merodear. No tenían las manos atadas aquellos benditos arcángeles de fusil y cartuchera, porque Jep dels Estanys cuando tuvo que salir de Berga perseguido por el conde de España sacó de allí *dieciocho* cargas de dinero que eran la cosecha de unos cuantos meses de trabajo en la viña del Altar y el Trono.

Ya veremos la suerte que les cupo a estos andantes cosecheros, a quienes Fernando hablaba en su proclama *el lenguaje de la clemencia, abriéndoles sus brazos de padre amoroso*. Una observación haremos que será la última pincelada en el cuadro de aquella guerra, y es que todas las reyertas entre los absolutistas de uno y otro bando, así como todas sus reconciliaciones terminaban con un porrazo a los liberales. Estos infelices, pocos en número, acobardados y oscurecidos, pagaban el furor de los sublevados y de los perseguidores de los sublevados. Los rebeldes, al huir delante del conde de España, gritaban de pueblo en pueblo: «¡muerte a los *negros*!» y el feroz España solía decir: «esos malvados *negros* tienen la culpa de todo.» Así es que se llevaba con paciencia la fuga e impunidad de los apostólicos con tal que hubiese *negros* que sacrificar. Un observador de pura casta absolutista, como Mosén Crispí, habría creído que aquellos pobres fueron puestos en España por Dios para impedir que los defensores de este se destrozaran mucho al engrescarse entre sí.

Es preciso ser de bronce o de berroqueña para no sentir la más viva lástima de tales desdichados. ¿Vencían los apostólicos?... pues *¡muerte a los negros!* ¿Iban bien los absolutistas?... pues *¡duro en los negros!* Que las cosas iban mal en el campo de Jep... pues *¡a ellos, que tienen la culpa de todo!* Que salía chasqueado el conde y se desesperaba por no poder alcanzar a Pixola... pues *¡viva la religión y mueran los masones!* Síntesis de este hecho y resumen de él fueron las horrorosas hecatombes de Barcelona a principios del año siguiente, cuando los envenenados odios y disputas que desgarraban el seno de la familia realista parecían no poder aplacarse sino engolosinando a uno y otro partido con carne de liberales.

Explicada la situación de la guerra, nos cumple despedirnos de esa bienaventurada ciudad de Solsona, donde han ocurrido los principales sucesos de esta historia, para buscar el término y solución lógica de ellos en otro pueblo menos ilustre, pues carece de escudo de armas, de abolengo romano y de murallas; pero que merecería tener todas estas cosas y aun otras, solo por haber sido teatro de los verídicos sucedidos que vamos a referir.

XXVI

Al anochecer del día que siguió a la catástrofe de San Salomó, un cochecillo de dos ruedas corría por el detestable camino que desde Solsona se dirige a la Conca de Tremp. Era uno de esos vehículos puramente españoles que parecen hechos para realizar el ideal de la incomodidad, y cuyo nombre respondería perfectamente a su cruel instituto si en vez de tartana fuera *quebranta-huesos*. El que ocupa hoy nuestra atención era cerrado, formando una especie de cajón alto con portezuela en la parte posterior y en la delantera una ventanucha pequeña sin vidrio destinada a dar aire a la víctima, para que no la asfixiara el calor antes de tener los huesos bien rotos y las carnes bien molidas. Tiraba de él un brioso caballo que parecía más hecho al noble oficio de la silla que al del arrastre, a juzgar por el desorden de su marcha y los brincos con que amenazaba volcar el vehículo. Guiábalo un joven sentado en media cuarta de tabla adherida a la limonera de la derecha. Parecía tener el cochero un delirante anhelo de llegar pronto a su destino, según aporreaba al animal con la vara. El interior lo ocupaba sin duda persona a quien el de fuera estimaba en mucho porque entre golpe y golpe descargado sobre la bestia, volvía su rostro, y mirando al interior del quebranta-huesos por la ventanilla delantera decía algunas palabras enderezadas a dulcificar la molestia de transporte tan inquisitorial. El camino, que más era de herradura que de ruedas, estaba alfombrado de guijarros que en algunos sitios eran verdaderos peñones, ofreciendo en otros hoyos profundos. Caballo y camino jugaban con el coche como un titiritero con las bolas haciéndole dar graciosas piruetas. Viendo aquello, tendría corazón de bronce quien no compadeciera a la persona que iba dentro. Si tal persona además de ir allí, iba contra su voluntad, entonces era tan digna de lástima como quien va al patíbulo en la fatal carreta.

La noche era oscura y serena; pero el horizonte se inflamaba a ratos con vivos relámpagos, indicio de tormenta próxima, y algunas ráfagas de aire fresco venían del lado de la montaña, levantando polvo y haciendo murmurar el ramaje de los árboles.

Ni un alma se hallaba en tal hora por aquel camino solitario y agreste, y las pocas casas que se veían al paso estaban cerradas y silenciosas. Creeríase que la superstición había alejado a todos los habitantes de aquella tierra y que solo quedaban los duendes para obligar a huir también a los que después viniesen.

Pero el quebranta-huesos pasó al fin a regular distancia de una casa, en cuya ventana brillaba una luz. Entonces del lóbrego cajón inquisitorial salió una voz angustiosa que dijo:

—¡Socorro!

El que guiaba castigó fieramente a la cabalgadura para que acelerase el paso, y cuando quedó a distancia mayor la casa iluminada, el hombre volviose hacia dentro y dijo:

—No... No vale pedir socorro, señora. Nadie oye, nadie ve.

—¡Socorro! ¡Socorro! —repitió la voz interior ya enronquecida y furiosa.

Después varió de tono y acompañada al parecer de lágrimas, dijo suplicante y dolorida:

—Por la salvación de tu alma, Pepet, por la memoria de tu madre; déjame, suéltame, déjame en medio del camino y vete solo con tu endiablado coche... Te lo agradeceré, te lo agradeceré con toda mi alma... No te guardaré rencor, Tilín... No te tendré miedo; me acordaré de ti en mis oraciones; pediré a Dios por ti... Sé bueno conmigo, ten piedad de mí... Suéltame, déjame y así podrás librarte del castigo que te espera por tu maldad... Piensa un instante siquiera en Dios.

El hombre no pensaba en Dios. Pálido y hosco, cejijunto, balbuciente como el asesino en el momento de clavar el puñal en la víctima dormida, marchaba derecho a su bárbaro objeto; no reparaba en consideración alguna, no se acordaba de Dios, no era cristiano; era incapaz de toda idea piadosa; no veía tampoco obstáculos, no veía más que la fiebre ardiente que le devoraba y aquel objeto criminal que le atraía fascinando su alma irritada, objeto que, fijo en su cerebro, le enloquecía con el deleite del triunfo y le quemaba con el fuego de la impaciencia.

Oyó que su víctima lloraba dentro del coche. Entonces se volvió adentro y dijo:

—Es verdad que soy un malvado, que me condenaré, que arderé en el Infierno... ¿pero de quién es la culpa?

—Tuya, infame ladrón, incendiario, tuya, monstruo emparentado con todos los demonios del Infierno —exclamó la voz del coche, volviendo a ser colérica—. Mucho más humano serías conmigo si me mataras... ¡Ay! te lo agradecería con toda mi alma. Viva o muerta, infame bandido, no arderé como tú en los infiernos... Estarás solo, y padecerás eternamente, siempre, quemándote en tus sacrílegas pasiones, sin satisfacer en toda la eternidad la sed rabiosa de tu alma.

Tilín hizo crujir sus dientes, tan fuertemente los apretaba, y hablando consigo mismo, dijo:

—¡El Infierno!... pues poco que me gusta a mí el Infierno... Ya sé que he de ir a él... ya lo sé... Si de todos modos he de ir a él, que sea...

Y azotaba al caballo, porque aunque este corría mucho, a él siempre le parecía que andaba poco; tan anheloso estaba de ganar terreno. Habría deseado las alas negras que había visto pintadas en el ángel de las tinieblas, para cruzar con ellas el cielo tempestuoso hasta llegar con su presa a las cavernas donde se traman en juntas diabólicas las tentaciones que luego se esparcen por la tierra. Era firme creyente y creía en las potestades del Báratro tal como las pinta la doctrina cristiana. Hacía el mal conociendo lo que hacía y las consecuencias de él. No era malo por carencia de sentido moral, como los adocenados criminales que pueblan diariamente los presidios y dan trabajo al verdugo, sino por un extravío que arrancaba de la exacerbación de sus violentas pasiones. Su corazón precipitado en aquel rumbo perverso, podía torcerse de improviso tomando otro camino. Esto lo conocía sor Teodora de Aransis. Dando a ratos tregua a su violenta ira, no creía fácil conseguir nada por la violencia y trataba de someter a su terrible enemigo, tocándole hábilmente al corazón. Por eso intentaba dar suavidad a su voz y mágico encanto a sus palabras. Sofocando su cólera, dejaba que hablase la conmovedora piedad. Diríase de ella que intentaba enternecer y cristianizar al Demonio con las súplicas que se dirigen a los santos. Sus manos aparecieron cruzadas en el ventanillo.

—Tilín, Tilín —le dijo—. Yo te juro por Dios que es mi padre y por nuestro glorioso patriarca Santo Domingo, que si me dejas y te vas, no te guardaré rencor, no tendré de ti malos recuerdos... Al contrario los tendré buenos, muy buenos... A nadie diré que pegaste fuego a San Salomó; a nadie diré que en la confusión del primer momento y cuando bajé huyendo de las llamas, me cogiste, me amordazaste y me sacaste por la puerta del locutorio, cuando el fuego y el humo permitían aún pasar por allí. A nadie diré que me ocultaste después en una casucha que hay fuera de la puerta del Travesat, donde tú y otros bandidos como tú, digo mal, bandidos no, sino alucinados, me tenían preparado el suplicio de este coche. A nadie diré que luego me has traído a este viaje horrible que no sé dónde terminará; no diré nada... tendré buenos recuerdos de ti, me acordaré de tu amistad, de tus buenos servicios; todos los días, todos, cuando me arrodille delante del Señor Sacramentado para pedirle por los pecadores, pediré a Dios que te quite esos malos pensamientos y te de otros buenos y cristianos que lleven tu alma al cielo, donde me volverás a ver... Sí me volverás a ver.

Esta idea debió parecer eficaz a la dominica, porque la repitió después de una pausa, añadiendo:

—Me volverás a ver, me estarás viendo por toda una eternidad.

Tilín no dijo nada. De pronto detuvo el coche. El corazón de sor Teodora, al sentir aquella pausa en su tormento físico, palpitó de emoción y esperanza.

Pero Tilín se había detenido para prestar atención a un rumor lejano que a su espalda había creído sentir, y quiso cerciorarse de él.

—Sí —pensó después de un minuto de atención—. Viene gente a caballo, y no debe de ser poca según el ruido que hace.

El sacristán diablo pareció un momento turbado; pero al punto halló en su grande ánimo la iniciativa y la prontitud de ejecución que le distinguía en los lances de difíciles.

—Tilín —añadió la señora— ¿no oyes lo que te he dicho? Ten compasión de mí, acuérdate de aquellos días en que asistiéndote en tu enfermedad, te salvé esa vida que ahora vuelves contra mí. Tú eras entonces un niño, yo una joven. Ahora soy una vieja. ¿Qué quieres de mí? Por Dios y por tu madre, hijo mío, ¿a dónde me llevas? ¿Qué horrible viaje es este?

—En la Cerdaña —dijo Tilín con nerviosa agitación— en lo más alto, en lo más enriscado, en lo más solitario, en lo más montuoso, allí donde están libres los osos, y donde nacen los torrentes, tengo yo una casa...

—¡Y allá me quieres llevar, bandido! —exclamó la dama con desesperación, no pudiendo reprimir la cólera—. No, yo gritaré y alguien me oirá... Esto no puede seguir. ¿No hay almas caritativas aquí? ¿Se ha acabado el mundo? ¿Es posible que no me favorezca Dios? ¡Dios, Dios mío!... ¿Tantos son mis pecados que merezca este horrible infierno en vida?

Tilín, muy temeroso por aquel ruido de tropa que había sentido, volvió a azotar al caballo, y desviándose del camino por una colina pelada que a la derecha había, dijo para sí:

—Me ocultaré en el monte hasta que pase esa tropa. Por aquí está si no me engaño, el convento arruinado de Regina Cœli donde solo viven dos clérigos pobres que piden limosna. No sería malo intentar congraciarme con ellos... Necesito un sitio seguro donde pasar el día de mañana. ¿Qué hora es? próximamente las doce. Este maldito coche es el estorbo de los estorbos. Si pudiera llevarla a caballo... Necesito cuatro jornadas que es preciso hacer de noche y tres descansos por el día, uno aquí o en Vilaplana, otro en Nargo, otro en Querforadat, para de allí subir a mi casa. ¡Maldito coche!... Alas, alas es lo que yo quisiera. Solo mi fuerza de voluntad que jamás se acobarda es capaz de intentar este viaje con tales obstáculos... Si triunfo, Lucifer tendrá que darme tratamiento de Excelentísimo Señor.

El coche avanzaba lentamente, porque el camino era casi impracticable en la oscuridad de la noche. De pronto oyose un estallido metálico, seco, y el coche se hundió cayendo sobre un costado. Sor Teodora dio un grito, y Tilín lanzó un apóstrofe que habría hecho estremecer de espanto a cielo y tierra, si la tierra y el cielo se afectaran por las vanas palabras del hombre. El eje del coche se había roto.

—¿Lo ves, lo ves? —dijo sor Teodora esforzándose en reprimir su alegría—. ¿Qué quiere decir esto, Tilín? ¿No ves claros y patentes los designios de Dios? ¿No ves la mano que te ataja en tu infame camino? Tú tienes buen corazón, tú tienes conciencia, aunque ahora está muy perturbada. Considera, hijo; reflexiona...

Al mismo tiempo que esto decía dulcificando su voz, temblaba interiormente de miedo, pensando que aquella contrariedad exasperaría al malvado inspirándole quizás alguna violencia horrible. También ella oyó entonces el ruido de hombres a caballo y puso atención invocando mentalmente a Dios para que en tan apretada ocasión la amparase. Tilín que oía también con toda su alma, rugió así:

—¡Por las uñas y rabo del Otro! Es la partida de Garrote que salió esta tarde de Solsona.

Después miró su coche que yacía en tierra como un buque recién naufragado. Abriendo la portezuela, ayudó a salir a sor Teodora, cuyos molidos huesos apenas le permitían moverse. La dama dio algunos pasos para probar si funcionaban después del atroz suplicio del coche los tendones y músculos de sus piernas. Tilín dijo sombríamente:

—Esto puede remediarse. A una legua escasa de aquí está el herrero Gasparó Cort que tiene ejes de coche. Si tiene ejes, iré, traeré uno antes del día, y seguiremos nuestro camino.

—¡Y yo, insigne mentecato —gritó sor Teodora viendo que su situación mejoraba extraordinariamente— te esperaré aquí tan tranquila como si estuviera en la celda de mi convento! A fe que eres simple. Esto ha concluido. Déjame en paz.

Tilín comprendió lo descabellado de su plan en lo relativo a buscar un nuevo eje, como no lo forjara con un hueso de su cuerpo en la fragua de su corazón. No había más remedio que dar por concluido el viaje, pensando cristianamente en la intervención de la Providencia para salvar a la digna señora del riesgo en que estaba. Pero Tilín, enérgicamente apasionado y delirante, antes que en Dios pensaba en los demonios que guiaban sus pasos y silbaban en sus oídos palabras enloquecedoras y le ponían delante de los ojos fantasmas y espectáculos de gran atractivo para él.

—No, no, señora —exclamó de súbito, asiendo la mano de su víctima con extraño vigor—. Esto no ha concluido. Un hombre como yo no se deja vencer por un eje roto.

Sor Teodora al sentir la mano de hierro que la sujetaba como las tenazas de Satanás sujetarían al precito sobre la caldera hirviente, encomendó su alma al Señor. La oscuridad y silencio del bosque cercano diéronle grandísimo pavor; pero evocando las fuerzas todas de su alma, decidió hacer frente a los mayores peligros, desplegando los recursos de su voluntad, de su astucia y aun de su vigor físico, que no era despreciable a pesar de ser mujer y monja.

—Tilín —dijo con grave acento—. Por malvado y pervertido que seas, no podrás desconocer que la voz de Dios acaba de hablarte, que su mano te ha detenido en tu criminal carrera.

El criminal no decía nada; pero apretaba más la mano preciosa, como el avaro oprime su tesoro temiendo que se le escape. Fijaba sus ojos con terrible expresión de duda en el suelo.

—¡Tilín, Tilín! —añadió la monja, que había comenzado a comprender la posibilidad de ablandar aquel bronce—. ¿No me oyes? ¿Piensas en Dios, en tu crimen, estás mirando a tu horrible conciencia? Por Dios y su Santa Madre, déjame y sálvate, sálvate, hijo mío, de la condenación eterna.

Cuando esto decía oyose el tañido de un esquilón que sonaba muy cerca, en el bosque.

—¿Qué campana es esta?

—La de Regina Cœli, la de Regina Cœli —gritó Tilín hiriendo el suelo furiosamente con el pie.

—¡Es un convento, un asilo! —dijo ella—. ¡Dios mío, has venido en mi ayuda!

Y la monja empezó a rezar. Pero Tilín le apretaba aún la mano.

Oyose entonces a muy poca distancia el ruido de gente a caballo que poco antes obligara a Pepet a apartarse del camino.

—¡Gente de armas! —balbució sor Teodora de Aransis inundada de gozo—. ¡Me he salvado!

—El Demonio, sí, el Demonio es quien me ha jugado esta mala partida.

—Suéltame, ladrón —dijo la dominica recobrando su entereza y dueña ya de la situación—, suéltame.

Sacudió la mano gritando: —¡Socorro!

—Basta, basta —gruñó Pepet soltando la mano.

La monja dio algunos pasos hacia donde sonaba el esquilón, y Tilín corrió hacia ella.

—Es usted libre —le dijo—. Pida usted hospitalidad a los frailes de Regina Cœli... Me confieso vencido. El Demonio se ha reído de mí.

—No me sigas, malvado, no me sigas.

—¿Qué pensarán de una religiosa que se presenta sola, a estas horas, pidiendo asilo en un convento de frailes?

La monja se detuvo.

—¿Qué importa? —dijo—. Todo antes de estar en tu poder, monstruo. No me sigas.

—Yo también quiero pedir hospedaje en Regina Cœli, yo también: estoy cansado.

Pero Teodora había adelantado y no le oía. Corriendo entre los árboles, perdiose por un momento; pero al fin pudo salir a donde se veía la oscura mole de Regina Cœli. El esquilón seguía tocando. La dama vio una puerta y en la puerta luz, y esta luz iluminaba una figura, un hombre, un fraile, cualquier cosa... Sin vacilar corrió hacia él.

XXVII

—¡Una monja! —exclamó con asombro el que estaba en la puerta, que era un viejecillo tembloroso y caduco, empaquetado dentro de una sotana, y que ni aun parecía tener fuerzas para sostener la linterna con que se alumbraba, y cuyos rayos caían principalmente sobre la pechera encarnada de un segundo personaje vestido con uniforme militar.

—¡Una monja! —repitió este, antes de que la de Aransis tuviera tiempo de exponer el objeto de su peregrina visita.

—Sí, una monja —dijo ella— una pobre monja de San Salomó, que se ve obligada a pedir auxilio a los religiosos, caballeros, militares o quienes quiera que sean los habitantes de esta casa... Pero si no me engaño estoy hablando con el señor don Pedro Guimaraens.

—El mismo, señora —repuso el bravo coronel quitándose galantemente el sombrero y dirigiendo hacia el semblante de la religiosa los pálidos rayos de la linterna—. Me parece que estoy viendo a sor Teodora de Aransis.

—Esa soy yo... Usted no comprenderá mi presencia aquí —dijo muy turbada la dama, como quien aún no ha inventado bien la mentira que va a decir—. Ya sabe usted que anoche nos quemaron el convento... Yo iba a casa de mis tíos, a Balaguer, porque me encuentro muy enferma... ¡cosa tremenda!... El coche en que iba se ha roto... Roto el eje... Me vi sola en medio del camino... Sola no... Con el criado de mis tíos.

—No se necesitan más explicaciones para dar alojamiento a la buena madre —declaró Guimaraens menos atento a las cuitas de sor Teodora que al ruido de caballos que cerca se sentía—. Yo estoy aquí cumpliendo un deber militar por encargo del conde de España... ¿Sabe usted?... Este sitio es el mejor para cortar la comunicación de los valles del Cardoner con la Conca de Tremp... Estoy aquí con un pequeño destacamento esperando las fuerzas que han de llegar a la madrugada...

Y volviéndose al frailecillo, añadió:

—Nuestro bendito padre Martín de la Concepción se ha cansado de tocar la campanilla, y es preciso que no cese de tañer en todo momento para que la brigada pueda dirigirse aquí sin equivocarse, porque esos niños de Madrid no conocen estas tierras... Que toque, que siga tocando... Pues sí, señora mía, aquí podrá usted reposar hasta mañana. No hay comodidades de ninguna especie, ¿verdad padre Juanico?

—No importa —dijo la dominica entrando en el atrio—. Me basta con hallarme en lugar seguro.

—Y dispénseme la reverendísima madre —indicó don Pedro haciéndole otra cortesía sombrero en mano— que no la acompañe en este momento, porque siento ruido de caballerías y si al principio me parecía tropel de arrieros que iban al mercado de Castellnou, ahora me parece una partida fugitiva que pasa.

—Vaya su excelencia —dijo el frailecillo—. Yo acompañaré a la reverendísima madre a la única habitación que tenemos para cuando se nos presenta algún forastero... ¿No ha traído la señora la servidumbre? ¿No ha venido con la señora alguna otra madre, o un par de madres, o media docena de madres?

Incapaz de responder a estas preguntas, la monja calló, dejándose guiar por el padre Juanico. En el ruinoso patio sintió rumor de soldados que jugaban o cantaban coplas tendidos en el suelo. Tan aturdida estaba la buena madre, que no había formado aún juicio alguno sobre su nueva situación, si bien se veía segura y salva por el respeto que entonces infundía a la gente armada el hábito religioso. Érale sí forzoso desplegar un poco de ingenio para explicar su presencia en Regina Cœli sin ocasionar interpretaciones malignas, y para hacerse trasladar a Solsona sin peligro de caer de nuevo en los terribles brazos del dragón que la perseguía.

Don Pedro salió a toda prisa acompañado de algunos soldados, mientras el padre Juanico guiaba a sor Teodora por un claustro medio derruido, siendo preciso mucho cuidado para no tropezar en las piedras que obstruían el paso.

—Esta casa, señora —dijo el caduco fraile— está así desde la acometida de los franceses el año 10. Regina Cœli era una casa de clérigos regulares. ¡Ah! entonces éramos treinta y cinco, ya no somos más que dos, el padre Martín de la Concepción y un servidor de Vuestra Maternidad reverendísima... Creo que ha sido horrible eso de San Salomó.

El padre Juanico se detenía a cada seis pasos para contemplar el rostro de la señora, y alzando no sin esfuerzo su cabecilla flaca y colgante, obsequiaba a la monja con una sonrisa senil harto grotesca.

—Solo dos, señora —añadió alumbrando el piso lleno de piedra—. Vivimos de limosna... vivimos tranquilos, esperando la muerte que ha de asemejarnos a estos escombros, a estas piedras, a este cadáver descompuesto de Regina Cœli. Lo poco que aún vive de Regina Cœli será polvo también... Pues como decía a la señora, los dos hermanos vivimos aquí tranquilamente, es decir, vivíamos tranquilamente hasta esta noche a las diez, hora menguada en que se nos metió por las puertas el señor don Pedro Guimaraens con sesenta soldados de Su Majestad... ¡Linda noche nos ha dado!... Al pobre Martín de la Concepción lo tiene desde hace dos horas tocando la esquila... y no quiere que se canse el buen hombre, sino que toque y toque... Estos demonches de militares son muy déspotas, señora... Cuidado no tropiece usted en la losa de ese sepulcro... Por aquí, señora, por aquí... y aún falta lo mejor. Esos toques de la esquila son para avisar a una brigada entera, a una brigada de demonios uniformados que vienen a tomar posesión del convento... Estamos lucidos... ¡Venir a turbar a dos pobres religiosos moribundos que esperamos por instantes la última hora!... En fin, paciencia nos de Dios. Aceptemos este cáliz no tan amargo como el que supo apurar Su Divina Majestad en la noche de su pasión... El pobre hermano Martín se ha cansado otra vez de tocar... En fin, señora, esta es la única habitación que podemos ofrecerle a Vuestra Maternidad reverendísima para que pase la noche... Iré a ver si han llegado los de la servidumbre de Vuestra Maternidad reverendísima.

—¡Esta es la habitación!... —exclamó llena de asombro la madre Teodora de Aransis contemplando las desnudas paredes de una sala inmensa, helada, vacía, con el techo agujereado y el piso hecho de escombros.

—No tenemos otra. En cuanto a lecho para dormir no espere Vuestra Maternidad que se lo ofrezcamos, porque no lo tenemos. Martín de la Concepción y yo dormimos en el suelo.

La madre volvió a mirar no menos espantada que la vez primera el antro en que se hallaba. Un pedazo de altar y un rimero de tablas carcomidas eran los únicos asientos. Algunas piedras sepulcrales llenas de escudos e inscripciones formaban apiladas como una especie de mesa.

Aterrada en el primer momento, sor Teodora se serenó pronto comprendiendo que no estaba en el caso de pedir gollerías.

—Está bien, reverendo hermano —dijo—. Déme usted una luz y ayúdeme a cerrar estas ventanas.

—Estas dos ventanas no se pueden cerrar —dijo el frailecillo con burlona sonrisa—. Tampoco se cierra la puerta, en una palabra, madre reverendísima, aquí no se cierra nada. En Regina Cœli no hay llaves, ni cerrojos, ni trancas, ni candados. Puede vuestra maternidad entornar las puertas y afianzarlas con un palo. Como no hay viento no se abrirán... Traeré la luz al momento.

Largo rato estuvo sola y a oscuras la buena monja embebida en hondas reflexiones sobre su situación, y ya se impacientaba de la oscuridad cuando volvió el padre Juanico tan apresurado como sus piernas medio muertas se lo permitían. Puso una lámpara de cobre sobre el montón de piedras sepulcrales que hacían las veces de mesa, y dejándose caer sobre un madero, dijo suspirando:

—Déjeme Vuestra Maternidad que descanse un ratito... No puedo tenerme... Este renegado de Guimaraens va a quitarnos la poca vida que nos queda... ¿Oye usted? todavía repica el desventuradísimo Martín de la Concepción... ¡Ay! cómo me canso, señora, con estas idas y venidas. A estas horas estaríamos el hermano y yo roncando riquísimamente sobre nuestras tablas si esos Barrabases no se nos hubieran metido aquí... Y lo que falta, pues, y lo que falta.

—Paciencia, hermano —dijo la dominica sentándose también.

—Pues como iba contando —prosiguió el fraile demostrando menos cansancio de lengua que de piernas—, esos hombres a caballo que iban por el camino eran los de la partida de Garrote que hace días pasó para Solsona y ahora se vuelve a su país. El señor de Guimaraens les ha quitado algunas armas y les ha dejado seguir. Llevaban consigo un prisionero, un hombre malvado de esa infame ralea de jacobinos. Es, según dicen, el que pegó fuego a San Salomó.

Sor Teodora suspendió tan bruscamente sus reflexiones que se la habría creído picada por el aguijón de una víbora. Clavó los negros ojos en el rostro excesivamente maduro y pasado del padre Juanico que alentado por la atención que a sus palabras se prestaba, añadió:

—Garrote que va en retirada y sin armas ha dejado aquí al prisionero para que el señor de Guimaraens haga un poco de justicia. ¡Hace tanta falta en estos tiempos!... Le van a fusilar.

Sor Teodora se levantó. Un lúgubre rumor que en el patio se oía llamó vivamente su atención. Miró por la ventana que al patio daba.

—Ahí le llevan —dijo el fraile señalando al patio donde se distinguían grupos moviéndose con algazara—. Le van a meter en la cueva, en lo que era panteón y ahora nos sirve de leñera.

Sor Teodora no vio más que sombras, pero comprendió lo que pasaba. El corazón se le salía del pecho latiendo con desusada violencia.

—Adiós, señora, que pase Vuestra Maternidad reverendísima buena noche —dijo el padre Juanico tomando su linterna—. ¡Ah! me olvidaba de advertir a Vuestra Maternidad que el señor de Guimaraens pasará a verla. Me lo ha dicho. Sin embargo estará muy ocupado en toda la noche. Parece que ya llega la brigada que esperaban... ¡Gracias a Dios que descansa el pobre Martín!... Buenas noches... He visto entrar a varios paisanos... la servidumbre de Vuestra Maternidad reverendísima.

—Yo no tengo servidumbre —dijo sor Teodora bruscamente.

—¿Ha venido Vuestra Maternidad sola? —exclamó el padre Juanico desplegando toda la piel de los ojos.

—Sola, sí, sola —afirmó la dama con energía sin pensar en su reputación.

El padre Juanico iba a persignarse, pero no se persignó. Creyó que debía marcharse... y se marchó.

La de Aransis dio algunos pasos hacia la puerta, después retrocedió... Llevose las manos a la cabeza, cruzolas después. Puede afirmarse que en los treinta y dos años de su existencia no había conocido su alma un afán tan grande. Tan grande era, que la última aventura de Tilín le parecía cosa lejana, indigna de fijar su atención, y en verdad aquel drama terrible, puramente externo y que en nada afectaba a sus sentimientos, le parecía muy menguada cosa en comparación de la íntima sacudida que ora sentía en su alma.

Tan absorta estaba, tan atenta a sí misma, que no observó que era espiada. Fuera de la ventana abierta a un segundo patio lleno de ruinas, un espantajo negro la vigilaba. Ella no veía el brillo verdoso de los ojos del búho acechando su presa.

XXVIII

Sí, aquel tenaz guerrillero don Carlos Garrote, cuya cólera hirviente, cuyas palabras amenazantes encerraban un gran fondo de rectitud, porque anunciaban su odio a las intrigas y a las transacciones indecorosas, tuvo que abandonar parte de sus armas en Regina Cœli. Habría sido petulancia sostener un combate. Él no se sometía; pero se retiraba de la lucha. No disparaba un tiro en contra de la causa apostólica; pero tampoco en pro del Rey, cuya doblez conocía como nadie. Deferente y cortés con don Pedro Guimaraens a quien por sus altas cualidades apreciaba, no solo le entregó algunas armas, sino también un valioso prisionero, y después de recomendarlo al señor coronel con la mayor eficacia, siguió adelante, para buscar por la Conca de Tremp el camino de Aragón.

No estaba a cien varas de Regina Cœli cuando su pequeño ejército inerme fue detenido por otro armado y relativamente grande. Era la brigada que esperaba Guimaraens, y que había sido mandada por el conde de España para ocupar Regina Cœli. Guimaraens a quien España dio el día anterior pequeñas comisiones, fue encargado de ocupar previamente a Regina Cœli, en la previsión de que alguna pequeña partida se apoderase de punto tan conveniente, y de esperar allí a la brigada. El aviso de la campana fue cosa convenida entre el jefe de esta y Guimaraens.

Garrote sabía que probablemente encontraría aquella tropa, sabía también quién la mandaba, y así con la esperanza de refrescar cordiales y antiguas amistades, luego que las avanzadas le detuvieron, preguntó:

—¿En dónde está el jefe? ¿En dónde está mi amigo queridísimo el señor don Francisco Chaperón?

Fuele respondido que no lejos venía, y poco después el valiente soldado navarro y el antiguo presidente de la Comisión Militar Ejecutiva se daban estrechísimo abrazo en mitad del camino, alargando cada cual el cuerpo sobre el caballo, de modo que por un instante parecieron un solo hombre sobre dos brutos.

—Por vida del Santísimo Sacramento —dijo el brigadier— que no creí tener sorpresa tan agradable. Sabía que andaba usted por estos barrios... ¿Y a dónde se va? Supongo que en retirada.

—Me voy a mis montañas, me voy sin armas, sin ilusiones, sin esperanza por ahora... Han querido meterme en intrigas, y enlodarme con estos inmundos arreglos, y... Me voy, me voy. ¡Esto es una farsa, señor don Francisco; pero qué farsa!

—Hombre, ¡qué diantres! ya sabemos que en el mundo, todo es farsa... Pero ¿a qué conducía esta guerra? Francamente, hablemos como hombres formales... Más adelante, no digo que no; pero ahora... ¡Vaya con las diabluras catalanas! Es preciso sofocar esto, echarle tierra a todo trance, antes que tome vuelo, porque si no se aprovecharán de ello los liberales. Es lo que yo digo: divídase el partido del orden y tendremos a los masones tirándonos de la nariz...

—Los liberales tienen poco que ver en este negocio.

—¡Qué error! Por dondequiera que vamos recibimos la noticia de tramas horribles. Ellos son los que con halagos y promesas inclinan a los guerrilleros a no someterse. Yo le digo al conde de España: «Señor conde, mientras quede uno de esos, no tendremos paz en el reino», y el conde es de mi opinión. A veces me dice: «Chaperoncillo, aquí hay que amenazar a un lado y dar a otro», y yo soy también de esa opinión. Estoy contento de haber enviudado de aquella endiablada Comisión que me dio tantos disgustos, y de haberme casado con esta guerra. Me gustan los campamentos más que las oficinas, y nuestro jefe me agrada mucho. Es riguroso, y hace cumplir la ordenanza con crueldad; pero eso es bueno, eso es bueno. También sabe premiar a los que sirven con celo y a los que ejecutan sus órdenes con prontitud y sin vacilaciones... Con que, amigo mío... Por vida del Santísimo Sacramento, estoy por decirle a usted que vuelva grupas y me acompañe a Regina Cœli, que ya debe de estar cerca... Allí echaremos una copa y fumaremos un cigarro.

—No puedo, señor don Francisco... Regina Cœli está a dos pasos: allí descansará usted. Por cierto que le he dejado a usted allí un buen regalo.

—¿Algo de cena? —dijo don Francisco haciendo con su mano en las inmediaciones de la fiera boca, el gesto vulgarísimo que denota buen apetito.

—Nada de eso.

—¿Pues qué?

—Un liberal.

—¿Y para qué quiero yo un liberal, como no sea para fusilarlo?

—Precisamente para eso.

—¿Sí? Por vida del... ¿Y quién es?

—Un gran delincuente. Anoche le cogimos *in fraganti*. Había pegado fuego al convento de San Salomó en Solsona.

—Hombre, ¡qué alhaja! Para encontrar estos primores no hay otro como usted.

—Vino a España enviado por los de Londres para tejer una de tantas conspiraciones. Es pájaro de cuenta: le conozco hace tiempo. Es de los que figuraron cuando las Cabezas... Después anduvo en masonerías y comunismo.

—¡Preciosísimo!

—Es paisano mío. Se llama Salvador Monsalud.

—Yo he oído ese nombre, lo he oído.

—Le han oído todos los que en Madrid asistieron a los infames escándalos de los tres años.

—¿Y está allí, en Regina Cœli?

—La verdad, no quise dejarle en Solsona porque no tengo confianza en la gentuza que queda allá. Es probable que le dejaran escapar. Después tuve intención de fusilarle en el camino; pero señor don Francisco, yo soy buen católico y no me atrevo a matar a un hombre cuando no puedo darle los auxilios religiosos... Mis creencias no me permiten quitar a un hombre, por malvado que sea, la probabilidad de redención, y aunque este sea de los que merecen morir como perros, yo... No quiero cuestiones con mi conciencia... ¿He hecho bien?

—Perfectamente: si es usted al mismo tiempo un bravo soldado y un doctor de la Iglesia. Para casos como este tengo yo mis capellanes, que despabilan un par de reos en diez minutos.

—Hay dos curas en Regina Cœli.

—El negocio corre de mi cuenta —dijo don Francisco demostrando gran impaciencia.

—¿Confío en que usted castigará al mayor de los criminales?...

—¡Hombre, qué idea! Pues si así no lo hiciera... Además de que me gusta arrancar la mala yerba que encuentro en mi camino, soy hombre que no está dispuesto a recibir represiones del general en jefe, y le juro a usted que si el conde supiera que yo después de tener en mi mano un pájaro del plumaje de ese caballero masón le había de dejar escapar... vamos, no quiero pensarlo. Yo creo que me mandaría dar palos como a un recluta. Usted no conoce bien a ese insigne defensor de la Monarquía. ¡La ordenanza, el exterminio de la gente negra! Estos son los polos sobre que gira el grande espíritu del conde de España... Dicen que Su Excelencia está loco: yo no le tengo por tal, sino por muy cuerdo, y con media docena como él bastaba para arreglar el mundo.

—Es hombre que no perdona una falta ni a Cristo Sacramentado.

—Ni a la Santísima Trinidad. Hombre más inexorable no se ha visto ni se verá. Cuando su hijo no se levanta temprano, el conde manda una banda de tambores a la alcoba... Entran despacito, se colocan junto a la cama y de repente... ¡purrum! rompen generala, y así el muchacho se despabila y salta hasta el techo. Pues digo, cuando don Carlos encarga a su hija algún trabajo de aguja, ya puede andar lista y acabarlo para cuando su padre le ha dicho, porque si no me la pone de centinela en el balcón con la escoba al hombro dos, tres, cuatro horas, según el caso. No tiene consideración ni con su señora la condesa... Ya podía descuidarse un día en ponerle tal o cual plato que le gusta. La manda arrestada y la tiene cinco o seis días sin salir del cuarto con un oficial de guardia a la puerta.

—Eso me parece extravagante.

—Pues yo no opino lo mismo, es preciso que el hombre del día sea muy enérgico. Los lazos del poder se van aflojando mucho y llegará día en que no haya disciplina ni autoridad, y héteme aquí a la sociedad desquiciada por completo. En España hacen falta hombres así, desengáñese usted, Carlos... ¡Si no, a dónde vamos a parar! Dicen que el conde está loco. Ya quisieran más de cuatro tener su juicio. ¡Por vida del Santísimo!... Lo que tiene es muchas agallas. Es el único hombre a quien veo con capacidad bastante para acabar con el bando liberal. Y no se para en pelillos mi señor conde. Marchando despacito con su ejército va barriendo el país; lo va barriendo, sí, a fusilazos. Como nos dejen no quedará uno para muestra... Figúrese usted que él llega a un pueblo, sale a pasear por las calles y a todo el que encuentra le detiene y le dice: «enséñame el rosario.» Como no se lo enseñe va derecho a la cárcel. ¡Ay de los que sean conocidos por sus opiniones! Esos no van a la cárcel: van a otra parte de donde no se vuelve... Yo no soy de los que opinan que España es un hombre cruel y sanguinario... No, señor, todo es relativo. Hay que ver cómo está nuestro país, podrido de malas ideas. Es preciso que esta guerra corte y ampute y despedace y descuartice. ¿No cree usted lo mismo?

—Lo mismo.

—¡Cruel y sanguinario! Pues yo sostengo que es un hombre de boní-simos sentimientos, muy pío y temeroso de Dios. Me consta que confiesa y comulga todas las semanas. ¡Con qué miramientos trata a los señores clérigos y frailes! Yo le he visto en la iglesia dándose golpes de pecho como el mayor pecador del mundo. Me han dicho que tiene éxtasis y que usa cilicio... Pero le estoy deteniendo a usted demasiado con mi charla... Es tarde.

—Sí, señor don Francisco, y quiero llegar mañana a la Conca. Mucho me place la compañía; pero es preciso que nos separemos.

—Hombre —dijo Chaperón con acento campechano—. Yo creo que algún día nos hemos de ver peleando juntos por una misma causa.

—También lo creo.

—Venga un abrazo.

Los dos hombres se acercaron el uno al otro, y dos corazones de tigre latieron juntos unidos por un abrazo. Al separarse, Chaperón le dijo:

—Gracias por el regalo.

—Me olvidaba de una advertencia —indicó Garrote deteniendo un instante su caballo—. Ese señor don Pedro Guimaraens que está en Regina Cœli me parece un poco débil y amigo de contemplaciones.

—¿Sí?... ya le arreglaré yo.

—Puede que le hable a usted de perdonar al reo. Es hombre de mimos y blanduras.

—¿Sí? a buena parte viene. Ya le leeremos la doctrina a ese señor.

Los caballos se encabritaron, emprendiose la marcha y Garrote gritó desde lejos:

—Es preciso ser inexorable.

Chaperón se echó a reír, y su carcajada confundíase con el piafar de los caballos. Más lejos ya, el furibundo cabecilla repitió:

—Inexorable.

Después se oyó el tumulto de las voces de mando, y la tierra trepidaba con el violento pisar de hombres y brutos. El murmullo del ejército en marcha se oía a larga distancia, como el zumbido de un gran enjambre invasor que iba conquistando lentamente el espacio oscuro. El tañido de una esquila les guiaba llamándoles hasta que dieron en el portalón de Regina Cœli.

Fue recibido el señor brigadier por don Pedro Guimaraens, que le condujo adentro, mientras los subalternos daban órdenes para alojar y racionar a las tropas. Mostrose muy seco y disciplinario Chaperón, el cual cuando se vio en su dormitorio dijo al coronel que él no había venido a Cataluña a hacer niñerías, que él pensaba en todo y por todo inspirarse en las ideas del general en jefe don Carlos España, y que prohibía absolutamente al don Pedro hablar de clemencia y enternecerse como una cómica que representa el drama sentimental. Dicho esto se paseó por la desmantelada sala y dijo que no habiendo camas dormiría en una silla, pues hombres como él no necesitaban finuras. Mandó que le trajesen un jarro de vino, un pan y la carne fiambre que traía en su valija, y puesto el mantel sobre un arca vieja, invitó a Guimaraens a que le acompañase con otros dos coroneles en su frugal cena. Hízolo don Pedro, aunque no tenía gana, y Chaperón engullendo y bebiendo con apetito, no daba paz a la lengua. Era preciso convencerse de que él era inexorable, absolutamente inexorable, de que estaba decidido a corresponder a los deseos del conde de España, su jefe y amigo. A los apostólicos que se sometieran, les perdonaría: eran alucinados y no criminales; a los jacobinos y masones les aplastaría sin piedad. Ya sabía él que en Regina Cœli estaba un gran criminal que debía terminar sus días en la mañana próxima, y como él era absolutamente inexorable contra los enemigos de la sociedad, prohibía al señor Guimaraens que le hablase de compasión, porque hombres como él no se ablandaban con suspirillos. Aunque don Pedro respondía a todo afirmativamente, aún no parecía satisfecho el ogro, y ponía por testigo al Santísimo Sacramento de su decidido entusiasmo por lo absolutamente inexorable.

Asomose después al balcón que daba al gran patio o explanada de ruinas, y al retirarse dijo:

—¡Qué negro está todo! Señor coronel Guimaraens...

Don Pedro se puso a sus órdenes.

—Mañana a las seis en punto, forma usted el cuadro en ese patio y me fusila usted al jacobino. A las seis en punto. Yo quiero verlo desde este balcón; sí, quiero verlo con mis propios ojos.

Diciendo esto acercaba dos de sus dedos a los ojos y se estiraba los párpados inferiores, mostrando redondas y saltonas las córneas, bordadas de un cerco sanguinolento; después se sentó en una silla, estiró las piernas, apoyando el brazo derecho en el respaldo y la cabeza en la palma de la mano.

—Voy a dormir un rato. Son las tres. Que me llamen a las seis menos cuarto.

Retiráronse todos y el ogro quedó roncando. Guimaraens fue a dar órdenes, y después de pasar largo rato en las cuadras bajas hablando con los oficiales que estaban a sus órdenes, recordó que sor Teodora de Aransis le había mandado llamar poco antes. Gozoso de ser útil a tan insigne señora, corrió a la caverna donde estaba y por espacio de media hora larga conferenció con ella. Lo que hablaron no lo sabemos; pero quizás lo adivine el que siga leyendo.

XXIX

Don Pedro salió muy cabizbajo. Cuando la señora se quedó sola, sentose sobre las piedras sepulcrales y apoyando el codo en una tabla y la frente en las coyunturas de su mano cerrada cual si empuñara un arma, estuvo largo rato inmergida en profunda meditación. Su alma sentía una ansiedad hasta entonces desconocida, como no tuviera su semejante en las vagas ansiedades de aquel amor místico que la inflamó durante los primeros días de su vida en el convento. Se preguntaba qué razón había para aquel interés por cosa que tan poco debía importarle: pero no podía darse respuesta satisfactoria. Trató de vencer aquel afán; pero contra este enemigo terrible eran débiles las armas de la razón, que hiriéndole sin matarle, le irritaban más. El enemigo se asentaba al mismo tiempo en su imaginación y en su corazón, aunque más parte ocupaba de aquella que de este.

En su mente había una idea, inmutable, aterradoramente fija y clara, la cual le ponía delante como la mayor de las desgracias y de las injusticias posibles, el sacrificio del hombre encerrado en las mazmorras de Regina Cœli. No podía de ningún modo asentir a que pereciese aquella figura airosa y gallarda, aquel semblante varonil, aquel mirar dulce y penetrante, aquella discreción y urbanidad de lenguaje, aquella nobleza que en toda su persona resplandecía, aquel misterio de su vida y de su entrada en el convento, la violencia misma de su aparición seguida de manifestaciones hidalgas, aquel no sé qué de semejante hombre que había despertado súbitamente un interés muy vivo en el alma de sor Teodora de Aransis. Ella protestaba contra la calumnia de que fuera incendiario de San Salomó. Tan grande injusticia poníala furiosa.

No tenía serenidad suficiente para considerar lo anómalo de sus sentimientos. Después de doce años de claustro, de calma y de tibia y rutinaria devoción, Teodora de Aransis perdía toda su entereza y su paz espiritual por la presencia de un desconocido. Quizás era ella menos monja de lo que parecían indicar sus doce largos y monótonos años de claustro; quizás aquel período lento y pesado como un sueño de embriaguez, había sido tan solo un verdadero sueño, un sueño estúpido del cual la despertaba la voz de un hombre; tal vez la verdadera juventud de la hermosa dama comenzaba en aquel instante, y quizás, quizás el grito de terror proferido al ver profanada su casta celda por el aventurero, fue la última palabra de su niñez.

Contra esta idea desfavorable protestó la razón de la virgen del Señor, diciéndose: —No, es lástima, nada más que lástima lo que siento.

Pero una lástima profunda, abrasadora, una lástima que le hacía olvidar los sucesos de las últimas horas, las llamas de San Salomó, su rapto, el viaje con Tilín, y le hacía olvidar también sus doce años de claustro. Creeríase que todos los deseos, todas las ilusiones, todos los caprichos, todas las afecciones arrinconadas durante los doce años habían renacido súbitamente, y se juntaban para hacer de aquella lástima un sentimiento sublimemente cariñoso. De mil cachivaches olvidados y perdidos en los repliegues de una vida oscura y pasiva, la compasión hacía su acopio en un día para fundir con ellos un afecto poderoso. El filo de esta arma iba derecho contra el propio corazón de la monja, el cual se partía y se hacía pedazos, pensando en la muerte injusta de un desconocido.

Mientras meditaba no vio que en la ventana aparecía un rostro oscuro, después un busto, y que el ágil cuerpo de Tilín saltaba sobre el antepecho y se acercaba pausadamente a ella. El viento entraba en la sala, y la luz de la lámpara oscilaba como la llama de una antorcha, produciendo intervalos de claridad y sombra. Teodora no vio al dragón hasta que no estuvo delante de ella, con las manos cruzadas, inclinado el rostro. Ligera exclamación de sorpresa salió de los labios de la señora; pero nada más. La presencia de su enemigo ya no le causaba temor sin duda.

Sorprendiose Tilín de no ser recibido como esperaba, con exclamaciones de horror. Él daba por perdida ya su causa. Había entrado en Regina Cœli con el tumulto de tropa y paisanos, y se había deslizado entre las sombras del patio en ruinas para ver de lejos la presa que se le había escapado. No creía ya en su éxito; no tenía ilusión alguna. Sabía que su víctima estaba ya en seguridad contra él, y que un grito, una voz sola, le bastarían para defenderse, si nuevamente fuera perseguida. A pesar de esto, esperaba oír en boca de la señora recriminaciones y apóstrofes. En vez de esto Tilín halló un silencio de sepulcro y una impasibilidad sombría y taciturna.

—Soy yo, señora —dijo Pepet en voz baja— soy yo, que aun aquí, donde está la monja más segura, vengo sin temor a nada, ni a la misma muerte.

La religiosa no contestó. Parecía que más enojaba a Tilín el silencio que las recriminaciones, porque alzando la voz con violencia, añadió:

—Soy yo, señora, que si supiera que no había de salir de aquí sino hecho pedazos, no dejaría de entrar. Vengo, porque quiero decir la última palabra.

Nuevo silencio.

—La última palabra, señora —prosiguió el voluntario realista—. He perdido la partida. Por primera vez dejo de creer en el buen éxito de mi osadía, de mi fuerza y de mi astucia. Mis diablos me han desamparado..., vencido soy. El ángel que a usted la protegía me destrozó en mitad del camino.

Tilín creía con ciega fe en esta idea de Satán abandonándole y del ángel que le acuchillaba.

—Un recurso me queda —añadió sordamente— el recurso mío, el que me gusta más.

Sor Teodora le miró. Parecía que de improviso oía con interés las palabras de Tilín. Su atención indicaba un cambio brusco en sus ideas, algo como esperanza, o presentimiento de una solución posible.

—Me queda —dijo él, animado por aquella mirada— el recurso de la muerte, que es ya mi único consuelo.

Pepet se detuvo, y la monja, mirándole con mayor interés, le dijo:

—Sigue, Tilín; ya ves que te escucho sin enfado.

—El mundo se acabó para mí. Ninguna de las ambiciones de mi alma he podido satisfacer en él. Lo miro como un lodazal de hielo en el cual no nace ni una yerbecilla... Huir de él es lo que deseo. Dos objetos han llenado mi alma y cabalgando en ella parece que la han espoleado: ambos han sido un esfuerzo estéril y doloroso como las convulsiones del loco. Ni soldado ni amante, ni la gloria ni el amor... ¡Todo perdido! ¡Los deseos no satisfechos que son como ascuas que no puedo trocar en llamas ni tampoco en cenizas, me piden mi sangre, señora, mi sangre malvada!

Ronco por la violencia de su expresión y trémulo con las convulsiones del despecho, se clavó las dos manos en el seno. Después cayó de rodillas e hiriendo el suelo con su frente, dijo con voz angustiosa:

—Monja, dime que me perdonas y moriré contento.

La llama de la lámpara que poco antes parecía extinguida, inundó de claridad la sala. El rostro de la monja se tiñó de leve púrpura; sus ojos brillaron; no de otro modo brillan en el semblante humano las llamas de la inspiración. Sor Teodora tuvo una inspiración.

—¡Perdonarte! —dijo—. ¿Y has podido dudar de mi perdón, siendo sincero tu arrepentimiento? ¿Reconoces tu sacrilegio, tu infame conducta?

—Yo no reconozco nada —repuso Tilín con desesperación—. No reconozco sino que amo, que adoro, y que por esto solo merezco misericordia. Mis maldades no son maldades, son mis caricias, caricias a mi modo, porque no me es permitido hacerlas de otro modo. ¡El sacrilegio! El Diablo me lleve si entiendo esta palabra. No sé más sino que mi alma se abrasa, que pongo sobre todo el Universo a una sola persona; que esa persona me aborrece, y que no quiero vivir... Esto es lo que sé... ¡Perdón, perdón! Pido perdón, porque es lo único que espero me pueden dar; lo pido por poder decir: «Me arrojó una palabra dulce y dejó caer una lágrima de piedad sobre mi corazón envenenado.» Por esto pido perdón.

—Y yo te lo doy —dijo la monja poniendo su dedo sobre la cabeza del hombre terrible.

—Esto me regocijará en la otra vida. Señora, adiós; me voy a matar.

Apartose algunos pasos, y metiéndose la mano en el pecho sacó un cuchillo. Corrió hacia él prontamente la monja, diciéndole:

—Aguarda.

Tilín extendió la mano armada, y apartando con ella la de Aransis, dijo:

—Usted que me aborrece, no podrá impedirme que me mate.

—Yo no lo impido.

—¿Se opone usted a mi muerte?

—No; no me opongo, no.

—¿Por qué?

—Porque la mereces.

—Bien, señora. Todo ha concluido —dijo Tilín apartándose, resuelto a consumar el último crimen—. El Infierno me llama; voy al Infierno.

La monja se abalanzó a él denodada y sin miedo al arma ni a la descompuesta cara de Tilín, cuyos ojos inyectados de sangre causaban horror. Le puso ambas manos en el pecho, le miró con ternura y en tono dulce y persuasivo le dijo:

—¿Y por qué no al Cielo?

El tono y la mirada fascinaron de tal modo al dragón, que quedó extático, embelesado.

—¡Al Cielo! —murmuró.

Soltó el cuchillo. La monja volvió con apariencia tranquila a su asiento, e indicó a Tilín con una seña que se sentara también.

—Ya no hay Cielo para mí, ni puede haberlo —dijo el dragón.

—¿Por qué?

—Porque soy un malvado, porque amo lo imposible, lo que Dios prohíbe, lo que es suyo, y no puedo dejar de amarlo... ¡Oh! Mi Cielo no es el Cielo de los demás; mi Cielo sería que usted me amase y usted no me puede amar, usted me aborrece.

—¿Y si dejase de aborrecerte?

Pepet sintió en su alma un consuelo inefable.

—¿Y si te amase? —añadió la monja con animación, pero sin dejar su acento y su expresión de melancolía.

La sensación que experimentó Tilín era como si unas manos de querubines le suspendieran en el aire.

XXX

—¡Oh señora! —exclamó— no juegue usted con mi corazón. ¿Y cómo ha de poder ser que usted me ame?

—Mereciéndolo.

—¿Cómo?

—¿De qué nace el amor sino de la admiración y de la gratitud? Cuando no nace de esto es fútil capricho que se va tan pronto como viene.

—¡Admiración! —dijo Tilín meditabundo—. ¡Oh! sí, es verdad. Por eso yo soñaba con ser un héroe, con realizar hazañas grandes y extender mi fama por todo el mundo, para que admirándome usted me amase.

—Pero más que de la admiración nace el amor de la gratitud —dijo la monja firme ya en su papel—, nace de la placentera dicha que nos produce la contemplación de las virtudes y de los sacrificios de otra persona. Un acto de abnegación sublime, uno de esos actos que ponen de manifiesto la superioridad de un alma, basta a encender el amor en el corazón más frío. El mío no puede ser conquistado de otra manera, Tilín; pero conquistado así, su posesión será eterna por los siglos de los siglos.

El bárbaro guerrero contemplaba embebecido y trastornado el rostro de la dama, que tenía en aquel momento una expresión sobrehumana. De sus ojos veía Tilín que emanaba y caía sobre él una luz divina.

—¡Ay! —exclamó— si eso fuera verdad, si el mundo no fuera un centro de vulgaridad, si existiera la posibilidad de esos actos sublimes... ¿Qué no haría yo por merecer esa vida que anhelo?... Pero no, lo que me puede acercar a usted no existe.

—Sí puede existir —dijo con entereza la monja.

Después cambió de tono repentinamente. Dijo algunas palabras con desfallecido acento y algunas lágrimas brotaron de sus bellos ojos. La luz se amortiguó dejando en sombra la sala.

—¿Llora usted?

—Sí lloro... ¿No comprendes que hay en mí algo extraordinario?... ¿No me ves cambiada, no me ves muy otra de lo que fui hasta hace algunas horas?

—Sí, y nada comprendo —dijo Tilín acercando su rostro para ver mejor el de ella.

—¡Qué has de comprender!... Mi angustia no puede comprenderse si yo no la explico... En pocas horas mi situación ha cambiado bruscamente... tengo que ocuparme de lo que antes no me inquietaba, y he tenido que olvidar mis desgracias porque he caído en desgracias mayores.

Lloraba amargamente. Armengol estaba perplejo.

—Escúchame —dijo la monja secando sus lágrimas— y tendrás lástima, mucha lástima de mí. Si entraste en Regina Cœli poco después que yo, verías que los guerrilleros dejaron aquí a un pobre preso a quien acusan de jacobino y de incendiario de San Salomó.

—Falsedad, porque el incendiario del convento soy yo.

—Verdad; pero en lo de jacobino tienen razón, no puedo menos de confesarlo.

—¿Don Jaime Servet? Le conozco.

—Pero no sabes que han decidido fusilarle y que mañana, es decir, hoy al romper el día se cumplirá esa horrible sentencia.

—Me lo figuraba.

—Pues bien —dijo la monja con brío—. Tilín, ese hombre, ese a quien tú llamas don Jaime Servet es mi hermano.

Al decir esto, la monja sintió que por sus labios pasaban unas ascuas. Aquella fue la primera mentira grave que sor Teodora de Aransis había dicho en su vida.

—¡Oh, señora! ¡qué horrible caso! —exclamó Tilín ocultando su cabeza entre las manos.

—Mi hermano, sí, mi infeliz hermano —añadió la monja volviendo a llorar— mi pobre hermano, a quien amo entrañablemente a pesar de sus ideas jacobinas, y que tuvo la loca idea de dejar su emigración y venir a España con nombre supuesto a no sé qué, Tilín, a locuras y despropósitos...

—¡Su hermano! —murmuró Tilín—. Puede usted creerme que esta idea pasó por mi cabeza cuando sorprendí a ese hombre en Cardona y vi la carta que llevaba para la abadesa de San Salomó.

—¿Comprendes ahora mi desesperación, mi agonía? ¡Ver a mi hermano, el único consuelo y amparo de mi anciana madre, verlo, como lo estoy viendo, con las manos atadas a la espalda!... ¡Oh! esto es espantoso... Dios de fuerzas a mi espíritu... yo moriré, moriré sin remedio... ¡Y estoy bajo el mismo techo que él! Si me parece que oigo los latidos de su corazón... Pepet, Pepet, ten compasión de mí.

Diciendo esto dejó caer su afligida cabeza sobre el hombro del guerrillero.

—Los ruegos y las lágrimas de una religiosa —dijo Pepet— ¿no ablandarán al coronel?

—¡Ah! ¿no sabes tú que ha entrado en Regina Cœli un hombre terrible, un tigre, el célebre don Francisco Chaperón que jamás ha perdonado? Ese infame hombre hará fusilar dos veces a mi pobre hermano si hay quien implore misericordia por él. Guimaraens me ha dicho que no hay remedio, que no puede haberlo. Chaperón ha fijado la hora del amanecer para el suplicio, ha dado a Guimaraens órdenes que no tienen réplica, determinando que el acto se verifique en su presencia. El feroz verdugo se asomará al balcón de su alojamiento que cae a ese patio.

—¿No hay remedio?... ¿Y es seguro que no habrá remedio? —preguntó Tilín haciendo ademán de horadarse la frente con el puño.

Después de una pausa, la monja suspiró y dijo:

—Sí hay remedio, sí lo hay. Chaperón no conoce a mi hermano, no le ha visto nunca.

Hubo una pausa larga y lúgubre, durante la cual no se oía voz ni suspiro. Al fin Tilín alzó la cara y dijo:

—Para salvarle bastará que otro muera en su lugar. Don Pedro Guimaraens no tendrá inconveniente en la sustitución si el sustituto...

Se detuvo para tomar aliento. Parecía que se ahogaba.

—Si el sustituto —dijo acabando la frase— soy yo, que le ofendí y le llevé con los codos atados a Solsona.

Una segunda pausa siguió a estas palabras.

—Pero los soldados conocerán el engaño —murmuró Tilín.

—Los de Chaperón no, porque no conocen a mi hermano —dijo Sor Teodora—. Los de Guimaraens tampoco... Mi pobre hermano ha entrado de noche. Don Pedro me responde de que se atreverá a engañar de este modo a Chaperón. Hablemos de esto. Yo pensaba en ti, que eres el verdadero criminal... La sustitución, además de ser justa, es fácil.

—¡Oh! morir así, morir a sangre fría —exclamó con fiereza Tilín sintiendo que el instinto se sublevaba en él con impetuosa voz—. ¡Y todo en cambio de un amor, de un premio que recibiré... En la eternidad!

La monja se levantó bruscamente. Tilín la miró con estupor porque parecía una encarnación divina, un ángel de castigo que fulminaba rayos, una personificación extraordinariamente bella y terrible, tal como él la soñaba en sus horas de delirio amoroso y de ardor guerrero. Su actitud majestuosa, su ademán colérico, su voz grave dejaron suspenso y sobrecogido al sacristán soldado. La monja le dijo:

—¡Y vacilas, hombre pequeño y miserable! ¡Y tiemblas, cobarde! ¡No eres capaz de ningún acto sublime y generoso, gusano despreciable, y te has atrevido a poner los ojos en mí. ¡No eres capaz del sacrificio y has osado mirarme con amor, como si yo, mujer noble, hermosa y consagrada a Dios, pudiera acogerte sin merecimientos grandes, tan grandes como la inmensa escala que he de recorrer descendiendo desde mi altura a tu pequeñez!... Quítate de mi presencia, reptil despreciable; juzgué posible no aborrecerte, juzgué posible amarte; pero esto no puede ser, no, no puede alterarse la ley que prohibió a los sapos brillar como las estrellas del cielo. Quítate de mi presencia... ¿En dónde está ese corazón tuyo que llamas grande y es incapaz de un sentimiento de sublime piedad y abnegación? No tienes más que los estúpidos ardores de la bestia, y a eso llamas amor, miserable. Llamas amor a ese instinto de manchar, que es propio de los más bajos seres... y te has atrevido a mirarme, a mirarme a mí, que vivo de lo ideal, de los sentimientos puros, de las ideas castas y nobles... ¡Ves morir con ignominia a un inocente, acusado de un crimen cometido por ti, y no sientes piedad!... ¡Dices que me amas y no eres capaz de morir por mí! ¿Qué amor es ése que se atreve a llamarse tal sin conocer el sacrificio?... Me causas horror; vete, mátate cien veces; te aborrezco, no tendrás de mí ni aun la compasión que inspira el pobre insecto en el momento en que lo aplastamos con el pie; vete, te digo que te vayas, ¡maldito!

Dio algunos pasos, inclinose, recogió del suelo el puñal que poco antes soltara Tilín, y arrojándoselo a los pies le dijo:

—Toma tu cuchillo, puedes matarte de despecho por no haber poseído el tesoro que robaste, ladrón. Necio, estúpido, ¡cómo pudiste creer que Dios permitiría a la paloma casta y hermosa caer en el nido del murciélago asqueroso?... Puedes matarte delante de mí, aplacando con tu sangre el ardor de tus sentidos; no te tendré lástima y miraré tu agonía con asco, no con lástima... y bajarás volando al Infierno, donde arderás más y más, y estarás viéndome eternamente, y deseándome eternamente, y padeciendo los más horribles tormentos, siempre, siempre, sin poderme alcanzarme nunca, sin poder llegar a tocar mi hermosura con tus dedos inmundos... y con una eternidad de suplicios expiarás la inmensidad de tu sacrilegio.

Dicho esto, en cuyo efecto creía, dejose caer sin aliento sobre las piedras sepulcrales. Su pecho palpitaba como no había palpitado nunca. Tilín estaba como un idiota. No hallaba palabras para dar salida al volcán de su pecho. Por fin soltó atropelladamente estas:

—¡Que yo no soy grande! ¡que yo no soy capaz de un acto heroico de abnegación y generosidad! ¡que yo no soy capaz de elevarme de un salto hasta los últimos cielos!... ¡que soy un insecto!... ¡que no sé amar sino como las bestias!... ¡que no tengo sentimientos nobles, ni la idea de la justicia!... ¡Oh! señora, no me conoce quien tal dice. Todo lo que es humanamente posible lo haré yo. Tan hombre soy como cualquier santo... ¡Sacrificio! No hay quien sepa calcular la extensión de lo que yo puedo hacer, si en una hora de angustia y de sacudimiento como esta me lleno de esa luz que a veces me relampaguea dentro. ¡Ah! me he oído llamar maldito sin protestar, maldito, cuando mi corazón aceptaba quizás el sacrificio que se le imponía... ¿Sabe usted quién soy yo? ¿lo sabe usted?

Al decir esto se acercó a la monja, y con su brutal mano le tocó la barba para levantarle el rostro que ella inclinaba mirando al suelo.

—¿Sabe usted quién soy yo? —añadió—. Pues yo soy el hombre de corazón más grande que ha nacido de madre. La paloma no lo cree... ¡Ah!

ella con su nobleza, con su hermosura, con su castidad, con sus virtudes, con su santidad no es capaz de hacer esa cosa extraordinariamente rara y grandiosa que haré yo. Ella tan justamente orgullosa no será nunca capaz de elevarse como se va a elevar ahora el reptil, el gusano, el miserable, el maldito. ¡Abnegación, sacrificio, justicia! ¿Y si yo dijera que todo eso me es familiar en un momento dado, que es mi centro, mi elemento, como lo es al pájaro la altura? ¿Qué diría a esto la dama ilustre que se siente manchada solo con una mirada de mis pobres ojos? ¿Qué diría a esto?

La dama no dijo nada.

Haciendo con el brazo derecho un movimiento semejante al de un hombre que arroja la vida con tanto desprecio como se arrojaría la cáscara de una fruta que se va a comer, Tilín dijo:

—Señora, si Guimaraens sabe arreglar esto, su hermano de usted está salvo.

Teodora le miró. Estaba pálida, y una turbación piadosa había borrado de su rostro la expresión colérica. La dominica se acercó al bárbaro y le puso ambas manos sobre los hombros. Si antes le había abrumado con su ira, con su orgullo, con su violencia increpación, ahora le embelesaba con su piedad, con su gratitud, con lágrimas que a él le parecieron resbalar por el mismo trono de Dios para caer sobre su corazón.

La caprichosa monja jugaba con los sentimientos del pobre Tilín como juega el diestro con la fiereza pujante pero ciega del toro.

—No es solo sacrificio —le dijo—. Es también justicia. Mi hermano es inocente.

—Y yo culpable, lo sé; el orden natural me lleva a perecer en lugar suyo. Acepto. Pero lo que me arrastra a este sacrificio antes es amor que justicia. Así lo confesaré ante Dios.

—Pues bien —le dijo ella con dulcísimo tono— todo eso que has deseado, todo eso que has soñado...

—¿Qué?

—Ya lo mereces.

Tilín sintió su alma llena de congoja y desfallecimiento. Dejose caer en el asiento y escondiendo su rostro entre los brazos, exclamó gimiendo:

—¡Pero cuándo... pero cuándo!

Teodora se acercó a él, puso la mano sobre su cabeza, y le dijo:

—¿Ciego, es la tierra el centro de las almas? ¿Nuestra vida no ha de tener complemento glorioso más allá de la muerte? ¿Qué vale este paso doloroso por la tierra al lado de la eterna dicha, donde los afectos duran eternamente, sin hastío, y donde los corazones alimentan con el eterno fuego sus ansias que aquí no son jamás satisfechas?... Perdóname, si te ofendí, creyéndote incapaz de un acto generoso. ¡Oh! Pepet, con una palabra has establecido entre tu alma y la mía esa relación, esa cadena de oro que enlaza pensamiento, corazón, voluntad, y de dos seres no hace más que uno solo. Te has transfigurado a mis ojos; ya no eres Tilín, eres un ser adornado de esa belleza sublime que emana de las grandes acciones. Una idea sola, un sentimiento diferencian al monstruo del ángel. ¡Cuán admirables giros hace la obra predilecta de Dios, que es el alma! Has cautivado mi corazón de improviso, por la virtud de tu sacrificio. No hablan a mi corazón los sentidos, les habla la idea superior. Yo la he escuchado y te acojo con afecto y orgullo.

La monja le estrechó en sus brazos. Al hacerlo y al decirle lo último que le dijo, sintió que por sus labios pasaban aquellas mismas ascuas que pasaran antes, y sintió también como una trepidación honda, un sacudimiento cual si se desquiciaran las esferas celestiales. Tuvo miedo de sí misma, porque en sí misma estaba el origen de aquel desquiciamiento.

—¡La eternidad! —murmuró Tilín, besando con delirante ardor las manos de la virgen del Señor—. ¡Qué lejos está eso! ¡Dios mío, qué lejos!

—Toda la existencia terrenal es un soplo —repuso la monja con expresión mística—. El tiempo todo es un segundo. Considera cuán distinta es tu muerte de lo que habría sido dándotela tú mismo con desesperación. Ahora morirás cristianamente, y tu abnegación por salvar a otro hombre, tu generoso y sublime rasgo de caridad, tu espíritu de justicia te llevarán derecho al Cielo... Al Cielo, donde gozarás de Dios eternamente, y donde las amorosas ansias que en vida han sido tu tormento, serán para ti manantial perdurable de delicias.

—Pero solo...

—Solo no. Pronto verás pasar junto a ti una sombra bella y cariñosa... Seré yo, yo, a quien dejas aquí inundada de gratitud y de admiración. En el cielo hay dulce compañía, y el grato, el inefable arrimo de todas las personas que hemos amado en el mundo. Los lazos tiernos, castos, nobles que las almas establecieron en el mundo, permanecerán por los siglos de los siglos. Ningún ser que haya amado puede comprender la gloria de otro modo.

—¡Ah! sí, sí —exclamó Tilín, que creyente firmísimo en el dogma del Cielo y del Infierno, aceptaba aquella idea con júbilo y con entusiasmo.

—Desde el instante de tu tránsito —añadió Sor Teodora haciendo un esfuerzo— serás feliz; me tendrás por los siglos de los siglos.

Como para anticipar aquella posesión de siglos de siglos, Tilín asía con fuerte mano los brazos de la monja.

—Sí, sí —balbució— seré feliz contigo.

Sentíase ya ebrio, enloquecido, y su alma se cernía entre el amor y el misticismo. A su turbado entendimiento se presentaba la motada de los justos, como un lugar que sin dejar de ser divino tenía algo de humano por albergar parejas felices y tiernos desposorios.

El tiempo volaba. Sor Teodora se apartó de él, y le dijo:

—¿Sostienes lo que has ofrecido?

—Yo no digo las cosas más que una vez.

—¿Insistes en un sacrificio que te hará grande a los ojos de Dios y a los míos?

—Sí —contestó Tilín inundado de amor, que tomaba un tinte de devoción abrasadora.

—Pues yo te bendigo.

La monja extendió sus manos sobre él.

—En vez de decirme: «yo te bendigo», dime «yo te amo» —declaró Tilín con el cerebro enteramente trastornado.

—¡Pobre espíritu vacilante! —dijo ella—. ¿No serás capaz de desprenderte de las miserias humanas y elevar tu corazón a aquellas esferas de luz donde reside el amor puro, el amor ideal, aquel amor que no se envilece con los sentidos? Hombre pequeño, que aspiras a ser grande y a ceñir la corona de los mártires, reconoce tu error, no me pidas un amor impropio de mi estado religioso, de mi nobleza, de mi dignidad, pídeme, sí, el que a uno y otro corresponde, aquel dulce fuego del corazón, más vivo cuanto más casto, porque es el verdadero amor de...

A Sor Teodora se le atravesó algo en la garganta.

—El verdadero amor de los ángeles —dijo concluyendo la frase.

—¡El amor de los ángeles! —exclamó Tilín cruzando las manos y deján-dose caer en una especie de éxtasis.

¡Infeliz alucinado! Como el toro arremete ciego al lienzo rojo, así se abalanza su espíritu hacia la idea de los celestiales desposorios prometidos.

Sor Teodora miró al cielo.

—Ya va a amanecer.

—Ya llega mi hora —dijo él estremeciéndose.

—Para mí viene la aurora de un día triste como todos los días, para ti amanece ya el día infinito, Tilín.

Y haciendo un esfuerzo, el último, el más grande, exclamó con exaltación:

—Hombre generoso, espíritu elevado, estoy llena de admiración por ti. Ya no eres el incendiario de San Salomó, eres el redentor de la inocencia, porque salvas a mi hermano de la pena impuesta por un delito que no ha cometido; eres el realizador de la justicia, porque la haces recaer sobre el verdadero autor de aquel delito, que eres tú, y así quedas lavado, puro, sin mancha.

—¿Es su hermano, su hermano?... —murmuró Tilín cayendo en súbito abatimiento.

Parecía que un relámpago de duda y desconfianza surcaba por su cerebro.

—¿Dudas, amigo, dudas de mí? —dijo Teodora haciendo un esfuerzo mayor aún.

—No —replicó él alzando la cabeza y sacudiéndola como para echar de ella una mala idea—. No he dudado jamás.

La dominica comprendió que era preciso reanimar aquel entusiasmo que parecía enfriarse y echar leña a la hoguera que oscilaba.

—Pepet —exclamó dando a su voz un tono arrebatador— te aborrecí sacrí-lego; pero verdugo de ti mismo, por la salvación de mi infeliz hermano, te admiro y te amo.

—Y yo —dijo Pepet con acento de hombre de viva fe— yo que he sido perverso, que he sido arrastrado al crimen por mi despecho y mis bárbaras pasiones, consiento gozoso en realizar un sacrificio por salvar a otro hombre y agradar a la persona por quien he vivido y por quien he deseado morir. Ese sacrificio cuadra a mi alma, le viene bien y a medida, como un traje bien cortado. Donde hubo aquella fiebre intensa y aquel sacrilegio y las ideas de destruir una obra de siglos para sacar de ella lo que reputaba mío, donde aquellos delirios hubo, señora, aquí, en mi alma no puede haber ya sino esta solución terrible, única que por la grandeza del suplicio corresponde a la fealdad de mis pecados. Y yo puedo decir: «¡Le devuelvo a su hermano, le doy, después de una gran amargura, la mayor alegría que puede recibirse. Conquisto con un solo hecho la benevolencia de su corazón, y muriendo, gano el inefable bien de vivir en su recuerdo. Conquisto lo que vale más que una posesión pasajera; conquisto su memoria en la tierra, y en el Cielo su compañía.» Nada más hay que decir, señora. La hora se acerca.

—Aguarda —dijo la de Aransis—. No te muevas de aquí.

Salió precipitadamente sin añadir nada más. Pepet la vio salir y dirigirse por el patio adelante hasta desaparecer por una puerta que en el extremo opuesto había. Esperó un rato entregado a meditaciones, o mejor dicho, a los delirios calenturientos de un idealismo desenfrenado. Su mente arrebatada navegó entre mil ideas, como nave a quien las olas llevan de peñasco en peñasco y aquí se estrella, allí se hunde, más allá se levanta, y nunca acaba de naufragar ni acaba de salvarse. No supo él cuánto tiempo duró este tormento, pero al fin abriose la puerta dando paso a la dominica.

Sin decirle nada se acercó a él, y poniéndole la mano izquierda en el pecho, elevó al cielo la derecha. Estaba pálida y profundamente desconcertada; temblaban sus labios y sus ojos intranquilos y perturbados parecían recibir la impresión de imágenes aterradoras. Miró a Pepet, y aunque sus ojos no hablaban más lenguaje que el de un desasosiego difícil de comprender, el infeliz reo vio en aquella mirada discursos más elocuentes y conmovedores que cuantos pronuncian los ángeles en la conciencia del justo cuando acaba de hacer un gran bien; vio y leyó en aquella mirada todo cuanto la religión y el amor pueden idear de más cariñoso y de más místico. El pobre Pepet perdió en tal instante lo que aún quedaba en su alma de terrenal y de egoísta; era todo espíritu, todo idea, y se perdía en las esferas nebulosas por donde ha corrido sin freno el pensamiento de los soñadores místicos y de los enamorados caballerescos, que vienen a ser una misma casta de personas.

Él iba a decir algo; pero había llegado a una situación en que la lengua no sabía nada y los signos vocales no podían ser más que ruidos desapacibles. Se arrodilló, tomó las manos de Teodora para derramar sobre ellas besos y lágrimas, hasta que se entreabrió la puerta para dar paso a la voz y a la cara de don Pedro Guimaraens, el cual dijo: —Es tarde.

Pepet salió mirando hasta el último instante la figura majestuosa, sublime, soberana de sor Teodora de Aransis, que con una mano puesta sobre su corazón y la otra alzada para señalar el cielo, le despedía en el centro de la sala.

XXXI

La dominica, al quedarse sola, estuvo un momento sin poder pensar ni sentir nada. Le pasaba algo semejante a una congelación, digámoslo así, de sus claras facultades, o una como catalepsia moral. De repente vio un espectro que la llenó de mortal espanto. No es justo decir que lo vio, sino que lo sintió dentro de sí levantándose y saliendo majestuosamente de su corazón como de una tumba, para mostrársele por entero en su imponente grandor, pues abrazaba toda la extensión sensible: era su conciencia.

Causole tanto miedo, que corrió velozmente de un lugar a otro de la estancia, huyendo de sí misma. ¿Pero cómo separarse de aquella sombra interior, proyectada por la íntima luz del alma? La sombra la seguía diciéndole:

—¡Impostora!...

La monja se dejó caer de rodillas y llamó en su auxilio con fuertes voces del alma... ¿a quién? a su razón, para que le diera argumentos, distingos, sutilezas, armas cortantes y punzantes contra aquel fantasma. Pero la razón no le dio más que un alfiler.

—No, no —dijo sor Teodora esgrimiendo contra la sombra el arma pueril— no soy tan culpable como parece. Lo que me ha impulsado a representar esta farsa horrible no ha sido una liviandad, un capricho del corazón propenso a repentinas simpatías, ha sido lástima, caridad, compasión, amor al prójimo.

—¡Mentira, mentira! —gritó la sombra proyectada por la luz íntima del alma, y que cada vez parecía crecer más.

El alfiler de la razón se torció en las manos de la dominica. Ella quería una espada cortante y bien templada. Pero la razón le ofreció un pedazo de alambre.

—Pues si no ha sido la compasión mi móvil, ha sido otro más grande, la justicia. Ese hombre es inocente de la destrucción de San Salomó. Pues si es inocente y Pepet culpable ¿qué cosa más santa que inducir al culpable a la muerte para salvar al inocente?

—¡Impostora! A ti no te toca enmendar las injusticias de los hombres. No te entrometas en la obra incógnita de Dios. ¡Justicia! ¿Qué entiendes tú de eso, mujer caprichosa? Has obedecido a un afecto nacido bruscamente en tu pecho.

—No, no —gritó ella con desesperación.

—Voy a decirte la verdad —declaró la sombra— voy a decírtela, palabra por palabra, letra por letra, clara, como el pensamiento divino que mueve mi lengua. Voy a decírtela.

—No, no —exclamó angustiada la dominica pidiendo otra vez a la razón con furibundo anhelo espadas, flechas, catapultas, arietes y los más tremendos ingenios de guerra.

—Yo no puedo callar. El divino aliento sopla dentro de mí y sin quererlo yo, habla. Soy la voz de Dios que no puede mentir. Voy a decirte la verdad.

—Y yo no quiero oírla, no quiero —dijo horrorizada la de Aransis.

—Ese hombre te agrada, te agrada mundanamente —murmuró la sombra quedamente, teniendo la consideración de hablar bajo para que cosa tan grave no escandalizara demasiado a la buena madre.

—No, no puede ser. Te parecerá así y no será cierto. Es una alucinación, un error, una perversa ficción producida por el Demonio.

—Ese hombre te agrada, te ha inspirado una ilusión cariñosa —repitió la sombra alzando la voz al ver pasado el temor del primer momento—, y tu repentino afecto a un hombre desconocido debe espantarte, y de seguro espantaría al mismo que es objeto de él. Ninguna mujer que vive en el siglo, en comercio constante con los demás seres humanos, podría concebir esa inclinación inesperada y vehemente hacia un desconocido, que se entra como los ladrones en su habitación y con el cual apenas habla media hora. No hay hombre alguno aunque sea el más hermoso, el más gallardo, el más discreto y el más valiente de todos, que pueda jactarse de un triunfo semejante con tal rapidez alcanzado. Esto que es absurdo en el mundo libre y activo, deja de serlo en la solitaria estrechura y en el aislamiento holgazán de una celda, de aquel nido donde por espacio de doce años han dormido tus afectos y tus pasiones, tu vanidad de hermosa, tu presunción, tu exuberante pujanza moral, tu ternura de doncella enamorada y tus presentimientos de esposa y de madre. Ese absurdo del siglo es natural y humano en ti, monja indigna que has vivido doce años en ese sepulcro, ocupándote en profanidades y alimentando sin cesar con tu imaginación las ansias de tu pecho, honradas y nobles fuera de aquella casa.

—No, eso es mentira, conciencia —pensó la atribulada dominica, sintiéndose abandonada por la razón—. Yo me avergonzaría de mí misma, si me viera encendida de amores por un hombre que entró en mi celda como un ladrón, y me pidió pan y asilo... No, eso no puede ser, eso es vergonzoso.

—Eso es verdad, monja alucinada. No le amaste cuando le viste; desde hace doce años estás alimentando la idea de él en tu fantasía exaltada por la soledad, por el bienestar material y la holgazanería; hace doce años que le amas, y es el mismo, el mismo. Poco importa que en algún rasgo discreparan sus facciones de las que tú veías con los ojos cerrados; pero es el mismo. Confiesa una cosa, confiésala, mala monja. Cuando aquel hombre se presentó en tu celda; cuando, pasado el primer momento de terror, le sacaste de comer y conversaste con él te asombrabas interiormente de ver en forma humana al mismo compañero imaginario de las soporíferas soledades de San Salomó. En tu alma se elevaba un estupor angustioso viendo aquella figura real, que era él mismo, era el tuyo, aquel que en tu fantasía y en tu corazón no tuvo más rival que el detestable interés por las guerras. Era él, era el mismo cuyas facciones, cuyas miradas y palabras ha estado tejiendo y destejiendo tu aburrido pensamiento día tras día, año tras año... En el trabajo de esta tela invisible transcurren lentas y tristes muchas vidas bajo una máscara de mortecina santidad. ¡Ay pobre de ti! En el siglo hubieras sido una doncella honesta, una esposa amante, una madre ejemplar; enclaustrada sin vocación has podido perder tu alma en un instante.

Sor Teodora se sintió más abatida. No sabía qué contestar. Con gran espanto vio que al lado de aquella sombra habladora se alzaba otra: era su razón que después de combatir un instante con ella se había pasado al enemigo. Viéndose tan sola, volviose a la Fe, a Dios, y pidió armas a la oración; pero si la razón no le había dado más que alfileres y alambres, aquélla no le dio más que unos pedacitos de caña que para nada servían.

Las dos sombras le dijeron:

—No, Dios no te puede perdonar. Has querido engañarle, disfrazando de piedad y de justicia tus criminales afectos de monja soñadora.

—¡Misericordia, Dios mío! —exclamó Teodora bañado el rostro en frío sudor.

—No la hay para ti, porque has sido impostora.

—He sido impostora por lástima, por piedad...

—Mentira. Has abusado de tu influjo sobre Pepet y del loco amor que te tenía para hacerle morir por otro.

—¡Ha sido justicia! —exclamó Teodora con cierta locura.

—Mentira.

—He sacrificado al culpable para salvar al inocente.

—Mientes, monja embustera —gritó la sombra proyectada por la luz íntima del alma—. Sacrificaste al feo para salvar al hermoso.

—¡Misericordia, Dios mío! ¡Misericordia!

Sacáronla de aquel estado de congoja los ruidos de humanas voces y de tambores que llegaron hasta ella. Había amanecido: la sala estaba llena de claridad.

Olvidada al punto de aquel coloquio y de la reciente disputa que había encrespado las potencias de su alma, corrió a la ventana, diciendo para sí:

—Si me habrá engañado Pepet, si me habrá engañado Guimaraens.

Grandísima pena sintió al ver la tropa dispuesta para el fúnebre acto; al ver al espantoso brigadier asomado en el balcón con toda su comitiva; al ver al reo que con la cabeza descubierta y las manos atadas se volvía hacia Chaperón y decía en voz alta su nombre y proclamaba la justicia de su muerte.

Sor Teodora se apartó horrorizada, y al refugiarse en el opuesto extremo de la sala oyó el estrépito a un trueno.

Entonces la sombra volvió a levantarse delante de ella y le dijo:

—¡Impostora!... ¡homicida!

—¡Ha sido justicia, justicia! —exclamó ella con agonía de moribunda—. El uno, criminal, el otro inocente... ¡Misericordia, Señor!

—¡Caprichosa!... ¡embustera!

Más tarde, ella no sabía a qué hora, entró el padre Juanico a traerle un poco de alimento.

—Es lo único que han dejado esos pillos —le dijo—. Afortunadamente se van dentro de media hora.

Más tarde (tampoco supo ella a qué hora), sintió bullicio de tropas. Era Chaperón que salía para seguir desempeñando su papel de misionero realista en la extirpación de liberales. Después reinó un gran silencio.

Mucho más tarde (a ella le pareció que sería al anochecer), dos hombres entraron en la sala. Sintió al verles turbación tan honda que estuvo a punto de desmayarse. Eran Guimaraens y Servet. Hablaron los tres un momento y después el coronel realista salió.

—Sin comprender la causa —dijo Servet— de la sustitución milagrosa a que debo la vida, sé que he tenido un ángel tutelar. Hay aquí un misterio; yo no trato de penetrarlo, porque no se penetra lo divino. Mi ángel ha sido usted, reverenda madre.

—¡Yo! —dijo ella tratando de fingir sorpresa, sin conseguir otra cosa que revelar más su confusión.

—Sí, usted, reverenda y santa mujer. A usted debo la vida. Permítaseme arrodillarme delante de esa noble figura, cuya belleza proclama su santidad, y besar esas manos que tan bien saben arrancar víctimas a la muerte.

Se arrodilló delante de ella como si fuera una imagen santa. Sor Teodora que había vuelto el rostro, le miró y, mal que le pesara a la sombra, hubo de confesarse a sí misma que veía hecho carne delante de sí el ideal de la belleza varonil, de la gallardía, de la discreción y de la caballerosidad.

—Ofendería a usted —añadió el llamado Servet— si hablase el lenguaje vulgar de los afectos humanos. No, si yo hablara de amistad, de amor, rebajaría la grandiosa personificación de la caridad cristiana que veo delante de mí. Una memoria sagrada como la de mi madre, una veneración pura como la que nos inspirase el Dios que a todos nos hizo y la Virgen que a todos nos ampara, vivirán eternamente en mi corazón.

Se levantó. Sor Teodora invocó a Dios, y haciendo un esfuerzo desesperado, pudo poner en su rostro algo de expresión seráfica y en su boca estas palabras:

—Yo no sé nada de lo que usted habla... ¡Qué error! Ni yo me he interesado en salvarle, ni podía hacerlo por quien no conozco, por quien solo he visto una sola vez... ¿Quién es usted? Un aventurero, un desconocido. ¿Qué tiene de común usted conmigo? El amparo que le di anoche antes de aquella horrenda catástrofe... A fe que los sucesos que vinieron después han sido tales que debían hacerme olvidar su entrada en el convento... Santo Domingo mi patrón me ampare... Yo no sé quién es usted... yo no le conozco... Déjeme usted.

—Compañera de la caridad es la modestia —dijo Servet disponiéndose a retirarse—. No quiero importunar con mi agradecimiento a un alma superior, que a las pocas horas de haber hecho un inmenso bien ya no se acuerda de él. Usted es una santa, yo un pecador. La enorme diferencia que hay entre los dos, usted, madre reverendísima, la agrandará con su vida de constante sacrificio, de oración, de paz espiritual y de comunicación con Dios. A mí me esperan las luchas del mundo, las turbulentas pasiones, las penas incesantes, las dolorosas victorias o tristes caídas, a usted la paz del convento, la devoción sublime, los puros éxtasis del alma, aspirando siempre a volver a su origen, y el noble privilegio de alcanzar de Dios con oraciones y penitencias y el perdón de los malos. ¡Cuán distinto destino el nuestro y qué abismo tan grande nos separa!... Adiós, señora: una memoria en sus oraciones es lo que pide este miserable y el permiso para besar la cruz del rosario que pende de la cintura de una santa.

Servet besó la cruz, y haciendo una gran reverencia se retiró para unirse a don Pedro Guimaraens que había preparado el negocio de su marcha.

Sor Teodora sintió, no ya una voz, sino mil voces en su alma, y un horroroso sacudimiento y estallido, como si parte muy principal de ella fuese arrancada por violenta mano. Viose caída en un negro abismo; pero en medio de su congoja y espanto, pudo alzar la voz a su padre espiritual y gritar:

—¡Confesión!... ¡Un confesor!

Pero ni el padre Martín de la Concepción ni el padre Juanico pudieron acudir a ella porque estaban abriendo un hoyo en el patio.

XXXII

El aventurero emprendió de noche su camino. Iba solo, bien montado, algo molesto a causa de sus heridas, pero contento, apercibido de armas y pasaporte, con el mismo traje de paisano que usara Tilín en su postrera noche. No apartaba su pensamiento en las peripecias de su insensato viaje por el campo de aquella extraña guerra, tan parecida a los sangrientos desórdenes y rebeldías de la Edad Media. Él tenía del historiógrafo el discernimiento que clasifica y juzga los hechos, y del poeta la fantasía que los agranda y embellece; también tenía la vista larga y penetrante del profeta. Claramente vio que aquella guerra no era más que el prólogo, o hablando musicalmente, la sinfonía de otra guerra mayor.

Pero la mayor parte de sus pensamientos la absorbían los chistosos o trágicos lances de su correría por Cataluña, y principalmente la milagrosa sustitución que le había salvado de la muerte. Quiso penetrar en aquel misterio y no pudo. El mismo Guimaraens no lo sabía más que a medias. Tilín, declarándose culpable, y muriendo con heroica paciencia, sereno, grave, con más aire de convicción que de sufrimiento; Guimaraens sacándole de la prisión, después de hacerle cambiar de vestido, y por último, la hermosa monja que en dos momentos críticos le había salvado la vida, confundían su mente llevándole a forjar mil explicaciones quiméricas y a revestir de formas exageradamente dramáticas los hechos más sencillos.

Iba al extranjero, y en su triple calidad de historiógrafo, de poeta y de profeta, aportaría sin duda alguna idea, alguna forma nueva a las regiones donde ya se estaba elaborando el romanticismo.

Fin de un Voluntario realista
Madrid. Febrero-marzo de 1878.

Libros a la carta

A la carta es un servicio especializado para

empresas,

librerías,

bibliotecas,

editoriales

y centros de enseñanza;

y permite confeccionar libros que, por su formato y concepción, sirven a los propósitos más específicos de estas instituciones.

Las empresas nos encargan ediciones personalizadas para marketing editorial o para regalos institucionales. Y los interesados solicitan, a título personal, ediciones antiguas, o no disponibles en el mercado; y las acompañan con notas y comentarios críticos.

Las ediciones tienen como apoyo un libro de estilo con todo tipo de referencias sobre los criterios de tratamiento tipográfico aplicados a nuestros libros que puede ser consultado en Linkgua-ediciones.com.

Linkgua edita por encargo diferentes versiones de una misma obra con distintos tratamientos ortotipográficos (actualizaciones de carácter divulgativo de un clásico, o versiones estrictamente fieles a la edición original de referencia).

Este servicio de ediciones a la carta le permitirá, si usted se dedica a la enseñanza, tener una forma de hacer pública su interpretación de un texto y, sobre una versión digitalizada «base», usted podrá introducir interpretaciones del texto fuente. Es un tópico que los profesores denuncien en clase los desmanes de una edición, o vayan comentando errores de interpretación de un texto y esta es una solución útil a esa necesidad del mundo académico.

Asimismo publicamos de manera sistemática, en un mismo catálogo, tesis doctorales y actas de congresos académicos, que son distribuidas a través de nuestra Web.

El servicio de «libros a la carta» funciona de dos formas.

1. Tenemos un fondo de libros digitalizados que usted puede personalizar en tiradas de al menos cinco ejemplares. Estas personalizaciones pueden ser de todo tipo: añadir notas de clase para uso de un grupo de estudiantes,

introducir logos corporativos para uso con fines de marketing empresarial, etc. etc.

2. Buscamos libros descatalogados de otras editoriales y los reeditamos en tiradas cortas a petición de un cliente.

www.ingramcontent.com/pod-product-compliance
Lightning Source LLC
Chambersburg PA
CBHW022154240626
47153CB00007B/2663